文春文庫

父を撃った12の銃弾

下

ハンナ・ティンティ
松本剛史訳

JN019191

文藝春秋

目次

単行本　二〇二一年二月　文藝春秋刊
DTP制作　言語社

父を撃った12の銃弾（下）

主な登場人物

ルー（ルイーズ）・ホーリー　……………海辺の町オリンパスに移り住んだ少女
サミュエル・ホーリー……………………ルーの父　身体に多数の弾傷がある
リリー………………………………………ルーの母　ルーが物心つく前に世を去る
メイベル・リッジ…………………………リリーの母　ルーの祖母
グンダーソン………………………………ルーの通うハイスクールの校長
ジョー・ストランド………………………漁師
ポーリー・フィスク………………………同右
ジェレミー・ストランド…………………ジョーの息子　ルーの同級生
ポーリー・フィスク・ジュニア…………ポーリーの息子　同右
マーシャル・ヒックス……………………ルーの同級生
メアリー・タイタス………………………マーシャルの母　〈ノコギリの歯〉のウェイトレス
タイタス船長………………………………マーシャルの継父　環境保護活動家
アグネス……………………………………〈ノコギリの歯〉のウェイトレス
ジョーヴ……………………………………サミュエルのかつての仲間
フレデリック・ナン………………………サミュエルとジョーヴが襲った屋敷の主
タルボット…………………………………雇われの拳銃使い
モーリン……………………………………タルボットの妻
エド・キング………………………………犯罪組織の大物　元ボクサー

網

マーシャル・ヒックスが午前八時、ルーが〈ノコギリの歯〉の朝食時のシフトのときにやってきて、ハッシュブラウンと〝肉好きのためのスペシャル〟の肉抜きを注文した

——コーンブレッドにスタッフィングにマッシュポテト。バナナスプリットも合わせて。

「ずっと待ってたんだ」ルーがコーンブレッドを運んでいくと、マーシャルが言った。

「何を?」

「いろいろ、ほとぼりが冷めるのを」

ファイアーバードにふたりで乗っていて逮捕されてから、二週間たっていた。マーシャルのことは毎日考えていたけれど、一度も連絡はしなかった。車の後部座席に彼の母親の請願書が見つかったあとも。いまクリップボードはルーのマットレスの下にあった

——数百の署名が加わったところで、この世界は何も変わりはしない。

「きみと話さなきゃいけない。ちょっと休憩とか、時間をとれないかな」

少年は何日も寝ていないようなありさまだった。シャツとネクタイを着けてはいても、ズボンの脚は泥はねだらけだ。手を取ろうと腕を伸ばしてくる。ルーもその手を取りたかったけれど、そうせずに両手をエプロンのポケットにつっこんだ。なかにあった自分のチップの取り分を、折りたたんだ札の感触を確かめていると、頭のなかにホーリーの声が響いた。——あいつは逃げ出して、おまえは刑務所行きになるところだった。コックが合図のベルを鳴らした。夫が漁に出ている女たちがおかわりを求めてきた。息子たちと朝食をとっていたジョー・ストランドとポーリー・フィスクが、勘定をしてくれと手を振ってよこした。それでルーはマーシャルに背を向けた。その場を離れる口実ができてほっとしていた。カウンターの客たちはすでにひそひそと陰口を交わし、ほかの客たちは新聞の見出しを見ながらマーシャルをにらみつけていた——〈海洋大気庁《NOAA》、新たな魚獲量制限を設定〉〈タイタス船長、再度の襲撃〉。

〈ホエール・ヒーローズ〉のニューイングランドの回が放送されたあとだった。ルーもマーシャルがテレビに映るかと思ってチャンネルを合わせたが、見られたのは彼の義理の父親、〈アテナ〉号の船長の姿だけだった。痩せ型で締まった体の、ひげを胸の中ほどまで届くほど伸ばしたヒッピーくずれの男は、辛辣で下品な悪態まじりのコメントをまくしたて、放送ではピーという音が何度も入った。胸板の厚い若い男女の乗組員を従えたタイタス船長は、クジラの死骸の横で、激減するタラの数について話した。クジラの解剖を指揮しながら、胃の中身を引っぱり出し、地元生態系の崩壊を示すチャートに照らし合わせてみせた。海のサンクチュアリは北大西洋のタラの個体数を復活させるだけではない、と船長は言った。回遊性のザトウクジラの重要な餌場にもなるだろう。そして衛星電話で三人の上院議員に連絡をとり、ビター・バンクス近辺の乱獲について調査するよう要請した。タラを獲っているトロール船を追跡し、海面下にもぐって漁網をボウイナイフで切り裂き、大量のエイやカレイや海藻や蟹を海のなかへぶちまけた。そして番組は、船長とその一派が地元の漁師の船団から高圧の放水砲で水を浴びせかけられる場面で終わった。そのなかには今朝〈ノコギリの歯〉でベーコンエッグを食べている赤ら顔も大勢いた。

コーヒーサーバーのある一角から、アグネスが手を振ってルーを呼んだ。おなかがムームーをぐっと押し上げている。体全体がふくらんできて、ピアスはぜんぶ外すしかなくなった。唇から鋲がなくなると、髪やアイライナーはピンクのままでも、ずっと老けたように見えた。手に持った甘味料《スイートンロー》の袋で、マーシャルを指し示す。

「あの子、えらく熱心だね」

「出てってもらおうとしてるんだけど」

「あんた目当てなの？」アグネスが甘味料の紙袋を半分に破る。「あの子の母さんに見つからないようにしなきゃ」

「もうばれてる」

アグネスはくっきり描いた眉を吊り上げた。「メアリーはあんたのせいで息子が逮捕されたって言いふらしてる。それからあんたの父さんが息子をぶちのめしたって」

「誤解だよ」

「あんたって、そういうのが多いみたいね」手のひらで下腹をこする。「グンダーソンの兄弟がメアリーを首にしたがっててさ」

「あたしたちのせいで？」

「あれのせい」アグネスが店の向こう側を指した。

ルーの持ち場の遠い側で、ジェレミー・ストランドとポーリー・フィスク・ジュニアがマーシャルのテーブルの前に立っていた。ジェレミーは相変わらずザウアークラウトのにおいをさせ、ポーリー・ジュニアは相変わらずロックスターになることを夢見ていた。卒業後はふたりとも漁師をやっていたが、いまは漁獲量制限のあおりでレイオフされ、父親の家の地下室でぶらぶらしていた。少年たちが低い声で何か話し、マーシャルが首を横に振る。するとジェレミーが〝肉好きのためのスペシャル〟をマーシャルのひざの上にはたき落とした。カウンターの年寄りふたりが、自分たちの皿から目を上げた。もうひとりが新聞とコーヒーを下に置いた。ほかの客たちはマーシャル・ヒックスを見つめ、そのあいだにジェレミーとポーリー・ジュニアはドアから出ると、父親たちの車に乗っていった。

アグネスがルーの手からマーシャルの伝票を取り上げた。

「あたしが置いてくる。男を追い払うコツはわかってるから」

だがマーシャルは、ひざに食べ物をぶちまけられても、アグネスに邪慳《じゃけん》に扱われても出ていこうとしなかった。手洗いで身ぎれいにしてから、また席に戻った。漁師たちの険悪な視線もぜんぶ無視していた。フレンチトーストを注文する。最後のひと口まで食べた。そして朝食時の混雑が落ち着き、ルーのシフトが終わったとき、彼女のあとから外に出てきた。

「何したいのよ」

「きみの家へ行かせてほしい」

ルーは自転車のチェーンのダイヤル錠を回した。「すごく疲れてるから、話したくない」

マーシャルが駐車場を見渡した。どれかの車の陰から誰かが飛び出してくるとでもいうように。「面倒に巻きこんじゃって、すまない」

「べつに面倒なんかないけど」

「ほんとかい」

「父さんはなんだかご機嫌なくらい」

「まさか。ぼくを殺したがってると思ってた」

「じゃなくて。あのことで機嫌がいいわけじゃないよ。あんたのことだったら、ぜんぜん機嫌よくない」

マーシャルはネクタイからコーンブレッドのかけらを払い落とした。「要注意リストに入れとく」

「ポーリーとジェレミーはなに言ってたの」

「あいつらがクソ野郎だって、あらためてわかるようなことさ」

ルーは自転車をラックから引き出した。その一瞬、ホーリーが買ってくれた古い黄色の自転車を思い出した。ドッグタウンのはずれで盗まれた自転車。こっちのは黒くてもっとごつく、山道でもだいじょうぶな太いタイヤがついていた。自分で稼いで買ったものだ。さっさとこれに乗って、行ってしまったほうがいい。なのにわかっていても、足が動かなかった。

「〈ホエール・ヒーローズ〉、見たよ。お母さんはご機嫌なんじゃない」

「母さんのシーンはカットされてた」

「でも、みんなの注意を引けたよね」

「義父さんは母さんの働きもぜんぶ自分のものにした。それでも母さんは、あの番組がまた南極へ戻ってしまう前に、いまの知名度をできるだけ利用しようとしてる」

「だからまだ署名がほしいってわけ」

「ぼくがきみをほしいんだ」

八月の太陽がギラギラ照りつけ、熱が車のルーフに反射していた。カメラのレンズを通して見ているようだった。ぼやけた縁の真ん中に、ぽっかり開いた円が焦点を結ぶ。何もない、そのなかに——何かが生まれる。マーシャルのズボンはべっとりと染みに覆われ、ネクタイは曲がっていて、髪の毛はいつものようにぼさぼさだった。メープルシュガー・キャンディのにおいがした。

「父さんはいま、海に出てる」ルーは言った。

マーシャルが自転車のハンドルを握った。「それが知りたかったんだ」

二人乗りで走っていった。ルーが自転車のサドルに腰かけ、マーシャルが立ちどおしでペダルを漕いだ。スピードが落ちるたびに、フレームがふらつく。ルーは彼の腰に両腕を回した。両足のつま先を車軸に乗せたままで。誰にも見られないようにと願った。みんなに見られないようにと願った。

家に入るとすぐ、マーシャルがキスをしてきた。両手でルーの肩を、髪をつかみ、顔を挟む。

「あたし、食べ物のにおいがするよ」

「ぼくもさ」

家のなかでは、何もかもがちがっていた。ベッドにシーツがあり、薄暗い部屋でそのなかにくるまると、自意識が薄れていった。もっと試してみたい。スニーカーを蹴って脱いだ。マーシャルのベルトを外した。彼の首は汗と土がこびりついていた。彼がルーの服につかみかかる。まるで盗まれた自分のものがその下に隠してあるとでもいうように。以前と同じ彼のようで、知らない誰かのようでもあった。彼のシャツを引っぱり上げると襟があごに引っかかり、つかのま頭のない、網にかかって跳ねている魚のように見えた。それからまた腕のところがつかえ、やっと手応えがなくなってシャツが脱げると、もう彼から奪えるものはなくなった――ただ肌があるだけ、それで十分だった。

終わったときには、枕もブランケットも床に落ちていた。シーツはベッドの隅から引き上げられ、ふだんは見えないマットレスのボタンと、ビニールのタグのしわだらけの注意書きがあらわになっていた。あるのはただ、汗で塩《しょ》っぱく光っているふたりの体と、ルーが足元から胸の上まで引き上げたブランケット一枚きり。マーシャルはひどく静かになり、きっと眠っているのだと思った。というより、眠っていてほしかった。もしいま口を開いたら、本当の思いがこぼれ出してしまうかもしれない。彼がこの部屋に、すぐそばにいても、いなくなってしまうのが怖いと。

やがて聞こえた彼の声は、枕のせいでくぐもっていた。「きみの星が消えてる」

「何日もこすらないと落ちなかった」

マーシャルが体を起こしてルーの部屋を見まわし、家具やたんすの上にある品のひとつひとつに目を留めていった。貝殻を入れたボウルに、カウンティ・フェアでスキーボールに乗ったときの半券に、漫画本や小説や天文学の入門書の山に、停電のときの半分溶けたロウソクに、この前風邪をひいたときに使って丸めたティッシュの玉に、偶然見つけてその虹色に光る黒色が気に入り、取ってあった鵜の羽根に。まるでルーの人生を測ろうとしているみたいに。

「うちの母さんは、きみがふつうじゃないと思ってる。きみのことも、きみのお父さんも」

ルーはブランケットをつかんだ。そんな言葉は口の奥にしまっておいてほしかった。ふたりいっしょに何か大切なものの縁《ふち》を飛んでいたというのに、また世界をいつもの場所にしようとしている。それで彼にキスをし、またしばらくふたりはつながった。彼がルーの肩に触れた。指を背中に滑らせ、前にペンで触れたところをくまなくなぞる。彼女のどこかがそのことにぞくぞくしていた。別のどこかは体を引き離したがっていた。

マーシャルが彼女の両手をつかみ、頭の上に押し上げた。首筋にキスをする。それを止め、ひたいとひたいを合わせると、しばらくそのまま、たがいの顔に息を吐きかけながら待った。彼がベッドの縁まで這って下がり、ブランケットを押しのけ、脱いだ服を探った。

「これ以上嘘をつけない」

「あたしのこと？　署名のこと？」

マーシャルがボクサーショーツをつかみ、脚を通した。それからズボンを手に取る。ポケットから小銭が落ちて床に散らばり、隅のほうへ転がった。

「どっちもだ」

「じゃ、お母さんにほんとのことを言えば」

「むりだよ。警察のときよりひどいことになる。あのとき、きみにもう会わないと約束させられたんだ」

「父さんはあたしを守ろうとしただけで――」

「父さんのことじゃない。きみだよ。きみは母さんを自販機に突き飛ばした」

「あたしのシャツをめくり上げたんだよ」

「何があったかは問題じゃない。母さんに乱暴しちゃいけない。ぼくの母さんなんだ」

ルーは天井をじっと見上げた。ベッドの真上の漆喰《しっくい》にひびが走っていた。頭を右に傾けてみると怪物のように、左に傾けるとエイリアンのように見える。マーシャルが話せば話すほどルーは独りになったように感じ、天井のひびを見まいとすればするほど注意を引きつけられた。あごをゆっくりと左右に動かす。エイリアン。モンスター。モンスター。エイリアン。だがその姿は明瞭な形をとろうとしなかった。母親の記憶と同じように。それが本物なのか、ホーリーのものなのか、古い写真やメイベル・リッジのアルバムで読んだ話や事実の断片からつくりだした偽の記憶なのか、ときどきわからなくなる。

「約束してほしい。二度と母さんを傷つけないって」

うんと言うのはきっと簡単だろう。だがルーはもう自分を丸め、一度あらわにされた内側のやわらかい部分をまた抱えこんでいた。テレビでマーシャルの義父に解剖されたクジラを、浜辺に散らばった大きな肝臓や腸や、肺や心臓を思った。船長はあの生き物を切り開き、なかのものを残らずこの世界にこぼれ出させた。

マーシャルが、あたしも同じだとルーに感じさせた。彼があたしを切り開いた。あたしにキスをしたがる、あたしに指の骨を折られたのに。メアリー・タイタスの頭を角にぶつけて、バスルームの床に血を飛び散らせたのに。

「お母さんがいるだけ、ましだと思わないとね」

マーシャルはまたベッドに腰かけた。「ぼくの父さんが溺れたのも知ってるだろう。親が死んだからって、何か特別になるわけじゃない。ただ悲しいってだけだ」

そのとおりだと言いたかったけれど、自分のなかの何かがそうさせなかった。マーシャルの下からシーツを引き抜く。「まず目を食べるの。魚がね。ウナギとかも。でもあんたの父さんは海だったから、食べたのはサメだったかも。あっという間だったろうね、もしサメだったら」

少年がひどくぎょっとした顔になったせいで、ルーは頭にあることの残りを言えなくなった。これまで集めてきたたくさんの事実も、メイベル・リッジの新聞の切り抜きからわかったいろんな細々《こまごま》した情報も——母が発見されるまでに一週間かかったこと、警察が網で湖の底を浚《さら》わなくてはならなかったこと。どれも言えなかった。——考えてごらんよ。あんたのお母さんが湖の底に沈んでるところを。湖がどれだけの深さだったかも——千メートル近かった。あの湖にいる魚の種類のリストを作り、どんな魚が自分の母親を食べつくしたのかも。

「いやなこと言って、ごめん」マーシャルは時計に手を伸ばした。竜頭にルーの髪の毛がからまったとき、外して置いていた腕時計。いまはそのベルトを手首にきつく巻きつけていた。

ルーはブランケットの下から出ようとしなかった。どうしたら彼の前で体をさらさずに服を着られるだろうか、そう思っていた。つい三十分前に、マーシャルが彼女の体を隅々まで舌で探ったというのに。

「ぼくは……」マーシャルは言いかけ、やめた。立ち上がってベッドに背中を向けたまま、ズボンをすばやく引き上げた。つぎにベルトを締める。それから床の上を探しまわって、ポケットからこぼれ落ちたコインを拾った。

その背中に青黒い、端が黄色になりかけた打ち傷があった。警察署でホーリーに冷水機へ投げつけられてぶつかったところ。そしていま、二十五セント玉や五セント玉を前ポケットに滑りこませているマーシャルの腕に、父親の手と同じ大きさ、同じ形の痕が見えた。

「あのとき、あたしの靴を盗らなきゃよかったのに」

「あれでぼくは、きみが大好きになった」

喉の奥に、塩水のような味がした。「なんでよ」

「痛かったよ」マーシャルが曲がったままの指を持ち上げる。「でも、これはきみがくれたものだから」

ルーの顔が赤く染まった。彼の皮膚の下で指が折れたときの感触、折れようとするときに感じた悦びを思い出した。いい人間になりたい、そう願っていたけれど、決してあたしはそうはなれない。「なに言ってるのか、自分でもわかってないんだよ」

「そうかも」マーシャルはシャツを着た。ドアまで歩いていく。「念のために言うけど、ぼくはきみと別れるために、ここへ来たんじゃなかった」

ルーは顔をそむけた。天井にひそんでいる怪物を見上げる。

「ルー」

彼がその名前を、もう置き去りにしていくもののように口にした。ルーは心臓が胸の壁の内側でよじれたように感じた。

「待って。ちょっと待ってて」

シーツを引っぱり、タオルのように体に巻きつけた。リビングへ行ってトランクを開けた。よく森での練習に使った、スライドロックの付いたベレッタを取り出す。弾倉を引き出し、弾を込めた。安全装置がかかっているのを確かめた。

「持っていって」

「ぼくは銃は要らない」

「万一のため。あいつらがあんたにちょっかいを出せないように」そして彼が返してよこせないように、後ろに下がった。まだためらって、手のなかの拳銃を見下ろしているマーシャルに、ルーは言った。「やってみなければ、何も勝ちとれない」

マーシャルが帰ってから、ルーは浴槽に湯を張ると、バスソルトを入れて浸かり、肌から彼の名残を洗い落とそうとした。湯のなかに頭までもぐり、髪を指で何度も梳いた。浴槽の縁にある棚に、母親のシャンプーとコンディショナーのボトルが置いてあった。ラベルが丸まってはげていて、なんのブランドかも見きわめられなかった。

ルーがまだ幼くて、ずっと旅をしていたころ、仮のアパートメントで暮らしはじめたときにホーリーが真っ先にやるのは、荷物からこのシャンプーとコンディショナーを取り出して浴槽の縁に置くことだった。そして出ていくときには、タオルでボトルを念入りに拭いて、また荷物に入れるのだ。なかに入った粘り気のあるジェルはピンクがかった色で、ベリーの香りがした。ルーはそのボトルをじっと見ながら鼻の上まで湯に浸かり、いつまで息を止めていられるか試してみたりした。何年もたつうちにそんなことも忘れていたけれど、いまやってみると、肺が熱くなりはじめるまで二分近く浸かっていられた。

ホーリーが玄関の階段を上がってくる音がした。ルーは頭を持ち上げ、まつげから雫を払い落とした。父がポーチにずしりと、何か重いものを下ろす。それから家のなかに入ってトランクを開け、銃を引っぱり出す音が響いた。まずコルト、そして長射程のライフル。だがレミントンの、それにウィンチェスターの聞き慣れた金属音がしたときに初めて、海に出るのになぜこんなに銃が必要なのかと思った。

「ルー？」

「お風呂のなか」と応える。

父親がバスルームのドアの前まで来た。メアリー・タイタスといっしょに閉じこもったときのことを思い出した。タイルに飛び散った血を。手のひらについた噛み跡を。

「だいじょうぶなのか」

ルーは母親のシャンプーを握りしめた。「だいじょうぶ」

「排水口に流されるなよ」

父親が床を横切り、トランクの蓋を閉めるのが聞こえた。彼が外に出ていったあと、ガレージの扉の新しい南京錠が外れ、扉が開いて閉まる音がカタカタ響いた。

ガレージのなかにファイアーバード用の場所を空けるには、ホーリーとルーがふたりがかりで数時間かかった。車はいま、芝刈り機と薪を束ねた山のあいだに収まっていた。ホーリーがバスルームで母親の形見の品といっしょに閉じこもっていた時間は、いまはこのポンティアックへ移り、もう二度と昼間の光の下には出せないというのに、何時間でもいじりつづけていた。父親がボンネットのなかをかき回すあいだ、ルーは家のなかで、嫉妬に駆られていた。あの車は何か月もあたしだけのものだったのに。そして自分がどれほどあの車を必要としていたかに初めて気づかされた。あれはホーリーとも、彼の尽きることのない悲嘆とも無関係なところで、母のすぐそばにいられるよすがだったのだ。

押収車両の置き場から持ち出したほかの車――あのクーペとBMW、SUV、ハッチバック――はイプスウィッチまで持っていき、鳥類保護区近くの未舗装の道路に乗り捨てた。何度もちがう車で往復する、長い夜だった。やっと終わるころには夜が明けかかり、コマドリやコウカンチョウが森のなかでさえずっていた。ホーリーはどこかに電話をかけ、そして一時間後、朝食をとったあとにトラックで通り過ぎたとき、盗み出した車はみんな消えていた。

「あるやつに貸しができた」父親が言ったのはそれだけだった。

それ以降、ホーリーの気分に変化があった。必ずしも上機嫌というのではない――それでも、何かの仕事が片づいたというような、どこか満ち足りた印象だった。ふたりでガレージのなかを空けてファイアーバードを滑りこませたあと、彼は以前使っていた狙撃用ライフルをキッチンテーブルまで持ってきて、製造番号の消し方をルーに教えた。どのケーブルを引き出して当てれば火花が散ってモーターが生き返るかを教えたときのように。

バスルームのドアの向こうで、電話が鳴っていた。ホーリーが出てくれないかと、しばらく待った。それから、マーシャルかもしれないと――きっとマーシャルだと思い、ラックのタオルをつかんでバスルームから飛び出すと、水を滴らせながらリビングの床を横切った。受話器をつかみ上げ、耳に押し当てる。

「もしもし」

「あんたの母さんの車がまた盗まれたよ。知らせといたほうがいいと思ってね」

メイベル・リッジの口調はひどく横柄で、自分がどれほどの面倒を引き起こしたかにもまるで無頓着らしく、ルーは反応に迷った。二週間前に逮捕されてからずっと、この婆さんを思いきり罵《ののし》ってやりたいと思っていた。なのにいざとなると、言葉が出てこなかった。

「あんたがあのキーをくれた」やっとそれだけしぼり出した。「あの車に乗っていっていいって言った」

「ずっとは言ってないよ。持っていてもいいとはね」

玄関へ行ってドアを開けたが、警察の車は見当たらず、ふだんとちがった気配もなかった。ホーリーのプラスティック製のクーラーボックスがドアマットの上に置かれていた。なかに引きずって入れ、蓋を開けてみる。敷きつめた氷の上に大きな魚が二匹あった。荒々しい目玉と、茶色と黄色の斑点のある皮が光っている。

「けどね」メイベルがため息をついた。「どっちみち、リリーの車はなくなっちまった。警察はもう出てこないだろうと言ってる。ばらばらにされて部品ごとに売られただろうって。あんたがまたあたしの家に来てたら、こんなことにはならなかったよ」

「あなたに会いたくなかったから」

メイベルが咳払いをした。「あたしが意地の悪い婆さんだって思ってるんだろう。憎たらしいやつだって。でもあたしには、ああいうことをする理由があるんだ」

「あたしを逮捕させたことも？」

「ほんとのことを知らせるためさ」

クーラーボックスの魚には、ぱっくり開いた鰓《えら》があった。斑《まだら》の皮に縞が一本入り、肉づきのいい唇の下に一本のひげがルアーのように垂れ下がっている。北大西洋のタラ。ルーは蓋を閉めて、ドッグタウンじゅうにまき散らされたパンフレットで見憶えがあった。ルーは蓋を閉めて、クーラーボックスの上に腰かけた。

「あのときあげたアルバムを読んだかい」

「写真はぜんぜんなかった。一枚ぐらいくれたっていいのに」

メイベル・リッジが唸り声じみたため息を吐く。「あんたの母さんは泳ぎが達者だった。ずっと沖のほうまで泳いでいくし、岬から港まで泳ぎ通せた。十キロ近い距離だよ」

「前にも聞いた」

「あれがあった日の湖は——どの新聞にも書いてあるが、完璧な日和だった。波ひとつ立ってなかった。鏡のように、って書いてた新聞もあった。湖の幅は八百メートルしかない。あんたの母さんが溺れるはずはないんだよ、湖なんかで」

ルー自身の声がしゃべっているみたいだった。いまの自分ではなく、二十年、三十年先の自分の声が。ひざの裏にタオルがこすれる感触があった。リビングの床に水たまりができている。自分の体から落ちた滴なのか、魚の入ったクーラーボックスの水なのかわからない。でもルーはいま、そのなかに立っていた。

「あいつが殺したんだ。あんたの父親が。あたしにはわかる。もうあんたもわかったろう」

　電話を架台にたたきつけた。受話器がずり落ち、ツーッ、ツーッと音が響いていた。誰かがかけてこようとして、つながる前に切ったみたいに。ルーの髪から水が流れ落ち、蛇口が開いたように背中をつたっていた。手が伸びて電話をつかみ、こちらに引き寄せた。受話器を手に取り、またのろのろと耳元へ持っていき、一定した発信音を聞いた。つぎに聞かされる事実が知りたく、同時に知りたくなかった。

目を上げると、ホーリーがキッチンに通じる戸口に立っていた。おそろしく静かで、まるで幽霊のようだった。

「誰だったんだ」

「誰でもない」

　ホーリーの手はグリースまみれだった。ポンティアックのボンネットが開き、父親がなかの冷たい金属を探りまわるところを想像した。銃を分解して掃除するときと同じ慎重な手つきで、母親の車に触れているのを。そしていま彼は、それと同じ種類の慎重な視線で、受話器を架台に戻すルーを見つめていた。

「夕めしの魚を釣ってきた。腸《わた》を抜かないと」

「もう見た。おいしそうだね」

　ホーリーが近づいてきた。ほかにも何か言おうとするように。だが黙ってクーラーボックスをつかみ上げ、プラスティックの取っ手にグリースをべっとりとつけた。「二十分かかる」そう言い残し、ドアの外へ出ていった。

ルーはタオルを体に引き寄せ、ぺたぺたとリビングを横切り、硬材の床に足跡を残していった。バスルームに入ってドアを閉め、錠をかける。長く開いていたせいで湯気がすっかり逃げ、鏡も曇りがとれていた。そこに映る自分の顔を見つめる。

外の庭では、ホーリーがタラをさばいているのだろう。タイタス船長が浜辺でクジラにしたように、鰓の下にナイフを滑らせる。腸と胃と肝臓を抜き――灰色とピンクがぜんぶ混ざり合って、芝の上にあふれ出す。つぎに魚の頭を切り落とし、鱗《うろこ》をはぎ取りはじめる。カモメがいつも飛んできて内臓をくわえていくが、玉虫色のちっぽけな骨のかけらはずっと残り、車回しの上でちらちら光ったままやがてにおうようになると、ルーがホースの水で洗い流すのだった。

浴槽の湯も冷めてしまっていたが、ルーはずっと浸かったまま、指先がふやけてくるまで震えながら考えつづけた。そして水のなかに頭までもぐり、目を開けた。母親のシャンプーとコンディショナーが浴槽の縁から、疲れてすりきれたふたりの歩哨のように見下ろしていた。ルーはそのボトルに、遠くぼやけたその輪郭に意識を集中し、数を数えはじめた。

数えながら、湖の底にいる母親の体を、その肉が骨からはがれていくところを頭に描いた。途方もない水の重さがのしかかる、平和な、暗く静かな場所だろう。空気が存在する余地はまったくない――あるのは耳から押し入って鼻に上がり、肺を押しつぶしてぺしゃんこにしてしまう圧力だけ。もうあと一分と思って頭を浸けたまま、これ以上ないほど生きていると感じ、磁器に強く体を押しつけた。そのときホーリーのこぶしがドアをたたく音が聞こえ、背骨がびくんと跳ね上がり、頭が水面から出た。むせて水を吐き出し、激しくあえぎ——ずっと深くにある水を体ごと汲み出すと、それをバスルームの床へぶちまけた。

銃弾#6

アラスカの白夜は、晩春のころに始まった。日ごとに昼間が長く延び、太陽が沈んでいるのがたった五時間に、そして四時間に、さらに三時間になり、空は陰鬱な別世界じみた灰色に変わった。一日がどんどん長く引き延ばされていき、ホーリーは次第に眠れなくなった。温めたミルク、熱い風呂、リリーが買ってきたアイマスク——何をやっても効果はなかった。何度も寝返りを打ち、家のなかを歩きまわり、それからブーツを履いて散歩に出た。

どこの道路も不気味に静まり返り、人気《ひとけ》がなかった。クック入江まで行こうとして思いなおし、小学校の前を通り過ぎると、オールド・スターリング・ハイウェイを歩いていった。アンカーポイントへ来て最初の夏だったが、ふたりともこの場所はおおむね気に入っていた。海辺の風景はリリーにオリンパスを思い出させたし、ホーリーが魚を釣ったり牡蠣を採ったりするのは父親が生きていたころ以来のことだった。アラスカでの暮らしはさして物入りではなく、残りの金でなんとかやりくりできたが、そろそろ貸金庫の中身が尽きかけていたし、いずれ赤ん坊も生まれる予定だった。

ホーリーの父親は、荒野で暮らすときのルールを定めていた。すべて数字の三にまつわるものだった。人間は空気なしで三分間生きていられる。屋根なしでは三時間。水なしでは三日間。食べ物なしで三週間。そしてひとりの人間とも会わずにいると、三か月で気が狂いはじめる。ホーリーはリリーと出会う前に一、二度、それより長く引っこんでいたことがあった。ひと仕事終えたあと森にひそんだのだが、町へ戻ったときの衝撃はいまだに忘れられない。ダイナーに座ってコーヒーを飲んでいるあいだ、周りじゅうでおしゃべりの声が響いていた。ずっと独りでいたせいで、少しおかしくなっていたのかもしれない。人とまともに話せるようになるまでに何日かかかった。そして森のなかで取り憑かれていた考えを振り払うのには、さらに長い時間がかかった——世界から人がみんな死に絶え、あとに自分だけが取り残されたという考えを。いま、白夜のさなかに街を歩きまわっていると、あのときと同じ思いが浮かんできた。

やがてアンカー川にかかる橋まで来た。両手をポケットにつっこんでたたずみ、水の流れと自分の白く曇った息を眺めながら、前日のジョーヴとの電話を思い出した。ホーリーのほうからやれることはないかと声をかけていたところ、ジョーヴがコードバで仕事があると聞きつけてきた。問題なのは、それがエド・キングがらみだということだった。

最初はある運び屋のパイロットが雇われたのだが、そいつが運ぶはずの金をかすめ取ったせいで、キングはある晴れた朝、パイロットが恋人とふたりでパンケーキを焼いているところを襲わせた。恋人もいっしょに殺された。その事件のことはホーリーも新聞で読んでいた。現場は凄惨なありさまで、コンロでは朝食のパンケーキが焼け焦げ、女が冷蔵庫の前に倒れていて、血がミルクと混ざり合っていたという。それでもこちらにとっては運がいいほうへ転がり、代わりの人間が必要だということで、ホーリーにその役目が回ってきたのだった。

「今度はしくじるわけにはいかん」ジョーヴは言った。「信用できるやつでないとな」

「キングはおれがからむのはまっぴらだろう」あのボクサーくずれがスーツをパイまみれにして、リリーのトラックを追ってきたときの光景は、いまだにホーリーの頭から離れずにいた。

「キングは頼れるやつを見つけろと言った。こっちはそいつがおまえだとは言わずにおく。それだけのことだ」

現金と現物を受け渡すだけの、単純な計画だった。何日か家を空けるだけですむ。まだリリーには話していなかった。よけいな心配をかけたくない。結婚してからずっと、この種の仕事はしてこなかった。それでもどこか腰の定まらぬ気分だったし、いまは何より金が入り用だ。川から引き返しながら、少なくとも自分にそう言い聞かせた。そしてジョーヴに、仕事を受けると返事をした。

小屋の正面ドアを音をたてずに開け、そっとなかに入った。ブーツを脱いで、コートを掛けてから寝室へ向かった。リリーはまだ眠っていて、髪が枕の上にこんもりと広がり、上掛けが丸みを帯びた腹まで引き上げてあった。いつまでも明るい夜にも悩まされてはいない。妊娠したとわかって以来、リリーはどこででも眠れるコツを身につけていた。車のなかでもソファの上でも、ときには食事の最中でも、頭を片腕の上に乗せて口を開け、そっと何分か存在を消すのだった。

ベッドの端に腰を下ろした。リリーの髪をなでて、うなじにキスをする。妻が目を開け、顔をこすると、唇についたかすを爪の先でつまみ取りはじめた。寝ているときによだれを垂らす癖があるのだ。

「ノートを取って」彼女は言った。

ホーリーはクロゼットを開けてなかをかき回し、リリーのバッグを探り当てた。なかに財布と鍵、ティッシュの袋、浜辺で拾った貝殻、そして小さな黒いノートがあった。表紙に伸縮性のストラップが付いていて、その内側に小さなペンが収まったノート。それをつかんでベッドまで持っていく。リリーがあくびをしながら受け取り、ページを開いて書きはじめた。以前は朝起きるなりタバコを巻くのが習慣だったが、赤ん坊ができたとわかるとすぐに禁煙した。ニコチンが切れたせいでいらいらしやすく、とくに朝はひどかった。それで頭に火がつくのを防ぐために、夢日記をつけはじめたのだ。

「今日はなんだった」

「鳥の群。空が見えないほどいっぱいいた」

リリーが彼の手を取り、自分のふくらんだ腹に当てさせる。最近になって赤ん坊が動きはじめていた。妻の体の奥深くでおののくものを感じとると、そのたびに車に乗って走り出したくなった。

「まだ寝てるだろう」

「ちょっと待って」リリーがノートのページをめくった。羽と翼をいくつも描いていく。

「いつも早く目が覚めすぎちゃう」

何をするのに早すぎるのか、そう訊きたくなった。われながらばからしいとは思いながらも、妻にそんな生々しい夢を見せている赤ん坊がどこか妬《ねた》ましくもあり、それ以外のことでもとにかく、ふたりの生活は狂わされっぱなしだった。産婦人科への往復に、紙おむつの箱、小さな服、リリーの肌にできた妊娠線。いまもあの三月の、彼女が医者から帰ってきた日のことを憶えている。ホーリーがキッチンでスクランブルエッグを食べているときに、リリーがその知らせを伝えた。いちおう彼女を抱きしめはしたが、頭のなかには卵料理が冷めてしまうという思いしかなかった。

「ほら。感じた？」

ホーリーの指の下で、何かがうごめいた。みっしり固まった砂の奥を掘り進んでいく二枚貝のように。首を横に振る。「感じなかったかな」

やがて白夜が明けて本当の朝が来た。とたんにホーリーは目を閉じて、眠りに落ちた。うとうとしながら、妻が起き出して寝間着を脱ぎ、マタニティパンツをはいて、授乳用のブラに乳房を滑りこませるのを意識した。そして彼女に起こされそうになると、寝返りを打ち、うめき声を出した。

リリーが車のキーを振ってみせる。「超音波検査の日」

リリーの手が下に落ち、腹をさすりはじめた。ついさっき引っぱられた筋肉を元に戻そうとするみたいに。「べつにいいよ」

「おれも行かなきゃだめか」

彼女が背を向けて部屋から出ていくと、キッチンから洗い物をする音が聞こえてきた。それから身支度をして車に乗りこみ、出かけていく音が。するとホーリーはとたんに目を開け、ベッドから彼女のノートを取り上げた。鳥はどれも白鳥のような首がおかしな角度にねじれていて、くちばしの先が鋭く尖って描かれ、鉤爪が大きく広がっていた。妊娠してからというもの、リリーの頭は怪物ばかりに占領されるようになったが、本人はそんな夢にも気持ちを乱されてはいないようだった。頭が三つある犬、赤い目の猛牛、人食い馬の群――そういった絵をノートに描いてしまえば、それはすべて彼女の人生から消えうせる。だがホーリーはその絵をのぞき見するたびに、自分の未来を見ている気がした。

本当のことを話そう。リリーが帰ってきたらすぐに。

狩猟に出る、そうホーリーは言った。ひと晩留守にする、もう少し長くなるかもしれない。リリーはおさげにした髪を引っぱり、一言も返さなかった。キッチンに入ると、ランチにサンドイッチとソーダ、サーモスのコーヒーを用意した。そのあいだにホーリーはダッフルバッグを出し、地下室に仕舞ってあるなかから銃を選んだ。コルトに父親のライフル、シグ・ザウエルのピストル。弾薬も詰めた。ホーナディ・インターロックにAスクウェア・デッドタフ、ウィンチェスター・シルバーチップ。

「うれしそうじゃないね」リリーにそう言われた。

「うれしいさ」

リリーが彼のシャツの襟をつかみ、ぐっと引き寄せた。彼は顔をうつむけ、彼女のにおいを吸いこんだ。つかのま、行くのはよそうと思った。リリーが彼のジーンズの左右のポケットに両手を差し入れ、彼の尻をぎゅっとつかみ、そして放した。コートを渡してよこす。

「約束して、今晩電話するって」

「約束する」

「ほんとだよ?」

「ほんとだ」

ホーリーが寝袋とキャンプ用品、食料に弾薬をトラックの後部に積みこむのを、リリーは見守っていた。そして石をひとつ拾い、投げつけてきた。ホーリーはかわそうとしたが、石はかなりの強さでぶつかった――あばらのすぐ下の、やわらかい場所に。シャツを引き上げて触れると、真っ赤な痕になり、ひりひり痛んだ。

「帰ってきたときは、もっとうれしそうにしたほうがいいよ」リリーは言い、家に入ってドアを閉めた。

　アンカレッジに着くと、ホーリーは銀行まで歩いていき、支店長に案内されて階段を下り、貸金庫のある施錠された地下室へ向かった。そこに受け渡すものが待っていた。取っ手とキャスターが付いた、小さなアルミのスーツケース。サイドの留め具を開け、中身の金を確かめた。札束は新しいインクのにおいと、古い年月のにおいがした。一瞬、このケースを持ってリリーのところへ戻り、ふたりでメキシコへ逃げようという思いが頭をよぎった。それからパイロットとその恋人のことを思い出し、蓋を閉めて取っ手をロックすると、スーツケースを押して銀行を出た。

　ウィッティアでコードバ行きのフェリーに乗った。そのころには夕方になっていたが、太陽はまだ明るかった。船の上は油井で働く男たちだらけで、みんな酒を飲みながらカードをやっていた。ホーリーはブース席のひとつに座り、リリーが持たせてくれたランチの包みを開けた。中身はジンジャーエール二缶、白パンのローストビーフサンド、マーブルのライ麦パンのハムチーズサンド、アルミ箔に包んだピクルス。そして紙のメモ。メモにはこうあった。〈女の子だって〉。

　メモはリリーの夢日記のページをちぎった紙きれで、二つ折りにしていたので、折り目の左側に〈女の子〉、右側に〈だって〉の文字があった。ホーリーはメモを開いてはたたみ、開いてはたたんだ。何度もそうすれば書いてあることが変わるとでもいうように。だが手書きの文字は厳として、消えることなくそこにあった。サンドイッチとピクルスとジンジャーエールを袋に戻した。それから売店まで行き、ビールを買った。フェリーが横切っていくタンカーの航跡と交錯して大きく揺れ、周りじゅうで男たちが座席にしがみついてうめき声をあげた。

一年か、それ以上ぶりに口にするアルコールだった。リリーから酒をやめるよう言われたことはなかったが、妻がいないときに飲むのは気がひけた。最近はふたりでバーの前を通り過ぎるたびに、リリーはこう言っていた。「ほら、あたしのおかげで寿命が一年延びたよ」。ずっと長いあいだ、これからリリーとまた何年も過ごせるという思いが、未来という名の金庫のなかに積み上がっていた。そしてそれだけで、彼は歩きつづけていけた。

コードバに着くころにはビールを四本と、油井の男からリリーのピクルスとの交換でせしめたウィスキーのボトルを半分空けていた。売店が閉まる前にコーヒーを一杯買い、あやしい足取りで階段を下りると、トラックに乗りこみ、甲板員が手を振って車を誘導するのを待った。ランプウェイを渡って上陸するとまっすぐ街を突っ切り、コッパー・リバー・ハイウェイに乗った。イヤク湖と軍の基地を通り過ぎてから、道路は未舗装路に変わり、トウヒやベイツガが連なる湿地性の森のなかをうねうねと続いていた。トラックは右へ左へ揺れ、土ぼこりを舞い上げた。もう夜の九時近かったが、まだ真昼のように明るかった。

池のなかで草を食《は》んでいるヘラジカの親子の横を通り過ぎる。やがて、前方の路上で死んでいる動物が見えた。レイヨウか、鹿だろうか。ばらばらになっていて見きわめがつかない。若いワシが一羽、その腹を引き裂いていて、内臓が道路にこぼれ出していた。ホーリーは迂回してよけたが、そのあいだにワシが飛び立った。バックミラーを見ると、ワシは翼を指のように広げて旋回し、やがてまた降り立って食事を再開した。

一時間ほど走るあいだ、ほかの車とはまったく行き合わなかった。二度ばかり眠気が襲ってきてトラックが大きく逸れ、灌木につっこむ寸前でわれに返った。またコーヒーを飲み、リリーのサンドイッチをひとつ食べ、やがてハイウェイが終わる橋まで来た。橋を渡る直前に〈チャイルルズ氷河〉という標示が見えた。左に折れ、川沿いの細い未舗装の道を進むと駐車場に出た。車が一台だけ、木の下に駐めてあった。シボレー・シルバラード。ホーリーはトラックの速度をゆるめ、何台分か離れた場所に停めた。シルバラードの車内に人影はなかったが、後ろにこんなバンパーステッカーがべたべた貼ってあった。〈観光客のシーズンだとさ。狙い撃ちしてやるか？〉〈主は来たれり——えらく忙しそうだぜ〉〈ホーキーポーキーがどうしたって、だから何だ？〉。

トラックのエンジンを切った。座席の下に置いたウィスキーのボトルを探り当て、また何口かあおった。あらためてバンパーステッカーを読む。もし成り行きでこのシルバラードの持ち主を殺すことになったとしたら、ブツを引き渡してジョーヴから報酬の取り分を受け取ったうえに、アルミのスーツケースも自分のものにできる。ウィスキーをひと口飲むごとに、頭のなかでその考えがくっきり形をとっていき、細部まで何もかも想像できた——誰にも惜しまれないごま塩頭のクズ野郎から、家のベッドの上に金を広げたときのリリーの笑い声までが。

銃が装填されているのを確かめた。それからランチの包みを開け、紙のメモを取り出す。フェリーの上で何度も広げたりたたんだりしたせいで折り目が弱くなり、二つにちぎれてしまった。片方に〈女の子〉、もう片方に〈だって〉。この字を書いているリリーの姿を思い浮かべた。〈だって〉のほうの半分を包みにしまった。〈女の子〉のほうの半分を手に取って、前ポケットに滑りこませる。そしてトラックから降りた。

駐車場にほかの車はなかったので、まっすぐ突っ切って踏み分け道のほうへ向かった。ハイイログマ出没の標識がちらほら見え、高波注意の標識もひとつあった。樹木限界の外に踏み出し、斜面を下った。そこから反対側の岸にそびえ立つ氷河が見えた。

アラスカへ来て以来、氷山は何度も見ていたが、ここにあるものはスケールがちがった。ここは氷山が生まれる場所だった。氷河は巨大な、かすかに波打った青い氷の壁で、高さ百メートル、五キロにわたって続き、その下ではコッパー川が沸き返っている——重力と圧力、時間が生み出した驚異。棚氷は毎日少しずつ、山を越えて移動し、やがて子どもを生むように砕けて下の川に落ち、津波をつくりだす。いかれた連中がその波にサーフボードで乗ろうとしたという話を読んだことがある。二人が氷の塊の下敷きになって潰された。林野局が川の下流を封鎖して捜索したが、死体は見つからなかった。

その岸辺で待っているふたりの女がいた。見た目はハイカーらしかった。ブーツにバックパック、テントとトレッキングポール――山登りの人間が使うような装備だ。女のひとりはズームレンズの付いたカメラを三脚に立て、もうひとりは双眼鏡を氷河に向けているが、髪をおさげに結っていた。おさげ髪にするには少々老けているように思える。遠くからだと十代に見えるが、近寄ってみて、四十と五十のあいだぐらいだとわかった。だが体つきはたくましかった。ごつい肩、筋肉の盛り上がった腕。乾いて褐色になった肌。何十年も野外で暮らしてきたような女だ。もうひとりの女は若く、二十くらいか。髪を軍隊風に刈りこみ、首の後ろにカラスのタトゥーを入れていた。

「景色を見にきたの？」おさげ髪の女が声をかけてきた。

「いいや」

「じゃ、わたしたちに会いにきたってことでいいのね」

ふたりとも武器を持っている。タトゥーの女のシャツには、下のジーンズにつっこんだ拳銃のふくらみが見えた。三脚の横にはライフルが置いてあり、おさげ髪の女がそれを手に取ると、まるであつらえたように腕の内側にしっくり収まった。

三人の後ろで雷鳴がとどろいた。バリバリと空気が裂ける音。胸の奥が鈍く低く反響する。嵐が近づいてくる。ホーリーは上を見やったが、空は晴れていた。頭上にも遠くにも、雲ひとつ見えない。

「あたしたち、一時間前から来てんの」タトゥーの娘が言った。「雪崩《なだれ》は何回かあったけど、氷河が割れるのはまだ」

「もうすぐ見られるわよ」おさげ髪の女が言う。

「写真に撮れるかな」

「きっと撮れるわ」

女がカラスのタトゥーに手を置いて、娘の首筋をさする。そのしぐさから、このふたりは恋人同士なのだとわかった。すると娘が肩をすぼめて女の手から逃れた。とりたててそうしようというのでもなく、ホーリーがリリーに別れを告げたときに彼女の手から逃れたときのように。

ホーリーはポケットのマグナムをまさぐった。「あんたがステラーか？」

「ええ」年上の女が言う。

「金を持ってきた」

「それを聞きたかったの」

ホーリーはトラックに引き返し、スーツケースを取り出した。砂利の上を転がしていく。ガラガラとうるさかったので、途中で取っ手をつかんで持ち上げ、岸辺まで運んだ。ケースの向きを変えて、岩の上に置く。「中身を数えてもいい」

「わたしが見るわね」

ステラーがライフルを置き、こちらに近づいてくると、スーツケースの留め具を開けた。娘はテントのそばをうろつきながら、ホーリーからずっと目を離さず、空いた片手を銃の上に置いていた。顔はきれいだが、体が細すぎた。親指と人差し指のあいだにも鳥のタトゥーがある。手であごを掻くと、その鳥が宙を飛んでいるように見えた。

　ときどきバンという遠い銃声のような音が響くと、ステラーが金を数える手を止め、巨大な氷の棚に目をやった。そのたびホーリーもつられてそちらを向いた。

「トリンギット族はあれを〝白い雷〟と呼ぶの」

「氷河をか」

「じゃなくて。氷河が壊れるときにたてる音」

　ステラーがホーリーの足元にしゃがみ、スーツケースの中身を調べている。ホーリーはその髪の分け目を見下ろした。後頭部にはげかけた箇所があり、その皮膚が日に焼けて赤くなり、茶色の斑点で覆われていた。そこに銃口を押しつけるところを想像した。そしてその考えを振り払おうとしたが、それは女が金を数えるあいだずっとつきまとっていた。

　ステラーがスーツケースを閉めた。取っ手を伸ばし、岸辺の上を転がそうとする。アルミのボディが石にぶつかり、二つの大きな岩のあいだに挟まった。その様子がメイベル・リッジのことを、駅で二台の車の隙間に挟まったばかでかいキャリーバッグを思い出させた。

　ケースを外すのに手を貸してやった。「ステラーってのは、なんの名前なんだ」

「うちの父は学者でね。ゲオルク・ステラーにちなんでわたしを名づけたの。ステラー海牛、知ってる？」

かぶりを振る。

「アラスカに足を踏み入れた最初の白人。でも有名になったのは海牛のせい。絶滅する少し前に、最後の群を発見したの」

「そのひと、ステラーのことなんかどうでもいいんだよ」若い娘が言う。

年上の女がキッとにらんだ。おさげの一本を強く引っぱる。

「興味はなくもない」ホーリーは言った。

娘はまだあごを掻いていて、その皮膚が赤くなり、鳥のタトゥーが羽を開いたり閉じたりしていた。「そろそろすませられない？　さっさとすましたいんだけど」

ステラーが娘に近寄り、また首筋に触れた。また娘は肩をすぼめて逃れる、そんな気がした。そうならなければいいと思ったが、娘はやはり逃れた。今度はステラーの顔に何かがよぎった。傷痕の上の皮膚がひきつれるように。

「行儀よくしてなさい」ステラーは言って上体を屈め、テントのなかにもぐりこんだ。また出てきたとき、小型テレビ程度の大きさの、四角い木箱を手にしていた。岸辺に箱を置いて、ハンマーの後ろで蓋をこじ開け、詰めてあった藁《わら》を引き出しはじめた。

なかに砂色をした、古い陶器の鉢があった。側面がさまざまな彫刻で覆われていた。人物の形や、何かの字のようなもので。輪の文様が何本か周囲を取り巻き、底のほうまで続いている。縁があちこち欠けていて、底には穴がひとつ開けてある。みすぼらしい古い植木鉢のようだった。

「こいつはいったい何だ」

「クレプシドラ」

「時計と言ってたはずだが」

「これが時計よ」ステラーが指を輪の文様に沿って滑らせる。「このなかに水を満たして、水面が下がってくると、どれだけの時間がたったかがわかる。砂時計みたいに」

ホーリーはそのクレプシドラを持ち上げ、両手のなかで回してみた。アルミのスーツケースに詰まった現金のことを思った。「どう見てもただの鉢だ」

「水時計《クレプシドラ》よ」

陶器を元の場所に戻す。「偽物でない保証は？」

「こういうものは世界に七つしかない。残りは博物館にあるわ。これもそうしなきゃいけないんだけれど」

「どうやって手に入れた」

「知らないほうがいいよ」娘が言う。

鉢の側面にいくつも刻まれた線と図形は、何かしらの意味をこめて反復されているようだった。複十字のような楔形があり、ひっくり返した山のような楔形もある。ホーリーは鉢をのぞきこみながら、輪の文様を指でなぞった。この時計は何を計るのだろう。時間か。週か。年か。人の一生そのものか。

女ふたりが左右からホーリーを挟みこんでいる。その位置関係から、水を満たした二つの鉢を連想した。ひとつはステラー、もうひとつは娘。ふたりのあいだを時間の流れがつないでいる。ホーリーは鉢の底の周りの硬くなった粘土に触れ、底に開いた穴に指を滑らせた。穴は冷たくなめらかで、貫通銃創のように深かった。手を抜き出すと、指の関節が薄い粉のような埃にまみれていた。

「今度来るときは、楔形文字を読める人間をよこしたほうがいいわね」ステラーがまたおさげの一本を引っぱる。そのときホーリーは察した。三人でこの岸辺に立って話しているあいだ、この女はずっと、こちらが自分たちを殺そうと考えていることを察していたのだ。

「崩れる！」娘が叫んだ。

三人とも振り返った。氷河の棚の側面を粉々になった氷が滑り、川に向かってなだれ落ちていく。まるで雪の滝のようだった。つかのま白い粉が止まって力を蓄えているように見え、また少しずつ落ちはじめた。三、四十メートルの高さの青い氷の暗い内側で、またつぎの滝が落ちはじめ、キラキラ光る筋の弧を描いた。やがてそれも止まった。

空気が薄くなった気がした。

娘がカメラに駆け戻り、ファインダーの前にしゃがんだ。手でレンズを前後に調節しながら、氷河を捉えようとする。最後の雪が煙となって川に落ちると、その上には三階建てのビルほどもある巨大な氷の塊が張り出していた。雪煙の勢いがゆるやかになり、やがて止まり、川の表面が静まって平らになった。

ホーリーも女たちといっしょに待った。しばらくそのままでいた。

「ほら、きた」娘が言った。

そのとき空気がひび割れ、轟音とともに裂けた。張り出した氷河の前面が割れた。氷のかけらがつぎつぎに砕け、ついで巨大な塊が崩れはじめる。三人ともその場に根が生えたように、呪縛にかかったように動けずにいた。スローモーションさながらに氷塊が倒れ、やがて川にぶつかった瞬間、氷河の側面に下からひび割れが走り、それから棚の前面すべてが崩れ、滑り落ちはじめた。

大地が崩壊しようとしているようだった。高層ビルが崖の上からもんどりうって落ちていく。その光景にホーリーは吐き気を覚え、自分の一部が氷とともに崩れていくように感じた。はるか太古から、千年期を何度も越え、大陸が形づくられるのを見てきた氷がいま、このときを迎えた——旅の終わりを。氷塊がついに川にぶつかったとき、水面が破裂して褐色と白の飛沫を噴き上げ、氷と水の柱が空中はるか高く舞い上がって噴煙とガラスのような光輝に変わり、きらきら光る粉末となってまっすぐ岸辺へ向かってきた。

ホーリーはよろよろとあとずさり、つまずいて木箱の上に倒れこみ、あばらを擦りむいた。排水栓が引き抜かれたように、岸沿いの水位が下がって引いていた。と、川の水が一気に増して盛り上がり、浮かんでいた氷の塊がつぎつぎ呑みこまれた。ステラーと娘はすでに走って逃げ出していた。娘が肩にかけたカメラが背中で揺れ、ふたりの体のあいだでアルミのケースがあちこちにぶつかっていた。ホーリーもクレプシドラをつかみ上げ、あとを追った。女たちが何か叫んでいたが、迫ってくる水の轟音にすべてかき消された。ふたりとも岩をよじ登り、車のほうへ斜面を上っていく。ホーリーは足首をとられ、また転んだ。上のほうで、若い娘が駐車場にたどり着いていた。振り向いて腕を差し伸べる。ステラーがスーツケースから手を放し、女ふたりがたがいの体にしがみついたとき、波がその上からかぶさっていった。

強力な水が後ろからホーリーを捉えた。凍てつく極地の冷水の衝撃に、肺から空気がたたき出された。息をしようともがきながら、体が運ばれていく感覚、どこか高いほうへと押される感覚があった。そのとき足が支えを失い、体が白い泡にもまれて裏返しになり、水の重みで岩にたたきつけられ、また足首のほうから後ろへ引っぱられた。しこたま水を飲んだ。砂と土と塩も。クレプシドラに水がどんどん、どんどん満ちていき、体をつなぎとめる碇になったかと思うと、たちまち川の水が両手からもぎ取っていった。

息ができない。頭にあるのはただそれだけだった。流れに抗おうとするが、水面には届かない。父親はいつも溺れるのを怖がって、ホーリーの頭が水に浸からないようにしていた。そうやって息子を守ろうとしていたのだが、つぎにまた氷水の波を食らったときに理解した。父親はそうすることで、ホーリーをだめにしていたのだ。自分は子どもをだめにする父親にはなりたくない。

硬いものが手をかすめた。岸から川へ倒れてきた木だった。その枝につかまり、水面の外まで顔を引き上げた。必死に息をつく。周囲のあらゆるものが動いていた。脚に何か重いものがからみつき、また下へ引きこもうとする。手で体を支えながら蹴りのけると、紫色のナイロン地が一瞬見えた。ステラーのテントだった。

二百メートルは下流へ流されただろうか。波に乗って前へと押され、そのあと川の縁に沿って引きずられてきた。流れはまだ激しく波立ち、うねっていた。青い軟氷のかけらが水面に浮き沈みしている。ホーリーは木にしがみついたまま、自分の体を引っぱって岸を目指した。冷たさに手脚が痛んだ。岸辺はどこも水に浸かっていたが、やがて流れが散らばった巨岩のあいだから引きはじめ、元の輪郭に戻っていくのが見えた。木が根こぎにされた部分までやっとたどり着き、濡れた樹皮に爪をはぎとられかけながら、最後のひと踏んばりで川から体を引きずり上げた。

岸辺は沼地に変わり、濁った錆色の水たまりがあちこちにできていた。あばらに手を触れてみる。痛みが走った。頬が岩にぶつかって切れていた。銃も財布もない。衣服はずぶ濡れで、体が震えていた。変わり果てた氷河の表面を見ると、氷がこそげ落ちた場所にぽっかり穴が開いていた。

着ていたコートが水を吸って重く、背中に人ひとりの重みを背負っているような気がした。コートの袖を引っぱって脱ぎ、地面に放り出した。頭からシャツを引き抜いてぎゅっとしぼる。筋肉が震え、全身に鳥肌が立った。またシャツを着ると、さっきより寒くなった。胸ポケットに手を差し入れた。リリーのメモはまだあったが、インクがにじんで広がり、いまはどの字も三倍の大きさになっていた。〈女の子〉。その紙きれをしばらく見つめた。そしてていねいに折りたたみ、ポケットに戻した。

ブーツをずくずくいわせながら、駐車場のほうへ向かった。土手の上までのぼると、濡れねずみになった女たちが見えた。アルミのケースはちゃんとあった。ボンネットを開けた自分たちのシルバラードのそばに立って、トランクから毛布を引っぱり出していた。ホーリーは自分のピックアップトラックに目をやった。荷台いっぱいに水が溜まっていた。

「生きてたんだ」娘が言った。

「そうらしい」

「エンジンが水浸し」ステラーは懐中電灯を持っていた。手のなかでそれをすっと滑らせる。娘が毛布を一枚取って渡してくれた。

「写真は撮れたか」言いながら、ホーリーは思った。このふたりは少しでもおれを捜そうとしたのだろうか。

「むり」娘が言う。

「あんな大きいのが落ちるなんて、見たことがない」とステラー。

「みんな死んだかと思った」娘が言い、そして笑い出した。ステラーも笑った。ふたりとも異様に甲高い声だった。この女たちはおたがいの体にしがみついていたおかげで、いまこの地面に立っていられる。今後ずっと何年も今日のことを話し合うだろう。そして遠い将来、ふたりの暮らしが終わり、もうおたがいへの愛情がなくなったころには、たぶん忘れてしまう。

だが、ホーリーは忘れないだろう。

「クレプシドラはどこ?」ステラーが訊く。

ホーリーは自分の手を見下ろした。鉢の重みで川底へ引きこまれそうになったときの感触をまだ覚えていた。「もうない」

「なくした?」娘が言った。

「壊れたと思う」鉢が手からもぎ取られたときの感触と、波の下で何かが砕ける音がよみがえった。

ステラーが急いで岸のほうへ戻りかけたが、下りる寸前で立ち止まった。川の土手の上にとどまりながら、水際に目を走らせる。ホーリーと娘も肩を毛布にくるんだまま、あとをついていった。三人で駐車場の端から端まで行ったり来たりした。岸辺は波に打ち上げられた残骸や木の枝や魚で覆われていた。タカやカモメ、カラスやムクドリが入り混じって大きな群をなし、岩の上で跳ねて体をよじらせる鮭に襲いかかっては肉の塊をついばみ、鉤爪でその切れ端をつかんで運んでいく。ずたずたになった紫色のテントの残骸が遠い下流に浮かんでいるのが見えた。だが、クレプシドラと木箱は影も形もなかった。

「どこかに打ち上げられてるかも」娘が言った。

「あれを手に入れるのにどれだけ苦労したかわかってる?」ステラーが言う。「三千年以上前のものだっていうのに!」

ホーリーは考えていた。金をアンカレッジの銀行に戻さなくてはならない。それからジョーヴに連絡をとって、取引が失敗したことを知らせないと。ボーナスの現金もなければ、リリーとの楽しい再会もなくなった。このますすごごと、また長い距離を走って家に帰るのか。手がベルトに伸びた。体とその隙間に何もないと気づいたとき、やっと銃が流されてしまったことを思い出した。

「そのケースを返してもらわなきゃならない」

ステラーが一歩、娘のほうへ寄った。「時計は手はずどおり渡した。こっちの役目は終わったわ」

「なくしたのはそっちのせいよ」娘が言う。

「おれにとって問題なのは、ここまで取りにきたものを手に入れられなかったことだけだ」

「あたしらがおとなしく金を返すと思ってる?」

女たちはこっちが銃をなくしたことを知らない。いや、やはり知っているのか。アドレナリンと冷水のせいで、頭は澄みきっていた。娘からもらった毛布をかぶっていても、低体温症の一歩手前だ。体が機能を止めようとしている。肩が激しく震え、歯ががちがち鳴っている。それでも、手ぶらでは帰れない。時計も金もなしでは。

「残念だ」

「こっちも残念よ」ステラーがシャツの下からスナブノーズのルガーを取り出した。よく老人が持ち歩いているタイプの銃。身を守れると感じられさえすれば、見た目はどうでもいいという人間が。ずっとルガーはおもちゃのような銃だと思っていた。握りの部分がノーズより長いくらいだが、造りは頑丈だ。ルガーがトラックに轢かれたあとでも問題なく撃てるのを何度も見たことがあった。

「五秒あげる。そのあいだに車に乗って、ここから離れて」

「あんたにおれは撃てない」

「一秒」ステラーが撃鉄を起こし、シリンダーが回転して止まった。少なくとも三発装塡されているのが見えた。

「まあ待て。待ってくれ」

「二秒」

ホーリーは濡れた衣服で立ちながら、女が本気かどうかを見定めようとした。たしかに本気に見える。あたりに目をやって、盾になるものとの距離を測ろうとした。役に立ちそうなものはあまりなかった。シルバラードか、自分のトラックか。あの娘か。娘は何かの発作のようにビクビク痙攣し、車のボンネットにしがみついていた。何歩か動けばその首に手をかけられるだろう。

空が低い音をたてて鳴り、氷河が動くのを感じた。ステラーは前を見すえたままだったが、ホーリーは川のほうを向いた。なだれ落ちる雪も、ひび割れも見えない。それでも変化を、内側で強く圧縮されたものがゆるむのを感じた。棚氷のずっと奥の、すさまじい圧力がかかり分子が縮まったところで何かがうごめき、秘密に満ちた洞窟があくびをし、ぱっくり口を開こうとしている。

「三」

「わかった」ホーリーは両手を挙げ、その肩から毛布が落ちた。後ろ向きに遠ざかり、自分の車のほうへ歩きはじめる。「おれは行く」

ステラーがシルバラードから離れてついてきた。「先に行って調べて」と娘に声をかける。「たぶんトラックのなかにライフルがある」

ホーリーが待つあいだに、娘が急いで駆け出すと運転席のドアを開けた。そしてなかを引っかき回すのを眺めながら、ブツの引き渡しまで何時間あるかと頭のなかで計算した。期限が過ぎれば、キングはジョーヴに連絡をとる。ジョーヴはほかにどうしようもなく——ごまかすには大金すぎる——受け渡しをしくじったのがホーリーだと伝える。そうなればアンカーポイントに誰かがやってくるだろう。

娘がダッシュボードからライフルを引っぱり出した。シートの下を調べて、コルトを見つける。「これだけだと思う」

「四」

ホーリーは運転席に上った。ドアを開けて、呆《ほう》けたように腰を下ろす。太陽が地平線のすぐ上まで沈み、空が灰色に変わりはじめていた。あと一時間すれば、陽がまた昇り、本当の明るい朝がやってくる。アンカーポイントでリリーはまだ眠っているだろう。だが、じきに起き出す。スリッパをつっかけてキッチンへ行き、朝食の材料があるかどうか見る。冷蔵庫を開ける。明かりがその顔を照らし出す。だがそのあと、こぼれたミルクが血と混じり合うだろう。コンロの上でパンケーキが焼け焦げるだろう。

金なしでは帰れない。そんな危険は冒せない。トラックから降り、女たちに向き合った。「女房がいる。赤ん坊も生まれる」

「くそっ」娘が言った。

「五」ステラーが言い、そして撃った。

最後になって、現れたのは彼の父親だった。年配の男が駐車場の向こうから、古い茶色の胴長靴姿でこっちへ歩いてくるのが見えた。投げ釣りのときに使っていたもので、胸までの高さがあり、緑色のサスペンダーがついている。父は海から帰ってくると、いつもそのゴムの胴長靴を第二の皮膚みたいにはぎ取り、庭でホースの水をかけて洗っていた――だが、いくら水ですすいでも、その脚には土と魚のはらわたのにおいが染みついて取れなかった。そのあと胴長靴が洗濯ひもに吊るされると、風が吹いて脚の部分をふくらませ、風に吹かれて踊る幽霊のように見えたものだった。

「だいじょうぶか?」父親が訊いた。

「撃たれた」出てきた声は小さくかすかで、老人の耳に届くだろうかと思った。

「ひどいな。いつからここにいる」

ホーリーにはなんとも言えなかった。目覚めたとき、砂利の上にうつ伏せになっていたのは思い出せた。頭を持ち上げたとき、石のかけらがまぶたにくっついていたのも。小石がまだ二つ三つ、フジツボのように頰にへばりついていた。その感触があったが、手を持ち上げて払い落とすこともできなかった。

父親が持っていたクーラーボックスと釣り竿を置き、ホーリーの首に指を押し当てた。

「誰に撃たれた?」

「女に」体に空気が入ってこない。口の動きだけで言葉を発しているように感じた。

「たいがいそういうもんだ」男がホーリーのシャツをめくり上げた。「傷はうまく処置してあるな」

そのときやっと思い出した。女ふたりがきゃあきゃあ悲鳴をあげて彼の銃を放り出し、シルバラードがすごい勢いで駐車場から出ていったのを。そのあとトラックまで這って戻ると、タオルを見つけて自分の体の穴に詰めこみ、脇腹にテープで留めようとすらした。だがそれから息ができなくなり、気が遠くなったのだ。

「よし。じっとしてろ。じきに戻る」

ホーリーは待っているあいだに、父親が持っていた釣り竿を見た。愛用の古い十五フィートのキルウェルではなかった。この竿はもっと精巧で、長さも九フィートか十フィートしかない。リールもスピニングリールでなくフライリールだ。釣り糸の錘《おもり》もちがっている。それを見て、この男は父親ではないのかもしれないという思いが湧いてきた。だがホーリーが父親に会ったのは十五年以上も前のことで、それだけたてば釣道具が変わっていても不思議はない。そのとき、父が救急箱を持って戻ってきたので、父親かそうでないかはどうでもよくなった。

「そのタオルはきれいなのか」

　ホーリーはうなずいた。

「なら、ここはとりあえず置いておこう」父親が蓋に赤い十字のついた明るいオレンジ色の箱から、包帯と厚いガーゼを取り出した。「弾が肺を傷つけたかもしれん。だから息をするのが苦しいんだ」ホーリーのシャツの背中側を鋏で切り開いた。ビニール袋を二つに切り離し、そしてホーリーの体を裏返すと、タオルの一部を外して弾が貫いた痕を洗浄し、包帯でぬぐって乾かしてから、ビニールを背中に留めはじめた。片側の三か所をテープで留め、もう一方の側は開けたままにする。息を吸ってみると、肺が動き、空気が満ちた。

「うう」ホーリーはうめいた。

「ましになったか」

「ああ」息を吐くと、ビニールが軽くはためくのを感じた。

「なんの銃で撃たれた」

「ルガーだ」

「そうか。ルガーはひとつほしいと思ってるんだ」父親が救急箱に手を伸ばし、カイエンペッパーの瓶を取り出した。蓋をねじって外す。「少しピリピリくるぞ」そしてタオルの端を持ち上げ、瓶の中身をそっくり傷口に注ぎこんだ。すぐにタオルを戻し、強く押しつける。自分に開いた穴のなかで、唐辛子が焼けつくのを感じた。肺に唐辛子の味がした。身動きするたびに、冷蔵庫が自分の上に倒れかかってくるようだった。

「くそっ」

「もうじき終わる」父親はさらに包帯を二つ開け、タオルの上に押しつけた。クーラーボックスから保冷剤をいくつか出し、ホーリーの胴体に並べるように置いた。「こいつを支えてろ」言われたとおりにすると、父親はその上からホーリーの胸にかけてダクトテープを何度か巻きつけ、しっかり固定した。

「これで街へ着くまで、四十分くらいはもつはずだ。内出血がひどくなけりゃ」

「水が飲みたい」

「水はだめだ。だいぶ血が出たからな。ほら、腕につかまれ。おれの車まで連れていかなきゃならん」

　ホーリーには訊きたいことが山ほどあった。だがいまは老人にぐったり体を預け、痛みで吐いてしまわないようにするので精いっぱいだった。父親は嚙みタバコのにおいと胴長靴のゴムのにおい、そして息に混じる何かのかすかなにおいがした――リング・ディングだ。ホーリーが子どものころ大好きだった、ガソリンスタンドでセロファンに包んで売っている合成のチョコレートケーキ。彼の八度目の誕生日、父親はサプライズでそのケーキを皿いっぱいに載せ、ロウソクのかわりに八本のマッチを立てたものを用意してくれた。いまでも忘れられない。あの一個ずつ包装されたスナックのケーキが登場したとき、それから少なくとも一か月は、父親が自分の心を読みとったのだと信じていた。

「おれの銃が」ホーリーは茂みのほうを手振りで指した。それでわかってくれるだろうかと思ったが、実際に通じたようだった。父親は彼を支えてなんとか駐車場を横切り、駐めてあったジープにもたせかけると、また引き返して茂みのなかを探しまわった。そして一分もかからずに、ホーリーのショットガンとコルトを見つけ出し、両方を手に戻ってきた。しばらく感心しながらコルトを眺めたあと、ジープの後部を開けて、床に留めつけられた金属の銃器入れのなかにしまった。

「おまえを信用してないわけじゃないが。やっぱりな」

ホーリーを助手席に落ち着かせると、父親はまた救急箱をかき回しはじめた。あらためて見なおすと、実際は頑丈なオレンジ色のプラスティック製の工具箱だとわかった。赤い十字は手描きで、その横に文字が書いてある――〈生き残るであろう者たちのため、われらはかく行ないを為す〉。父親が取り出したのは、密閉式のビニール袋に詰まったロリポップだった。ピンクのキャンディの包み紙を取ると、ホーリーに渡してよこす。

「フェンタニルが混ぜてある。痛みに効くはずだ」

ロリポップを口に滑りこませる。チェリー味だった。

車は古いジープ・ラングラーで、床にディナー皿ほどの穴が開いていた。車が走っていくあいだ、その下の道路を見ていた。路面がぼやけて通り過ぎていく光景は、どこか奇妙な、時間の流れが速まっては急に遅くなるような感覚をもたらした。砂利が密に敷かれた場所を通ると、石がジープの金属の車台にカタカタ当たり、たまに大きめの石が穴から飛びこんできて、ホーリーの足元のタイヤハウスを転げまわった。

フェンタニルがもう効きはじめるのを感じた――冷蔵庫がゆっくりと胸の上から持ち上がる。体が照明に照らされた光のプールに落ちていくように輝き出し、刻々と温かく、明るくなる。口からロリポップを引き出した。

「こんなもの、どこにあったんだ」

「ベトナム時代に、救急ヘリの要員をやってたな。このキャンディは銃創に効くんだ」

「海兵隊にいたのかと思った」

「いいや。空軍だ。五六飛行中隊」

「なんで前に話さなかった」

「若いの」父親が言った。「おれはおまえのことを知りもしないんだぞ」

そのとおりだろうと思った。父はずいぶん若いうちに死に、実際のところどういう人間だったのか、ホーリーが知る機会もあまりなかった。おそらくいろんな秘密を抱えて死んでいったのだろう。誰にも話さなかったようなことを。でも、いい父親だった。魚釣りや牡蠣の殻の外し方を教えてくれた。それに無口でいながら、いろいろなことを察してくれた。息子がどれほどリング・ディングをほしがっていたかを以心伝心で察したように。

「死んでからだいぶたつものな。忘れてたみたいだ」

つぎの一瞬、車から放り出されるのじゃないかと思った。だが老人は口をきつく結ぶと、フロントガラスの向こうを見すえた。ジープがまた砂利敷きの箇所を越え、石が何個か床に開いた穴から入ってきてホーリーの脚に当たった。

「まだ釣りをやっていてよかった。でないと、おまえを見つけられなかった」

ロリポップが口のなかでなくなると、ホーリーはシートにもたれた。頭がぼうっとして、ジープの屋根を越えて浮かび上がっていきそうに感じた。

父親が死んだのは、ホーリーが十五のころだった。残っている記憶はほとんど、ただ恐ろしかったことだけ――自分ひとりになるのが、誰とも話ができなくなるのが恐ろしかった。ソーシャルサービスから逃げ出して以前の住み家に戻り、窓ガラスを割ってなかに入るとバッグに荷物を詰め、父親のライフルと弾薬を持ち出した。母親を捜そうと思い立って出発したが、テキサスから出ないうちに金が尽きた。ライフルを売ることも考えたが、これが父親のたったひとつの形見だった。かわりにその銃を使って酒屋へ強盗に入った。七百五十二ドルせしめた。初めての仕事。自分ひとりでやった仕事だった。

いまになってその父親が帰ってきた。まったく思ってもみないことだった。老人はハンドルの上に覆いかぶさり、ジープを馬に見立ててもっと急げと駆り立ててでもいるようだ。さっきから父親の顔が厳しくなっているのは、たぶんまたまちがったことを言ってしまったからだろう。

「ごめん」と言ったとき、自分がしじゅうこの言葉を口にしていたと思い当たった――悪いと思いながらも実はそう思っていないことや、やってもいないすべてのことに。

父親は答えを返さなかった。だがつぎの橋を渡ったあとで、咳払いをした。「おまえを撃った女だが、女房なのか」

「初めて会った女だ」

「なら、なぜおまえを殺そうとした」

ホーリーはクレプシドラのことを、川に滑り落ちる氷河のことを思った。体はまだ熱かったが、両手がぶるぶる震え出し、歯がドリルで穴を開けられるように痛んだ。

「良くなさそうだな」父親は片手でハンドルを握りながら、空いた手を後部座席に伸ばした。ジープが大きく横に逸れ、道路から飛び出しそうになった。犬の毛にまみれた古いメキシコのブランケットを取り出し、放ってよこす。「ショック状態になりかけてるんだろう。そいつで体をくるむんだ。ただし眠るな」

ブランケットは触れるとむずがゆかった。心臓が狂ったように打っていた。保冷剤を引きはがしたくてならないが、ガーゼに触れるたびに、カイエンペッパーが効いているのは傷のずっと奥のほうだと知らされた。できるかぎりブランケットで体を包んだ。身動きするたびに、疼くような感覚が脇腹を駆け下りる――痛みではない、だが遠くから響く痛みのこだまのようなものが。ひとつ深く息を吸い、吐き出すと、背中にテープ留めされたビニール片がはためくのを感じた。

「何があったか言わなくていいが、言っとかなきゃならんことはあるだろう」

「おれは女房がいる」

「いまも惚れてるか」

「ああ」

「その女だが、おまえを追ってくると思うか」

ステラーのことなのだと察した。「いや。だが、別のやつは来るかも」

その言葉が口から出たとたん、裂け目に氷水が満ちるように、その意味する事実が骨の髄まで深く染みこんでいった。金もない、ブツもない――キングとの件は何かしらで片がつけられたとしても、気をつけなくてはならない。逃げなくては。

「女房は妊娠してる」

「なら、死ぬわけにはいかんな」

道路の前方に、氷河に向けて走ってきたときに通り過ぎたのと同じ、動物の死骸があった。ワシがまだその場にいて、腹の肉を引き裂いていた。すぐ上をカモメ数羽とアジサシ二羽が舞いながら、ワシが行ってしまうのを待っている。ジープが近づくと鳥たちはぱっと散り、たがいに鳴きかわしながら飛び去っていった。そのとき、ジープが動物の死骸の上を乗り越え、床に開いた穴の向こうにつかのま毛皮が見えた。

その瞬間、アリゾナの砂漠を旅したときのことを思い出した。若い女が車を運転して——名前はなんだったろう——隣のベビーシートにくりつけた赤ん坊がいた。あのときも車にはねられた死骸があった。自分のずたずたになった死体の上を通り過ぎた気がしたものだ。いままたこうして、胸を撃たれて血を流している。変わったのは景色だけ。人生というレコードの針が飛んだみたいに。だがおれはもう、あの砂漠にいた人間と同じじゃない。いまは待っているひとがいる、死のうが生きようがどうでもいいわけじゃない。

川に呑みこまれたのが、三百年も前のことのような気がした。

「電話をかけたい」

「シートの下にある」

上体を曲げると脇腹が痛み、皮膚が脂汗でぬるりとした。手にキャンバス地のストラップの感触があり、引き出してみるとショルダーバッグだった。なかに受話器の付いた軍用電話が入っていた。「これは通じるのか」

「クランクを回せばいい。信号は暗号化される。ＷＲＯＬ仕様だ」

「ＷＲＯＬ？」

「無法状態《ウイズアウト・ルール・オブ・ロー》って意味さ」

「世界の終わりってことか」

「いいや。政府が終わるだけだ」

受話器を取り上げ、ひざの上に置いた。ましなほうの手で発電機のクランクを回し、番号を押す。雑音だらけだったが、ちゃんと作動しているようだ。つながるのを待った。あばらの下の、ダクトテープと包帯でぐるぐる巻きにされた隙間に、きのうリリーが石を投げつけた痕が目についた。小さな青い点。あざのようなその傷にしばらく指を押しつけていたが、何も感じなかった。

「どこにいるの。ケガしてるの？」リリーは叫んではいないが、いままでずっと叫んでいたような声で、言葉の端々にびりびりにされた端切れのような破れ目があった。妻の声が聞けたうれしさのあまり、言葉が出てこなかった。ただ顔を受話器に押し当てていた。プラスティックはずっとオイルに浸かっていたような、いつ火がついてもおかしくなさそうなにおいがした。

「だいじょうぶだ」

「電話するはずだったのに。電話くれなかった」

「言ったろう、だいじょうぶだって」

リリーがくしゃみをした。二度、三度、四度と。

「いいか。車でアンカレッジまで来て、空港のそばに部屋を取ってくれ。そこで待っててほしい」通話はもう途切れがちで、妻の声はパチパチという雑音にかき消されかかっていた。「リリー。リリー」

「聞こえてる」

「着いたぞ」父親が言う。

もうもうたる土煙の向こうからイヤク湖が視界に入り、その向こうにコードバの街外れが見えてきた。砂利道が舗装路に変わるとジープがギアを換え、タイヤが一瞬引っかかったようになり、いきなりなめらかになった表面を滑り出した。ジープの床の穴は石を吸いこむのをやめ、いまはひたすら外へ吐き出しているようだった。タイヤハウスに入りこんでいた石がつぎつぎ下の路面へ消えていくのを眺める。やがて自分がその穴のほうへ引き寄せられているのに気づいた。脚が重くなり、体がシートから滑り出ていこうとする。父親が何か言っていた。ホーリーは聞こうと耳を澄ませたが、あまり効果はなかった。

「これから帰ると言ってやれ。愛してるって」

ホーリーは受話器に、その向こうにいる妻の声にすがりついた。わが子が知ることのない、自分についてのさまざまな事柄を思った。未来の記憶が虚空《こくう》を貫いて下りてくる。大きく息を吸い、ビニールが引っぱられて、背中に開いた穴をふさぐのを感じた。肺に空気が満ちた。唐辛子と血の味がした。

「リリー。うれしいよ。女の子でほんとうにうれしい」

花火

どんなにマーシャル・ヒックスの感触を肌から振り払おうとしても、ルーにはできなかった。毎朝目覚め、頭の上に腕を伸ばすたびに、彼の手がその手をなぞろうとするところを想像した。彼の指の小さな白い筋が、自分が折った骨の隆起がよみがえった。目を閉じると彼の体の重みが、さまよう唇が、彼女の髪をひっぱる指がいまも頭をよぎった。彼の声が、低くうめくようなささやきが聞こえた。それが何度もくり返されるうちに、やがて全身が震えはじめる。そのとき廊下から父親の声が聞こえ、少しだけ長く待ってから、目を開けてベッドから出た。

ホーリーがドアをたたいていた。

「時間だぞ」

服を着て一階に下り、ガレージからバケツとワイヤーでできた籠とスコップと熊手を取り出す。父はクーラーボックスに氷を詰める。ふたりともポーチの上で長靴を履いた。ホーリーは胴長靴を、ルーは古いゴムのウェリントンを。静かに森を抜けて、開けた岸辺まで歩いていく。潮が沖まで引いたあとで、まだ砂浜の上に海水がさざなみをつくり、小さな空気穴が無数に開いていた。

ホーリーがバケツを下ろした。固まった砂の上まで歩いていき、宙に跳び上がる。両足で勢いよく着地すると、その周りじゅうから水が噴水のように飛び出した。こちらを振り向いた父の顔に、期待するような表情が浮かんだが、ルーは気づかないふりをした。スコップを手に取り、砂を掘りはじめる。父の顔をまともに見られなかった。

メイベル・リッジの電話から一週間たったいまも、祖母の言ったことをたえず反芻《はんすう》していた。夜になってベッドに入ったあとも、母親の死にまつわるアルバムを読み返して、答えを探した。手がかりを見つけようとした。何枚か紙をつけ足して、自分なりに図書館で調べたことやコピーしたものを貼りつけていった。ウィスコンシンの地図、湖畔の州立森林公園にあるハイキング用の道のスケッチ、近隣の家の住所や湖の細かな情報――湖岸線の長さ、最深部の深さ、分水界の大きさ、緯度と経度。さまざまな種類の魚やその食性。そうした事実のどれひとつとして、祖母が言ったことを裏づけてはいなかった。そしてそんなことをしているせいでますます独りになった。

ホーリーが隣に来て、砂を掘りはじめた。「今晩の労働者の日《レイバーデー》の花火は見にいくのか」

「行かないと思う」

「おれといっしょに見てもいいぞ。浜まで食べるものを持っていって」

父親のひげに海藻の切れ端がついていた。その小さな緑の断片をじっと見つめる。

――あんたの母さんが溺れるはずはないんだよ、湖なんかで。

ホーリーが熊手の背中を長靴で踏んだ。「おまえは小さいころ、花火を怖がってた。

とくにフィナーレになるとな。よくあの熊皮をかぶって隠れてた」

「憶えてない」

でも、ほんとうは憶えていた。あの獣の皮のにおいを。すがるように熊の指爪をつかんでいた。まるで心臓が破裂するみたいに、爆発音のひとつひとつが胸の奥深くで鳴っている気がした。

「だから」ホーリーが砂をワイヤーの籠に空ける。「あいつといっしょに行きたいなら、行ってもいいぞ」

顔を見られないように背を向け、咳きこむふりをした。父にはいつも何を考えているか見透かされている気がする。最近は、ルーが〈ノコギリの歯〉にいるときに必ず食事をとりにきた。眠っているときでも、父の存在が感じられた。おたがいに糸で結ばれてでもいるように。ときどき糸がゆるむこともあるが、またいまのように、ぴんと強く張ったりもする。

「もう別れた」

ホーリーが熊手を下ろした。籠を持ち上げて前後にゆすぶると、砂がふるい落とされ、小さくて白い、どれも一ドル硬貨ほどの大きさのホンビノスガイが現れる。

「それでずっと機嫌が悪かったのか」ホーリーが籠を持って海へ歩いていき、ひざが浸かる深さまで来た。それから上体を屈めて貝を洗った。クーラーボックスを開けて貝をなかに移しはじめる。

「あいつの父親のせいで、町じゅうえらい騒ぎだ」

「義理のお父さんだけど」

「どっちでもいい。いずれろくでもないことになる」

「マーシャルが悪いんじゃない」

「それでもだ。あいつの家族のことだ。どうしたってついて回る。おまえにおれがついて回るように」


家に帰り着いてみると、ポーチに大きなボール箱があった。ホーリーはクーラーボックスを置いて階段を上がった。ラベルを確認する。ポケットからナイフを取り出し、ルーに渡してよこした。

荷物はルーあてだった。ほんの一瞬、マーシャルが送ってきたのかと思い、心臓が興奮にどくんと鳴った。だがそのとき、父親の顔に浮かんだ表情が見えた。

「あたしの誕生日、来月だけど」

「いいから開けてみろ」

中身は望遠鏡だった。科学の先生が実演に使っていたのと同じタイプだ。赤道儀付きのシュミットカセグレン。最低でも二千ドルはするにちがいない。グンダーソン校長の知恵を借りて選んだのだろうか。

「これで何するの」

「おれの知らないことを学ぶんだ」

ルーは言われたとおりにした。

父親が獲った魚貝を市場へ持っていっているあいだに、ルーは午後いっぱいかけて新しい望遠鏡を組み立て、寝室の窓の外の屋根に立てた。このプレゼントが自分の機嫌を変えさせようとする賄賂のようなものだとはわかっていたが、そんなことはどうでもよかった。それから何時間も頭がそちらに向きっぱなしだった。説明書きで極軸を地軸とどう合わせるかを読み、座標スケールを回して月と日を正しく設定する。それから星座早見盤とマーシャルがくれた太陽系の本を引っぱり出す。巻末に各惑星の座標を記した図表がついていた。ファインダーをのぞいてみて、太陽の光に思わず目をつぶった。何か見えるほど暗くなるまで、まだ何時間もある。

ルーは屋根から寝室に戻った。クロゼットを開けて、一張羅のワンピースを取り出した。卒業式に一度着ただけで、あとはまたビニールの袋に入れたままにしてあった。その袋の結び目をほどき、スカートの内側に手を差し入れ、ファスナーの上の布に留めてある封筒を外した——屋根裏に隠した札がホーリーに見つかったあと、新しく考えた隠し場所だった。封筒には父に見られたくないものがぜんぶ入っていた。黒のレースの手袋、母親の死にまつわるアルバム、マーシャルの署名用紙を挟んだクリップボード。

そのクリップボードを取り出し、ふたりで使っていた地図と電話帳といっしょにキッチンテーブルまで持っていくと、住民の名前を書き写しはじめた。ボールペン、ゲルインクペン、万年筆、細ペン、極細ペン、太ペン、青、黒、赤、紫、はては緑と、ありとあらゆるペンを使った。どの署名も別々に見えるように、輪の丸みやカーブをすべて違えながら。いまはもう、なくした署名を補っているだけではなかった。ひとりで環境保護活動を展開していた。請願を出すのに必要なものは、図書館で調べずみだった。海洋保護区の説明書、海図、評価基準、それに何より重要な地域住民五千人の支持。一筆ずつ署名を書きながら、マーシャル・ヒックスを思った。ハリー、ジェーン、アーチボルド、ロッコ、そうした名前のひとつひとつが彼とルーをつなぎとめていた。車をショートさせて盗み出した夜以来、署名の偽造くらいポケットに収まるほどのちゃちな犯罪に思えた。

ただひたすら、肩が痛くなるまで書いた。手が焼けつくまで書いた。指の腱がこわばると少し休み、手のひらをテーブルの上に広げて伸ばさなくてはならなくなるまで書いた。東メインストリート七五六、アパートメント五号室の住所を書き写し、これで偽の署名が三千六百七十八筆、残り千三百二十二筆というところまで来たとき——ドアにノックがあった。

ポーチに立っていたのは、長い灰色の髪を肩まで垂らした、濃いハシバミ色の目の男だった。あごには一週間分の無精ひげ。褐色の革ジャケットにジーンズ、カウボーイブーツという格好。靴の先は鋭く尖っていて、そのせいで足がひどく小さく見えた。

「サミュエル・ホーリーを捜してまして」男はすりきれたカーキ色のダッフルバッグを

持っていた。父親のものにそっくりだった。クロゼットにしまって錠をかけてある、銃や弾薬を詰めたバッグ。男がポーチにダッフルバッグを置く。金属と金属が当たるカチンという音がした。

「今いません」ルーは一歩あとずさった。

「あんた、娘さんかい？」男が彼女を上から下まで眺め、首を横に振った。「なんとまあ」

　男の顔には妙なところがあった。片方の頰一面がねじれたような小さな傷痕に覆われ、皮膚に点々と赤い斑が見える。頰と首にかけてジュースの染みでもつけて生まれてきたように。両方の手にも、手首や指にかけて同じような染みがあった。

「ジョーヴというもんです」傷痕だらけの手を片方挙げてみせる。「お父さんの古い友達で」

「ルーです」

　ジョーヴは差し出された手を握ると、もう片方の手をその上に添え、ルーの手はつかのま男の両手で挟みこまれた。

「あんたはべっぴんだな、ルー。親父のほうはクソ野郎だが」ジョーヴは言って、いまのはちょっとした冗談だというように鼻を鳴らした。

　ルーは手を引き離した。

「もうじき帰ってきます。あと何分かしたら」

「じゃあ待たせてもらうかな」男がルーの横を通って家に上がりこんだ。

　この男の顔には、昔よく訪ねてきた女やもめたちを思い出させる何かがあった。どこかせっぱつまった、危険な感じのする欲求が。ダッフルバッグを引きずってリビングに入る。すると小さくうれしげな叫び声をあげ、ひざをついて熊皮のラグを両腕にかき抱いた。

「まさか、こんなものをまだ持ってるとは」ジョーヴは熊の鼻面をたたいた。「これを見るのは、おれがあんたの親父の背中から弾を抜いてやったとき以来だ」

「なんのこと？」

「ふたりともまだガキで、悪さをして回っててな。まあ不法侵入ってやつだ。それで管理人のジジイに追い立てられた。あいつのあばらから弾をほじり出すのにどれだけかかったか。その間じゅうホーリーはこの世の終わりみたいに、どっかの女の名前を呼んでたよ」

「なんてひと？」

「さすがに憶えちゃいないさ」

「リリーだった？」

　ジョーヴはまた熊をなでた。「いや、まだ知り合う前だな」

　ルーにはどの傷を指しているのかわかった。父の右の肩甲骨の下にある、クラゲの傘みたいに広がった孔。あれが父親の皮膚に刻みこまれたときのことを聞かされたせいで、ルーも床にしゃがみこみ、熊をなでた。生まれてからずっとこのラグの上を歩いてきた。どこから来たのか考えたこともなく、訊こうとも思わなかった。

「あいつが撃たれた話なんか、しないほうがよかったかな」ジョーヴがダッフルバッグを手に取り、キッチンのほうへ歩いていく。「おれはいつでも口数が多くていけない。まあ、だからおれたちはうまが合ったんだ、なんせホーリーは無口なやつだから」彼は冷蔵庫へ行ってドアを開けた。リンゴを一個出し、食器棚から小さな果物ナイフを手に取ると、一きれずつ切り取り、ナイフに刺して口に押しこみはじめた。

「ちょっと。あなたの家じゃないんだけど」

「じきに落ち着くさ」ジョーヴの目がテーブルに落ちた。電話帳と、ルーの使っていたたくさんのペンに。そして彼女が署名を書いていた用紙の一枚をつかみ上げた。

「悪くないな」紙を明かりにかざす。「小切手の偽造か」

「請願書の署名」

ジョーヴはクリップボードを手に取った。冒頭の声明文を読む。そして用紙をぺらぺらめくった。「環境活動家ってやつなのか」

「あたしのボーイフレンドがね」

「ボーイフレンドだって！　ホーリーも可哀そうに――やつのことだから、もうそいつをぶちのめしたんじゃないか」

ルーは相手からクリップボードを取り上げた。電話帳と地図、ペンといっしょに戸棚のなかにつっこむ。

「それはつまり、図星ってことかな」

リンゴを食べている男を見つめる。「どうして父さんと知り合ったの」

「いっしょに仕事してたのさ」

「あんたの話はいっぺんもしなかった」ルーはダッフルバッグにちらと目を落とした。

家に入ったあとも、ずっと足元から離さずにいる。

ジョーヴがルーの視線をたどった。体を屈めて、バッグの正面のファスナーを下ろす。

「ちょっと見てみな。このなかにすごいお宝がある」

バッグには時計が詰まっていた。ずっしりと重たげな、太い革のベルトがついたもの、月と日と世界の時間が――パリ、ニューヨーク、ローマ、東京――わかるもの、防水の、スキューバダイビングもできるほど厚いガラスのもの、この先何世代も受け継がれていくはずの、金と銀とプラチナでできた盤面のもの。

「美しいだろ」時計の山に指をつっこみ、一個の留め具をつまんで引っぱり出す。「音を聞いてみな」

ルーは開いたバッグを見下ろした。おそろしい数の時計がばらばらに混じって入っている。それを見て、マーシャルの時計を思った。あれが彼女の髪にからみついたこと、彼が出ていく前に思いきりきつく手首に巻きつけていたことを。

「旅回りのセールスマンか何か？」

「そうも言えるかな。たいがいアンティークを扱ってる。ちょっとした専門家だ。たとえばエジプトだが、あそこじゃ時間ってものをおれたちみたいには考えてなかった。昼と夜は別個の二つの世界だと思ってた。光のある十二時間、光のない十二時間とな。昼間は日時計を使って、そのあとは星を追いかける、日暮れから始まって夜明けで終わる。秒もおれたちみたいには数えない。時間がもっと」――ひらひらと指を振ってみせる――「柔軟なんだ。一時間が六十分ってこともある。ときどきは四十分にもなる。あんた、腕時計はつけてるかい」

「ううん」

ジョーヴが不満げにぷっと息を吐いた。またバッグに手をつっこむ。「時計は昔は大事なもんだった。初めて時計を持つってのは、特別なことだった。過ぎた日のことを思い出させてくれる。あんたのその腕の上で、チクタクいいながら」

そして男物の腕時計を引っぱり出した。二本の指に挟んで顔の前に持ち上げ、ベルトをだらりと垂らす。「こいつは自動巻きだ。電池はいらない――手で巻く必要もない。腕を動かすだけで――前と後ろに振るだけで――歯車が回りつづける。何か生きてるものにつけとくだけでいい、そうすりゃこれも生き返る」

ルーの手を握り、時計を手首まで滑らせた。ベルトは大きすぎ、彼女の手首は細すぎた。手を持ち上げると、盤面がずるりと下に落ちた。

「じっとしてるだけじゃだめだ」

ルーはテーブルの前から立ち上がり、リビングへ歩いていった。廊下を進んでバスルームの前を過ぎ、またキッチンへ戻る。ジョーヴはまだ同じ椅子に座っていた。ルーが入るなり手をぱっとつかみ、時計に耳を当てた。顔をしかめる。

「ちゃんと腕は振ったか」

「うん」

ジョーヴがルーの手首をつかんで左右に揺すぶり、また耳を澄ませた。「ちきしょう」

ルーも時計を耳元に持ち上げてみた。針が刻む音はしない。だが窓の外から、別の音が聞こえてきた。車回しにトラックが停まる音。ドアがばたんと開いたあと、ホーリーのブーツが階段を上ってくる音。ルーはジョーヴから熊皮へ目をやり、また視線を戻した。父が道具を下ろしたあと、鍵を差しこむ音に耳を澄ませる。

ジョーヴが人差し指を唇に当てた。そして本棚の陰に身を隠した。

「ただいま」

リビングの向こうで父親が立ち止まるのが見えた。キッチンに立っているルーと目が合い、やがてその視線が下に逸れ、手首の上の大きな時計へと落ちた。

ジョーヴが笑い声をあげながら飛び出した。だが言葉を発するまもなく、ホーリーが部屋を横切って飛びかかった。取っ組み合ったふたりの体が壁に何度もぶつかり、まるでドールハウスのなかで巨人同士が闘っているようだった。団子になって棚につっこみ、その上に棚が倒れ、もみ合ったままの男たちの上に本がばらばら落ちかかると、床に散らばった。ルーは急いで駆け寄って本棚をどけようとした。その下でホーリーがジョーヴを押さえこんでいたが、いきなりジョーヴが果物ナイフをホーリーの腕に深々と突き立てた。

「おれだよ、クソ野郎！　おれだって！」

ホーリーは荒い息をついていた。「ジョーヴか」

「何キロ太った？　どけ。息ができん」ジョーヴがホーリーの胸を突きのける。ルーの父は男からのろのろと離れ、壁に寄りかかった。ごくりと唾を飲みこみ、目を閉じる。

「せっかく頼みを聞いてやったのに、これがその礼か」ジョーヴは体を起こし、鼻に指を押し当てた。左の鼻の穴から血が流れ出していた。「見ろ、このざまを」

ホーリーは目を開け、腕に刺さったナイフを見下ろした。食いしばった歯のあいだから息を吸いこむ。そして柄をつかみ、引き抜いた。血がそのあとからみるみるあふれ出し、シャツの上に広がった。手のひらを傷口に押し当て、娘のほうを向いた。

「あの箱を取ってこい」

ルーはバスルームに駆けこみ、洗面台の下の戸棚を勢いよく開けた。なかに赤い十字の付いたオレンジ色の工具箱がある。取っ手をつかんで振り向くと、ドア口にいたジョーヴにぶつかりそうになった。彼は鼻の穴をつまみ、頭を後ろに傾けていた。

「何かこれに効くのはないか」

「薬戸棚を探して」

ジョーヴの横をすり抜け、父親の足元の床にしゃがみこむ。「父さん」と言ったが、そこで声が詰まった。今朝、海でちゃんと笑いかければよかった。

ホーリーが道具箱を開けた。ガーゼのパッドやテープ、鋏、ビニール手袋、消毒用アルコール、いろいろな薬や液体の瓶、注射針。外科用の器具にホッチキス。止血用の粉末もあった。父はその瓶に手を伸ばし、中身の黄色い粉をざっと腕に振りかけた。

「あいつはいつ来た」

「三十分くらい前。痛い？」

「これか」こんな傷はなんでもないと、肩をすくめてみせる。腕から余分な粉を払い落とし、瓶をルーに渡した。

「あのひと、ほんとに友達なの」

「昔のな」

ジョーヴがバスルームから戻ってきた。トイレットペーパーを両方の鼻の穴に詰め、鼻全体の上にバンドエイドを貼ってある。「おい。あんな風呂場は初めて見たぞ」

ホーリーがジョーヴをつまみ上げ、ポーチに放り出すのをルーは待った。ところが父はジョーヴの発言を無視して、自分の腕に包帯を当てた。ジョーヴがオキシドールの瓶を床に置いた。そして工具箱からゴム手袋を出してはめると、ホーリーの傷口を調べはじめた。驚いたことに、ホーリーはされるがままで、腕を差し出して唸っていた。ジョーヴが医薬品をかき回して、ホッチキスとガーゼを取り出した。オキシドールをホーリーの腕に振りかける。傷口からぶくぶく泡が立つのを三人とも見つめた。ジョーヴがルーに片目をつぶってみせた。

「心配ない。おれは医者だ」

ホーリーの手当がすむと、ジョーヴはルーを手伝って本棚を立てなおし、本を元の場所に戻していった。いちいち時間をかけて、背表紙を読んだり表紙を開けたりしながら言った。「おれならこれよりもっとましなものが書けるな」

ホーリーは床から血を拭き取っていた。「何しにここへ来た、ジョーヴ」

「友達を訪ねちゃあだめなのか」

ホーリーの視線がダッフルバッグに落ちた。

「時計を売り歩いてるんだって」ルーは言った。

「もうやめて引っこんだと思ってたが」

「引っこむのを引っこめたのさ」ジョーヴが最後の本を棚に戻した。そして手をパンパンとたたき、まるで奇術のように、闖入者からお客へと早変わりを遂げた。「さあて、夕めしはどうする？」

家のキッチンで、ルーは今朝採ってきたイガイを洗って足糸《そくし》を取り、ジョーヴはサラダ菜を洗い、人参とセロリを目にもとまらぬ速さで切っていった。鼻にはまだねじったティッシュが二つ詰まったままだ。ホーリーはカウンターにもたれ、腕のホッチキス留めの跡を触りながら、ビールを飲んでいた。そのあいだもジョーヴはしゃべりどおしで、狭い部屋にわんわん声を反響させながら、聞いたこともない名前をつぎつぎ挙げていった。それでもこの男には、どこか父親に似たところがあった——そしてルーは、ホーリーに似た人間に会うのはこれが初めてだった。

「ロドリゲスのやつはまだ現役だが、トンプソンは一年前に足を洗ってな。デトロイトで見かけたよ。イートンは南米でヘリを飛ばしてる。スタインはメンフィスへ越した。ブラゴはやめて、いま農場をやってる。バーモントのほうだったかな。山羊を飼ってるとからしい。それとフレデリック・ナン——ナンのことは憶えてるか」

「忘れるわけがない」

「うん、やつは死んだ」

ホーリーはビールをぐいとあおった。

「パーカーから聞いた。あいつはいまミラーの下で働いてる」

コンロにかけた鍋から湯気が立ちはじめた。ルーの父親が蓋をとり、イガイの貝殻がぜんぶ開いているのを確かめた。それから火を消した。「どうやってあの連中みんなと連絡をとってるんだ」

ジョーヴが肉切りナイフを滑らせて人参をサラダボウルに入れた。「クリスマスカードさ」と言いながら、ブロッコリの房から頭を切り落とす。

ホーリーが何をやるのもゆっくりなのに比べ、ジョーヴは正反対で、酒を飲むのまで速かった。ホーリーが一本空けるあいだに、ジョーヴは二本空けた。ルーがイガイの皿を出すまでには、六本入りパックがもう空いていた。ジョーヴがバッグに手を伸ばして、紙の束を引っぱり出した。テーブルごしにホーリーのほうへ滑らせる。

「おれがずっと探してたのを知ってるだろう。そら、ついに見つけたぞ。完璧なやつを」

「名前は？」

「パンドラだ」

「カッサンドラにするんじゃなかったのか」

「そりゃあ昔、カッサンドラって名の女と付き合ってたころの話さ。あいつ、おれの留守中に別の男と寝やがって。せっかくの船にあいつの名前をつけたなんて思われるのはごめんだ」

「向こうにわかるわけないだろう」

「いやわかる。わかるんだよ、あのあばずれには」

ジョーヴが買おうとしている船は、四十フィートのスループ型ヨットで、ほどほどの広さの調理室に冷蔵庫、トイレも付いていた。ハドソン川を行き来して物資を運んでいた帆船を基にしたデザインだった。川の流れの変化を念頭に置き、狭い水路を素早くタッキングしながら進んでいくのに適した設計だという。

「まさかほんとうにこの日が来るとはな」ホーリーが言った。

「三十年しかかかっちゃいない」とジョーヴ。「あとは昔の商売をちょいと片づけるだけだ。貸し借りの清算はしときたいからな」

ホーリーはタバコ入れの袋を取り出し、一本巻きはじめた。フィルターを差しこんで両端をなめると、ジッポの蓋を開けて手のひらをかざす。

「そういうのは命を縮めるぞ」ジョーヴが言う。

「そうだな」

ルーは立ち上がって皿を集め出したが、父親が声をかけた。「皿はおれたちがやる。ソファにかけるシーツを取ってきてくれるか」

あらためて招待したわけでもないのに、ホーリーとジョーヴはもうルーにはわからない仲間内の言葉でしゃべっていた。どうしたらあんな関係になるんだろう。ついさっき父親を刺した男がいま、うちの流し台で皿を積み上げているなんて。

階段を上がり、自分の寝室のクロゼットからブランケットと使っていない枕を引っぱり出した。窓の外には、ホーリーが買ってくれた望遠鏡がぽつんと、天空を指して立っていた。サッシを引き開け、屋根の上に足を下ろした。接眼レンズをのぞきこむ。頭の上では恒星や惑星が自分たちなりの動きをくり広げていた。三日月の形になった月は、地球から三十八万三千キロの距離にある。暗いなかで耳を澄ませていると、その表面の氷や岩が、下のキッチンから水道の音に混じって聞こえる男ふたりの小さな話し声より近くにあるように感じた。

「あの車は、パックスが始末すると聞いたぞ」

「あっちは片づいたさ。言ったとおりにな。パックスは手際がいい。いつだってきれいなもんだ。だが、あとでまた電話をよこして、こっちでの仕事を持ちかけてきた。でかい取引だ、前にもおれたちで扱ったことのあるブツの。買い手はいますぐ半金払うと言ってるし、おれたちがブツを確認できたら色もつけてくれるらしい」

「おれは興味はない」

「大金だぞ、ホーリー。この時計だけで船の代金はまかなえる。だがパックスの仕事がすんだら、ほんとうに引っこんで暮らせる。この稼業から足を洗って後ろ髪も引かれずにすむ。ただしおれたち二人の名前でやるって条件だ。だから聞いとかなきゃならない。なんなら半分をおまえの取り分にしてもいいぞ」

ルーは息をひそめて、屋根の縁から身を乗り出していた。下のキッチンで、男たちは皿を洗う手を止めていたが、水音はずっと続いていた。

「まあ好きにするさ。これでもう用はすんだ。始末した車の、おまえの取り分も持ってきた」

「それはいらないと言ったろう」

「そんなに羽振りがいいのか」

「うまくいってる」

「あのとんでもない風呂場を見たら、そうは思えんぞ」

ルーの耳に、スチールウールが鉄製のフライパンを何度もがしがしこする音が聞こえた。

「いつまでも憶えとくためだ」

「あんなのは憶えるとかじゃない。自分を墓に埋めてるようなもんだ」

皿がガシャンと鳴った。割れたような音だった。

「おれはずっと前から墓に埋まってる」

頭上に光の筋がひらめき、続いて破裂音が家の屋根を震わせた。肺のなかにその音がこだまするのを感じた。ルーは窓から部屋のなかに這いこみ、急いで階段を駆け下りた。ホーリーがカウンターを拭いていて、ジョーヴは流し台の前に立ち、さっき父の腕を手当するときに使ったゴム手袋を脱ぐところだった。

「雷みたいな音がしたな」

「花火だよ。もし見たいんなら、浜から見られるけど」

男たちが驚きの目でルーを見る。

「ブランケットはどこだ」ホーリーが訊いた。

ルーはまた階段を上っていき、男たちはウィスキーのボトルとグラスをつかみ上げた。小道森のなかを進んでいくあいだ、打ち上げ花火のバリバリという音が聞こえていた。小道を抜けると浜辺の景色が開け、三人が見上げた空は金と銀の火花に照らされ、長く尾をひく煙が空中に漂っていた。

ルーがブランケットを広げた。みんな靴を脱ぐ。ジョーヴは念入りにカウボーイブーツを拭くと、海藻の山の上に並べて置いた。そしてウィスキーを注いだ。ルーは父親が頭を傾けて酒をあおるのを眺めた。

「おいホーリー、その足はどうした」

「ちょっとまずいものを踏んだ」

「何をだ、干し草のフォークか」

父親が足指をもぞつかせた。親指と小指は動いたが、あいだの三本は動かなかった。足裏の裂けて縫い合わされたところから、ピンク色のクモの巣のような筋が皮膚の上に伸びていた。

「これでもちゃんと間に合う。大事なのはそれだけだ」

ジョーヴはまた自分のグラスに注ぐと、ルーに向かって掲げてみせた。「あんたの親父が面倒に巻きこまれませんように」

港の上を白い星がつぎつぎに流れ、みんなが空に顔を向けた。少したって目を戻すと、父親はねじくれた足を冷たい、黒い砂に埋めていた。

「おまえがこんなふうに落ち着くとは思わなかったな」

「なんでも変わるもんだ」ホーリーが言った。

「たしかに。おれもＹＭＣＡに入った」

「それはないな」

「ボーイスカウトの技量を見せてやろう」ジョーヴが敬礼をしてみせ、シャツのボタンを外しはじめた。そして海のほうへ駆けていった。キャッホーとけたたましい声をあげながら全速力で波間へ飛びこみ、ずっともぐっていた。一分ほどたって海面に顔を出すと、足先を上げて浮かんだ。

「あのひとって何者?」

「取り立て屋だ。いろんなものを取り立てる」

「いっしょに働いてたの」

「ずっと昔にな」

「入ってきな」ジョーヴがこちらに向かって叫ぶ。「水が気持ちいいぞ!」

「ばかみたい」ルーは言った。

ホーリーが立ち上がった。Tシャツを頭の上に引き抜く。暗がりでも傷痕が見えた。その箇所だけ皮膚の様子がちがった。しわが寄って、影になっている。いまはその影ひとつひとつに物語があることがわかった。ジョーヴの手が父親の背中を探りまわっているところが浮かんだ。その手が弾を見つけ、ほじり出す――何を使って? 指? ナイフ? スプーン? そんなことができそうな道具は、ルーの思いつくなかにはなかった。

ふたりで水際まで歩いていく。波が打ち寄せ、ひざにまでしぶきが跳ねかかった。

「冷たい」

「少しな」

「こっちまで来いよ」ジョーヴが声をかけた。

「ここサメがいるよ」ルーが大声で言う。

　ジョーヴが水を掻くのを止めた。

「冗談だ」ホーリーが言って、水のなかへ歩いていった。止まるでも急ぐでもなく、腰の深さまでどんどん進むと、黒い水面の下に沈んでいき、やがて消えた。

「おい、うそだろ！」ジョーヴの隣の海面にホーリーが浮かび上がると、彼は言った。友達の顔に水をはねかける。

「いつ泳ぎを覚えたんだ」

「ルーが小さかったころ、いっしょに講習を受けた」

「大人はひとりだけだったよ」とルー。

　ジョーヴがひひっと笑った。「金を払ってでも見たかったな」

　港の向こうの打ち上げ台から、またつぎの花火が上がった。青い光が破裂して空いっぱいに広がり、明るいらせんを描き、さざなみ立つ海面や見物人の顔を照らし出す。ルーは浜辺まで戻り、ブランケットに腰を下ろした。冷えた足をこすり合わせる。ハマトビムシがいるのか、脚がちくちくした。

　講習のときのことを思い出した。髪をゴムの帽子に押しこんだホーリーの姿、温水プールに浸かった自分たちの肌の塩素のにおい。講習が始まる前にはよく、ふたりでプールの端に腰を下ろし、脚だけを水に浸けた。いっしょに激しく水を蹴り上げると、隣のホーリーの変形した足がルーの蹴立てる波の向こうに見え隠れしていた。水のなかであぶくを吐くのもいっしょに覚えた。ホーリーにそそのかされて、長い飛び込み台の端まで歩いていったりもした。そして父が犬かきでプールの端まで泳ぎきったとき、ルーはその場にいた。子どもたち全員が彼に声援を送っていたのを憶えている。そして父親がプールの向こう側でコンクリートの縁をつかみ、荒い息をつきながら振り返ったとき、その顔に喜びがなかったことも。

手首にまだ時計がはまっていたが、暗くて数字は読めなかった。花火は十時に終わる予定だった。グランドフィナーレがあり、ローンチェアが折りたたまれ、みんなが帰り出して渋滞になる。ルーはつぎの打ち上げを待った。永遠に始まらないような気がした。男ふたりが泳いでいるのを見て、クロゼットに隠したアルバムを思った。あの情報と数字を。事実は世界を変える、そう思っていた。でも父親はやっぱり、父親だった。

港の向こうから大勢があげる歓声と、吹き鳴らすホーンの音が聞こえた。花火が上がった。また一発。そしてまた一発、もう一発。煙の筋がからみ合うのが見え、それから連射された玉が破裂し、車輪や竜や多頭の蛇が描き出されては消える。ジョーヴが叫んで手をたたく。轟音はいつまでも終わらなかった。ルーは耳をふさぎたい、ブランケットにもぐりこみたいという衝動をこらえた。荒れ狂う音のうねりに向かって身を乗り出し、光が広がって父親の濡れた皮膚に反射するのを見つめた。やがてその体が赤とオレンジの斑に染まり、背中全体に火がついて燃え上がったように見えた。

#7、#8、#9

病院で初めてルーを腕に抱いたとき、ホーリーはなんの感慨も湧かなかった。ただ、赤ん坊を落としやしないか、どうかして傷つけやしないか、頭をまずい方向に傾けやしないかと恐ろしかった。頭はやわらかく、首はすわらず、黒くてふわふわの髪の毛が彼のたこだらけの指をなでた。皮膚には赤い染みがあって、手足は不釣り合いに大きい。腕に触れると、丸々した肉の下の骨が感じとれた。できたての骨はまるでプラスティックのように——曲がりやすくすぐに折れそうに思えた。この赤ん坊の腕を曲げて、どこまでもつか試してみたい、そんな衝動に駆られた。なるべく早くリリーの腕に返した。それからカメラを出し、フラッシュを焚いた。ポラロイドを指に挟んで持ちながら、ふたりで写真ができてくるのを、化学薬品が混じり合って妻と娘の輪郭が形づくられるのを待った。

「これを見て。あんたの家族よ」

アラスカを出てからは、東西どちらの海岸からも離れてウィスコンシンへ移り、チェクワメゴン・ニコレット国立森林公園近くの小さな小屋に住みついた。そばに私有の湖があり、その岸辺まで、樅《もみ》の木立のなかを踏み分け道が続いていた。新しい家は隅から隅まで、赤ん坊のための品で覆いつくされた――ブランケットにおもちゃにベビーベッド、ミルクにおむつに専用のバスタブ、小さな靴下に小さな服、天井から吊るす羊のモビール、横向き寝用の枕に抱っこひも、ベビーカーに多色の積み木に板紙の絵本、発疹用のクリームにタルカムパウダー。バスタブと便器の横に置いてある紙おむつ入れからは使用済みパンパースのにおいが漂っていた。

初めのうちリリーは、疲れた様子でも赤ん坊にかまけっきりで、眠ったりミルクをやったりと母親のホルモンをあふれさせるのに忙しく、ホーリーがわが子に無関心なのに気づかずにいた。だが数か月たって赤ん坊が成長し、自分で寝返りを打ちはじめ、一本目の歯が生え、やがて米のシリアルを噛んで飲みこみはじめるころには、夫が何かと口実をつくっては家から出ていくたびに、リリーはため息をつくようになった。散歩に出かける彼にため息をつき、おむつを換えなくてはいけなくなると部屋からこっそり抜け出す夫にため息をつき、午前二時の授乳のときに寝たふりをしている彼にため息をついた。ため息は次第に長く大きく音高くなり、やがて娘の洗礼式の日、リリーが赤ん坊を白いおくるみで包んでボンネットをかぶせ、自分も古い夏用ワンピースに体をねじこんで髪を整え口紅をつけ、入口のそばに立って期待しながら待っているとき、ホーリーが釣りにいくと言い出したのだ。

リリーはルイーズを抱く位置を右の腰から左の腰に移した。そしてかつてないほど大きなため息を、掃除機並みの音と力で吸いこんだ空気を奔流のように吐き出した。「今日は釣りになんか行かせない。あんたは二階へ行って、一番いいシャツを着る。そうしてあたしたちを車に乗せて教会へ行って、娘に洗礼を受けさせるの」

なぜ妻がそこまでこだわるのかがわからなかった。リリーは信仰心が厚いわけではない。でも、子どものころミサに出た記憶がある、それはいい思い出になった、だから大事なものなのだと言った。ひざまずいてロウソクを灯し、祈りを唱える——そうすると自分が守られているように、何かしら宇宙とつながっているように感じる、だから娘にも同じことをしてやらなきゃいけない。神様を信じる信じないはどうでもいいのだと。

「あたしたちは親で、洗礼はその務めのひとつなの。これは保険なんだよ」

「なんのための」

「もし天国と地獄があったときのため。この子を煉獄《れんごく》行きになんかしたくない。絶対名前が呼ばれない待合室にいるようなものだもの」

式に出るのは自分たち三人と、フレンチカナディアンなまりの英語を話す司祭だけだった。名付け親などはいなかったが、司祭はリリーが通っている教会の地下でのミーティングで彼女を見知っていたので、洗礼証明書に一家の名前を二度書くだけですませた。それから司祭は紫色のローブを肩に羽織り、金色のロープを腰まわりに締めた。そして香を焚き、祈りを唱えると、リリーが赤ん坊を盤の上で支えた。司祭は赤ん坊の額に水を注ぎ、そのあと油を注いだ。

教会は古い岩の下にいるようなにおいがした。四方の壁にステンドグラスの窓があり、光を通すというよりほぼさえぎっている。色つきの暗いガラスには、いろいろな人物の姿やシンボルが見分けられた。十字架と子羊、皿の上の切断された首、中心に七本の剣を突き立てられた心臓、洞窟から骸骨の山を越えて外へ踏み出そうとする男。

「父よ」司祭が言った。「創造の始まりにおいて聖霊は水に息を吹きかけられ、水を聖性の源となされました。聖霊のお力によってこの洗礼盤の水にキリストの恩寵をお与えくださいますよう。あなたは人をあなたの似姿に創造されました。この水と聖霊によって新しく生まれた者の罪を洗い流し、無垢なるものとなされますよう。キリストとともに葬られた者すべてが洗礼による死のなかでキリストとともに蘇り、新たな生命を得られますよう」

司祭がホーリーに赤ん坊を抱くように言い、リリーが娘を彼の腕に預けた。窓から射す赤とオレンジの光が、父と子の上に降り注いだ。その光がホーリーに、あのダイナーの床の上に転がって、割れたガラスの破片で手のひらを切りながら這い進んでいたとき、上から降ってきたリリーのトラックの警告灯を思い出させた。司祭からさらに水を顔に注がれると、赤ん坊はぶるっと震えた。そして豆のピューレをホーリーのきれいなシャツの上に残らず吐きもどした。

彼は式が終わるまで、教会の後ろのほうの会衆席で、下着姿のまま手脚を伸ばして座っていた。リリーに着るように言われたボタンダウンのシャツは、ゴミといっしょに丸めてあった。司祭が式の終わりだと告げて祭壇の陰に消えると、リリーが車のベビーシートを引きずって通路を歩いてきた。着ているワンピースは斜めにゆがみ、赤ん坊のボンネットが手首に縛りつけられていた。

「手伝ってくれたらいいのに」

「すまない」だが正直なところ、式から一歩離れる口実ができ、いろいろな色に染まった天井を眺めていられたのはありがたかった。骸骨の上に這い上ろうとする男を指した。「あれは何を表してるんだ」

リリーが赤ん坊の位置を腰の右から左へと移す。振り向いて、自分たちの後ろの窓をじっと見つめた。「ラザロね。それか再生の場面かも。死んだイエスがよみがえろうとしてるみたい」

「それでうちの子もいっしょによみがえって、新しい人生へ踏み出すのか」ホーリーは鼻を鳴らした。「そんなホラ話を本気で信じてるのか」

妻の唇がきっと結ばれた。ホーリーからキーをひったくり、つかつかと駐車場へ歩いていくと運転席に乗りこんだ。そして帰り道のあいだ一言も口をきかなかった。ホーリーはそのあいだずっと、どうすれば埋め合わせができるか考えようとしていたが、赤ん坊の泣き声のせいでろくに頭が働かなかった。小屋に着くとリリーはトラックを停めたが、エンジンは切らずにいた。

「ルイーズを連れていって。この子といっしょに降りて」

「どこへ行くんだ」

「ドライブ。これ以上運転したくないっていうまで走りたい。もう母親でいるのはあきあき。奥さんでいるのもうんざりよ」

ホーリーはベビーシートのベルトを外した。赤ん坊を抱きかかえ、ドアを閉める。泣き声はいまでは激しく振動するようになり、持っているホーリーの手まで震えそうだった。「この子をどうしたらいい」

「自分で考えれば」リリーは言い捨てて、トラックを出した。

おむつは濡れていないようだった。腹が減ったんだろうとひとり決めし、ベビーシートに乗せてキッチンまで運んだ。おむつ用バッグのなかを探すと、空の哺乳瓶のほかに、二つ折りにした洗礼証明書がファスナーつきのサイドポケットに見つかった。証明書をリビングに放り出し、粉ミルクの容器を掘り出すと、粉と水を混ぜた。そして哺乳瓶のなかの液体が泡立つまでよく振った。それから鍋に水と瓶を入れ、コンロの火をつけた。ルイーズはベビーシートの上で泣きわめいている。ホーリーは鍋とシートのあいだを何度も往復した。彼が近づいてくるのを見るたび、赤ん坊はばたばたと足を蹴った。

「機嫌が悪いのはおまえだけじゃないんだ」

瓶が温まるまでに気が遠くなるほど時間がかかった。リリーが手首でミルクの温度を測っていたのを見てはいたが、自分の手首は傷痕だらけだったので、かわりに舌を突き出し、瓶をしぼって何滴か垂らしてみた。粉ミルクはあまり味がなかった。甘いのだろうと思っていたが、プレーンのヨーグルトのようだ。小麦のような風味もある。

ミルクがほどほどに温まると、コンロを消し、瓶をわが子のところへ持っていった。顔をのぞきこみ、瓶の乳首をくわえさせようとするが、小さな口には大きすぎるようだった。赤ん坊は泣きつづけ、顔は真っ赤に、唇はへの字になっていた。ゴムの乳首を少しだけ口にふくんでも、涙は止まらない。やがてミルクが喉の奥へ滴り落ち、赤ん坊がえずいた。ゲホッと咳きこみ、目が大きく開く。そして今度はいっそう大きな声で泣きわめきはじめた。

ホーリーは哺乳瓶を置いて入口まで行き、ドアを開けて前庭に立つとリリーを捜した。同じブロックの先に車を駐めて待っているのをなかば期待しながら。だが視線の届くかぎり、どこにも妻の姿はなかった。

また家のなかへ戻り、ベビーシートのバックルを外した。頭を指で支え、そろそろと抱き上げる。胸に引き寄せると、赤ん坊はもがいて悲鳴のような泣き声をあげた。体が熱かった。ソファに腰を下ろし、ひざの上に赤ん坊を横たえた。また哺乳瓶を口にふくませてみるが、やはりくわえようとしない。冷蔵庫からベビーフードを出し、スプーンで口に運んでも、床に吐き出してしまう。顔を寄せておむつのにおいを嗅いだが、何も漏らしてはいないようだ。赤ん坊が手を伸ばし、彼の耳をつかんだ。爪の先は鋭かった。彼の前髪が小さな指にからみつくと、赤ん坊がぐいとそれを引っこ抜き、しおれた花束のように掲げた。

「タフな女気取りか」

赤ん坊を裏返してうつ伏せにしてみた。そしてまた体勢を変えさせた。カーニバルの乗り物のように脚を上下に動かして揺らした。左の肩の上に乗せ、ついで右の肩に乗せてみた。部屋を歩きまわった。いっしょに床の上に寝そべった。腕に乗せてゆすぶった。口に自分の指を差しこんでみた。なんの効果もなく、泣き声はいっこうにやまなかった。

この時点でもう万策尽きた。また入口まで行き、今度は赤ん坊を抱きかかえて、ドアを開けた。外はもうすでに暗く、その闇のなかをじっと見つめた。そうすればリリーを夜空から、星と満月に間近い月のあいだから呼び出せるというように。だがなんの兆しもなかった。

ドアを閉め、地下室に下りていくあいだも、赤ん坊は泣きつづけていた。作業台の上の棚から金属の箱を下ろし、ボイラーの陰の隠し場所から鍵を取り出すと、錠を外して手をつっこみ、フラスク瓶を取り出した。

いまでも夜になると、水時計《クレプシドラ》の夢を見る。鉢に水が満ちていき、手からもぎ取られたときの感触を。そして氷河がひび割れて青い氷が落下したときと同じ恐怖に襲われ、汗びっしょりで目が覚める。気を落ち着けるには酒に頼るしかない。それで家のあちこちの、リリーには見つからないと思える場所にボトルを隠しはじめた。アラスカでの不始末のあと、ジョーヴはできるかぎり尻ぬぐいをしてくれようとしたが、キングからの疑いは最後まで晴れず、いまはホーリーもジョーヴも金を持ち逃げした張本人のように見られていた。

フラスク瓶を持って階段を上がり、グラスに一杯注いだ。ウィスキーを一気に飲み干すと、大きく息をついた。赤ん坊の泣き声がいくぶん小さくなり、その目が少しのあいだ焦点を結んだように見えた。その赤く斑になった顔をつくづく眺める。そしてまた一杯注ぎ、小指をグラスに浸すと、その指をわが子の開いた口につっこんだ。赤ん坊がたちまち泣きやんだ。ホーリーの指をちゅぱちゅぱ吸いながら、彼の顔をじっと見すえる。小さな手を持ち上げてホーリーの手のひらをつかみ、そして彼を見つめながら、ウィスキーを残らず吸い取った。

赤ん坊の声がやんだ部屋がしんと静まり、残響がまだ残っていた。ホーリーはひとつ息をついた。またひとつ。そしてキッチンの椅子にぐったり座りこんだ。ウィスキーのグラスはそばから離さずに。赤ん坊がぐずると、またグラスに小指を浸した。指が口に入るとすぐに赤ん坊は反応し、舌が指に押しつけられた。吸う力は異様に強かった。暗い、動物じみた欲求だった。

入口のほうでリリーが帰ってきた音が聞こえ、ホーリーはグラスをつかんで残ったウイスキーを喉に流しこむと、フラスク瓶をゴミ箱に投げ入れた。赤ん坊はぐっすり眠っていて、腕に重く感じた。また目を覚まして泣き出されるのがいやで、指を口に一時間以上も入れっぱなしにしていた。赤ん坊の顔はやすらかで、それをもたらしたのは自分の手柄だというように、自分たちふたりに取り憑いていたものを消し去ったように感じていた。

グラスの内側を小指でぬぐい、また赤ん坊の口に滑りこませる。赤ん坊はしばらくただ息をしていたが、やがて反射作用が働いたのか、唇が閉じて指をくわえた。これがこのふたりの最初の秘密だった。

リリーが靴を手に持って、リビングの隅を回りこんできた。顔は疲れきり、化粧ははげ落ち、髪が肩の上にだらしなくかかっていた。しばらく戸口から動かずに、ホーリーと赤ん坊を見つめていた。

「タバコのにおいがするぞ」

「途中で買ったの。でも昔みたいにおいしくなかった」

「どこへ行ってた」

「教会の地下のミーティング。そのあとしばらくドライブして、ちょっとアイスクリームを食べて」

「おれの分は？」

「ない」

「この子はひと晩じゅう泣きどおしだったんだ。アイスクリームぐらい買ってきたっていいだろう」

リリーはテーブルまで歩いてきて、グラスを手に取ると、鼻を近づけた。

「ちがうんだ」

「何がちがうの」

なんと答えればいいのかわからなかった。わかるのは、ウィスキーが効くということだけ。わが子との折り合いをつけられたという自惚《うぬぼ》れた気分はみるみるしぼんでいった。

「親になろうとするなら、一段上に上がらなきゃならない。犯罪者みたいな暮らしは続けてられない」

「ミーティングに来た連中にそう言われたのか」

「あそこのグループは、ウィスコンシン・デルズから来た中西部の人たちが多いの。司祭も図書館の司書もだし、バレエの先生も、ラジオのCMを作ってる人も。あたしはその人たちの前で、ここへ越してきた本当のわけを話せなかった。あたしたちの本当の暮らしのことも、あんたが消えたことも、どこかの荒野で撃たれて死にそうになったことも。大変だったのはわかるけど、そのあとであんたの面倒を見たのはあたしよ——憶えてない？　それでいまはあの子の面倒を見なきゃならなくて。もうくたくた。たまに自分が誰なのかもわからなくなるくらい」

リリーはテーブルの前に腰を下ろした。顔をうつむけて、ルーの頭のにおいを嗅いだ。

「あたしはこうするの。一杯やりたくなったときにはね」

リリーはショットグラスを手に取り、カウンターまで歩いていった。蛇口をひねって水を出し、スポンジでグラスを洗って水切りに置いた。

「後悔してるか？　あのダイナーに戻ってきて、おれを連れ出したのを。結婚したのを」

リリーが蛇口を閉める。

「あんたはそうやって悪いやつぶるのが好き。でもあたしたちの人生は――あんただけの人生じゃないのよ、ホーリー」

　手をタオルで拭くと、また彼の隣に腰を下ろす。

「今晩のミーティングで話したこと、教えようか。あたしがみんなに打ち明けられたこと」そう言って、唇を拭う。「あんたがアラスカで仕事に出かけていって、電話もしないで帰ってこなかったとき、もうあんたは行っちゃったんだって思った。赤ちゃんがほしくなくて、もう帰ってこないんだって。だからバーへ行った。二軒回った。でもあたしが妊娠してるのがばれたせいで、お酒は出してもらえなかった。それで酒屋が開くのを待ってたとき、あんたがあのひとのジープから電話をかけてきた」腕を伸ばし、彼の手を取る。「あんたは自分がひとりだって思ってる。自分だけが最悪なんだって思ってる。でもそうじゃないの」

　ホーリーは首を横に振った。何も返す言葉はなく、ただ頭が空っぽだった。

「何か言ってよ」

　彼は赤ん坊の上に覆いかぶさった。やわらかい、黒い髪に顔を押し当てる。オレンジの花と、攪乳《かくにゅう》したてのバターの甘いにおいがした。

「二度と泣きやまないかと思った」

「でも、泣きやんだじゃない」

「もうあんなふうに出ていかないでくれ」

赤ん坊を手渡そうとした。リリーは受け取ろうとしなかった。

「あんたは怖がってるだけ。あたしだっておんなじ」

ふたりは眠っている娘を見つめた。やがてリリーが彼の肩に頭をもたせかけ、目を閉じた。ホーリーも眠気を覚えた。赤ん坊の口から指を抜き取ると、そろそろとリビングまで運んでいき、ベビーチェアに下ろした。娘が一瞬びくりとし、彼は恐怖に固まった。赤ん坊が両腕を頭の上に上げ、壁のほうに顔を向ける。ホーリーはブランケットをかけてやった。そしてゆうべ早くに床に放り出した洗礼証明書を拾い上げた。

「〝ルイーズ〟は老けた感じがするな」

「いい呼び名がある？」

ホーリーは娘をしげしげと見下ろした。相変わらず寝入ったまま、口を不機嫌そうに突き出し、小さな両手をぎゅっと握りしめている。

「ルウ《Lou》」

「それじゃ男の名前よ」

「なら、もっとかわいくしよう。ルーはどうだ」

「ルー《Loo》ね。いいじゃない」

ホーリーはソファに腰を下ろし、リリーの手を取った。結婚指輪のすぐ上のあたりに小さなたこができていた。指輪が皮膚にこすれたところが硬くなってしまったのか。彼女のこの箇所は、ずっと以前からあったもののようにも思える。でも、なかったころもあったはずなのだ。

「やっぱり母親になりたいのか」

「選べる余地なんてなかった」

「妻になるのは？」

リリーが彼の髪を指で梳いた。ふっとため息をついたが、それは明るい、怒りの名残のほとんどないため息だった。ホーリーは体を横に倒し、彼女を自分のほうに引き寄せた。ふたりソファの上で体を押しつけ合う。リリーが彼のあごの下に頭を差し入れ、ホーリーは彼女のうなじを撫でた。皮膚の骨ばった部分を探りながら、その背骨の丸い骨ひとつひとつが妻をつなぎ合わせ、支えているのだと思った。

「アイスクリームのこと、怒ってない？」

彼女の顔を両手で挟み、ひたいにキスをし、目の上に、そして唇にもキスをした。ゆっくりと感謝をこめ、どんなふうに彼女に触れたいと思っているかを何百通りもの形にしながら。


朝になってホーリーは、赤ん坊のむずかる物音に目を覚ました。まだ泣いてはいないものの、いまにも泣き出しそうだった。彼の足は片方ソファからずり落ち、床の上にぐしゃぐしゃになった服の塊に引っかかっていた。リリーは裸のまま、横で体を丸めていた。肌に肌が重なり、温かい息が彼の胸にかかり、両腕が彼の腰にきつく回され、薄いブランケットがふたりの上にかかっていた。ホーリーは目を閉じたまま、待った。するとまた、泣き声が始まった。妻から体を引きはがした。ジーンズに脚を通し、ベビーチェアをのぞきこむ。赤ん坊はちがうパジャマを着ていた。リリーがもう夜中に起きていたのだ。ホーリーが眠っているあいだに着替えさせてミルクを飲ませ、また寝かしつけていた。

「じゃじゃ馬め」

赤ん坊が彼を見上げ、両腕をばたばた振った。

「そうだよ、おまえのことだ」

赤ん坊を抱き上げ、キッチンまで連れていった。夜に使われた哺乳瓶を見つけ、コンロで温めなおした。今度ルーは、乳首を口にあてがうとすぐに吸いついてきた。小さな片方の手を瓶のプラスティックに触れ、指を曲げたり伸ばしたりする。ミルクが半分なくなったころ、腕のなかでその体が重みを増し、瞬きが多くなりはじめた。

リリーがキッチンに入ってきた。ブランケットを体に巻きつけただけの姿だ。ホーリーがミルクをあげているのに驚いたとしても、表情には見せなかった。

「いま何時？」

「六時ぐらいだ」

「湖へ行こうよ」

「いまから？」

「いまから。戦没将兵記念日《メモリアルデー》は来週の週末だし、夏のキャビンはまだほとんど閉まってるでしょ。ほかに誰もいないうちに行っときたいの。湖ぜんぶがあたしたちの貸し切りになったみたいじゃない」

バスルームで乾かしていたタオルと水着を取ってきた。リリーは必要なものをすべておむつ用バッグに詰め、ホーリーはクーラーボックスに飲み物とサンドイッチとポテトチップスとリンゴと、リリーが前の日に作った桃のパイを二切れ入れた。外の空気は心地よく、ふたりは歩いていこうと決めた。赤ん坊をベビーカーに乗せてリリーが押し、ホーリーはクーラーボックスを持って歩き、森のなかを抜けて湖の岸辺に着いた。

まだ朝早い時間で、浜辺はがらんとしていた。砂は温かく空気はむっとして、五月の末というより八月のようだ。湖の沖に向かって伸びている桟橋に、アルミ製のカヌーが一隻係留されているが、パドルは見当たらない。誰かがゆうべ森の近くで焚き火をしたのだろう、石を輪の形に並べたなかに薪を積み上げて燃やした跡が見える。網目の布の座面がついたローンチェアが一脚あった。リリーはすぐに腰かけた。砂のなかに足を埋め、深く背をもたれて目を閉じる。

「この椅子はあたしの椅子」

ホーリーはベビーカーからルーを下ろした。リリーを手伝って赤ん坊の肌に日焼け止めを塗ると、リリーがルーの小さな頭に日よけ帽を乗せ、水辺まで運んでいった。赤ん坊は小さな水玉模様の水着を着ていた。体を屈めて水面の、太陽が反射して光っているところをぴしゃぴしゃやるのが好きなのだ。リリーが着ているのは緑のワンピース型で、ストラップを首に回して結んである。人前で水着を着るのは、子どもを産んで体型が変わったからと恥ずかしがっていたが、ホーリーは抜群にいかしていると思った。

「冷たくないか」

リリーは首を横に振ったが、背中一面に鳥肌が立っているのが見えた。たとえ凍りつくほど冷たい水でも、彼女は決してそう認めない。赤ん坊を湖に連れてくるようになってから、もう一か月たった。ルーは初めのうちいやがったものの、いまではすっかり冷たさにも慣れていた。ホーリーはブランケットの上に寝そべり、頭の後ろで両手を組んだ。風が木の葉をそよがせる音を聞いた。早朝の陽射しが肌を暖めるのを感じる。頭を横に向けて見ると、リリーが体を屈め、赤ん坊を水に浸けていた。ふたりともそれをゲームのように楽しんでいた。リリーが口笛を低く、高く吹きながら、いっしょに深く沈みこむ。赤ん坊はきゃあっと金切り声をあげ、リリーの首にぎゅっとしがみつく。

ホーリーはブランケットから立ち上がると、桟橋まで歩いていった。しばらくたたずみ、木の厚板が湖の沖に向かって続いているのを見渡す。綱でつながれたカヌーがゆらゆら漂い、水面は一枚ガラスのようになめらかに遠くまで伸びている。リリーが浅瀬からこちらを振り向いた。赤ん坊を両腕に抱いた彼女の腰の周りから、さざなみが輪を描いて広がっていく。ホーリーは敬礼をしてみせた。二本の指をひたいにつけ、まっすぐに離す。それから桟橋の端まで行き、縁に腰かけ、足を水に浸した。

水はおそろしく冷たかった。下の水面に目を向け、小魚の群の先にある湖底のほうを、古い葦《あし》の暗い触手のあいだにひそむ黒い影を見た。桟橋の縁に両手でつかまり、金属製のカヌーの横の浅瀬へ全身を滑りこませた。桟橋の下にある浮子《フロート》にしがみつくと、脚を後ろに蹴り出し、リリーから教わりはじめたいろいろな脚の動きを練習した。

「うまくなってるよ」

「そう思うか」

「うん。ほら、これ見て」リリーが言って、赤ん坊から手を離した。

ルーが水のなかに沈んだ。リリーが一歩下がると、赤ん坊が彼女に向かって泳ぎ出した。そしてまたリリーが抱き上げる。ルーにいやがっている様子はまるでなかった。脚をばたばたさせ、まつげから雫を垂らしながら、口の周りを舌でなめ回している。

「まさかな。信じられない」

「誰でも生まれつき泳ぎ方を知ってるの。ただ忘れちゃうだけ」

家族でこの湖へ越してきてから、リリーは彼に泳ぎを教えようとしてきた。初めの何回かはホーリーが怖がり、足を水に浸けさせるぐらいしかできなかった。それでもしまいには胸の高さまで浸からせて、肺に空気をたくさん入れるほど体は浮きやすくなるのだと説明した。それから浅いところで彼の隣に立つと、両腕を伸ばして仰向けになるように言った。ホーリーはリリーの倍の背丈があったが、赤ん坊のように彼女の腕で支えられた。あまり進歩は速くなくても、そのうち水中で息を止められるようになり、自分ひとりで浮けるようになってきた。

リリーはまた何度か赤ん坊を泳がせたあと、水から上がった。ルーの体をタオルで包み、自分も別のタオルにくるまってから、おむつを換えた。そして赤ん坊の脚と腕にまた日焼け止めを塗った。ローンチェアに座り、赤ん坊にミルクを飲ませた。そのあとルーを抱いてしばらく岸辺を行ったり来たりしてから、ベビーカーに乗せ、ひさしを下ろして陽射しをさえぎった。ホーリーが見ると、赤ん坊は眠っていた。リリーはベビーカーの隣に広げたブランケットに寝そべり、まもなく自分も眠りこんだ。

ホーリーは桟橋の端からふたりを見ていた。リリーがブランケットの上に頭を乗せると、彼は仰向けになり、片手を縁につきながら水に浮かぼうとした。頭の上からベイツガの枝葉を透かして光が射しこみ、湖面を斑に染めている。深く息を吸いこむと、体が高く水面に浮き上がるのを感じた。そして息を吐くと沈みはじめ、顔の周囲で水位が上がり、あと少しで両方の耳のなかに入るところまで来た。もう木々のたてる音は聞こえなかった。聞こえるのは自分の内側から来る音だけ――心臓の鼓動、肺が空気を取りこむ音、手と足がぴしゃぴしゃと水を打つ音が大きく響く。波がその上にかぶさり、水の流れがぶつかってきては体の周りを滑り、また反対側で合わさって流れつづける。ほかの一切のものも同じように洗いながら、やさしく、だが確実に同じ方向へ向かい、桟橋やその下の魚や石を通り過ぎていく。

ホーリー、と呼ぶ声が聞こえた。水中の反響を通して。何度も何度も呼びかけるその声は、リリーの声だった。

水のなかで立ち上がろうとした。湖の底を足で探ったが、かなり流されていたらしい。水が鼻に入ってきて咳きこんだ。生ぬるい藻と錆の味がした。手を伸ばして桟橋をつかんだ。体を引き寄せてなんとか支える。岸辺のほうを見た。

ローンチェアに男が座っていた。ひざに載っているのは、サプレッサーを取り付けた拳銃。もう一方のひざの上で、ルーが男の腕に抱かれていた。男は暗い色のジーンズの裾をブーツにたくしこみ、フランネルのシャツの上に釣り用のベストを着ていた。ベストのポケットに弾薬が詰めこんである。装塡ずみの弾倉が、最低でも十五。突っ立ったごま塩の髪、頰まで伸びたもみあげは、まるで年寄りのバイク乗りを思わせる。ベストの下の体はかなり瘦せ、皮膚が顔の骨の上にぴんと引き伸ばされていたが、それでもひと目でやつだとわかった。

タルボットが言った。「居所をつきとめるのに、ずいぶんかかったぞ」

ホーリーの頭を占めていたのはただ、いま銃が手元にないことだった。なぜ持ってこなかったのか。老人が脚の上で拳銃を前後に滑らせるのを見つめた。頭の上で木の葉が騒ぎ、ローンチェアと眠っている赤ん坊の顔の上に影が躍る。そのわずか数メートル先で、緑の水着を着たリリーが、ブランケットの上に正座をするような姿勢でいた。肩がぴくぴく震えていて、両手のひらがすぐ前の砂に釘づけされたように置かれ、視線は片時もルーから離れない。

「このときをちょっと楽しもうと思ってな。ここに座って、景色でも眺めるとしよう」タルボットは椅子を前後に揺らしていた。揺れるたびに椅子が砂の上を少しずつ遠ざかり、アルミ製の脚のまわりに二本の溝ができていく。赤ん坊はその腕のなかで眠っていた。

「何がほしい」ホーリーは訊いたが、答えはもうわかっていた。

タルボットがピストルの背で自分のひざを掻き、ホーリーはじりじりと前へ進んだ。姿勢は低くしたまま、湖の底を足で探りながら。足が着いた。やわらかく朽ちた感触が足指の下にあった。両足を泥のなかに深く踏んばり、立ち上がった。リリーと目を合わせようとしたが、彼女はルーしか見ていなかった。その唇が動いているのが、ただひとつの言葉を連ねているのがわかった――おねがい、おねがい、おねがい、おねがい、おねがい、おねがい。

「ふたりを解放しろ。それから決着をつけよう。何が望みか知らないが」

タルボットが砂の上でブーツを動かした。あごを引き締め、しばらくその提案のことをじっと考えているようだった。それから動きを止め、目を細めて太陽を見上げた。赤ん坊を抱いていないほうの腕を上げ、手の甲でひたいをぬぐう。「ソーダはあるか」クーラーボックスを指す。リリーにかけた言葉だったが、答えはなかった。

「おれが取ってくる」

ホーリーが言うと、タルボットは拳銃を持ち上げた。銃口をホーリーに向け、頭だけでリリーのほうを見る。リリーは相変わらずひざをついたまま、手を広げて砂の上に置いていた。

「ここ何週間か、ずっとおまえを見てきた。おまえが幸せに暮らしているのを。おれは車のなかで寝て、おまえを見ながら思ってた。なぜおれには、ほしいときに冷えた飲み物を出してくれる女房がいないのかって。もう手を動かしていいぞ」

リリーが指を砂に食いこませ、のろのろとしゃがんだまま上半身を起こし、両手をひざまで引き寄せた。呆然とした状態からわれに返ったように、瞬きをする。クーラーボックスはブランケットとタルボットのローンチェアとのあいだに置いてあった。ひざをついて身を乗り出すと、蓋を開けてオレンジソーダを取り出し、栓を開けてタルボットに手渡した。

タルボットは長々とあおった。「オレンジソーダなんざ、何年ぶりだろうな」またぐびりと飲み、少しこぼれた中身が赤ん坊の顔にかかった。ルーが目を覚まし、体をくるんでいる象の絵柄のブランケットを押しのけると、むずかりだした。

どこかにもう一挺あるはずだ。ホーリーはひたすらそれだけを願っていた。タルボットが二挺目の銃を、もしかすると三挺目も持っていることを。老人がソーダを飲んでいるのを見つめた。一歩前に進む。またもう一歩。つま先が湖底の泥のなかに沈んだ。ルーの泣き声がタルボットの癇《かん》に障り出しているのがわかった。あれは腹が空いているときの泣き方だった。

「その子は赤ん坊だ。誰の害にもならない」

「モーリンが誰かの害になったと思うのか」タルボットが頬をふくらませ、息を噴き出す。「なのにあいつはどうなった？　時計なんぞのせいで」

「撃ったのはあんただ」

　タルボットはホーリーから目を離さず、だが拳銃だけを動かして、銃口を赤ん坊に向けた。拳銃から張られた綱に引っぱられるように、リリーがひざをついた体勢から立ち上がりかけた。

「よせ」ホーリーは水から両手を挙げた。また一歩、岸辺へと近づく。「あんたの言うとおりだ。おれを追ってくるのも当然だ。何もじゃまはしない。だがそのふたりは解放してくれ」タルボットがつぎにどう出るか、待ち受けた。老人の不意をつくような動きはしたくなかった。だがタルボットはただローンチェアに深くもたれ、またオレンジソーダをひと口飲んだ。

「その子はルイーズっていうの」リリーが言う。「きのう洗礼を受けたばかり。あたしたちはルーって呼んでる」

　タルボットは答えなかったが、ちゃんと聞いているのはわかった。ソーダの缶をわきに置き、水滴のついた手のひらをジーンズのひざに押しつけて拭いた。

「きょう初めて泳いだの、あなたがここへ来る少し前に」リリーが言いながら両手を挙げ、タルボットと赤ん坊のほうにじりじり伸ばす。「夜もよく眠って、離乳食も食べはじめて。お米のシリアルと、潰したバナナと。先週初めて歯が生えたの。それに笑うの。手にキスすると笑うの」身を乗り出し、赤ん坊に微笑みかける。ルーの泣き声がゆっくりになり、やがて母親を見て、やんだ。タルボットも見ていた。目の端のほうで、まともに見てはいないが、それでも見ていた。リリーが赤ん坊の手を取り、上体を屈める。彼女の顔が拳銃のすぐそばまで近づき、ホーリーの胃がよじれた。リリーはルーの小さなこぶしに唇を押し当て、わざと大げさにムチュッという音をたてた。

赤ん坊の目が大きく見開かれ、たちまち口が開いて、小さな声が発せられた。きれいに澄んだ完璧な、まるで赤ん坊の笑い声の効果音のようだった。そしてルーは自分の意思で、女王のように片手を持ち上げた。母親がもう一度そこにキスできるように。

タルボットは戸惑っているようだった。赤ん坊を反対側のひざの上に移した。スーパーマーケットの列でちょっかいをかけてきた赤の他人から、赤ん坊を遠ざけようとでもするように。「水から出ろ」ホーリーに向かって言う。「手をおれから見えるところに出しておけ」

ホーリーはゆっくりと湖から上がった。そのあいだに銃をタルボットから奪い取る方法を考えては、すべて頭のなかで打ち消した。何をしようと赤ん坊とリリーのどちらかが撃たれるのは避けられない。距離を測り、逃げ道を探す。だが森の縁までは遠すぎた。もしルーを奪い返せたとしても、タルボットには三人が森に達する前に全員を撃てる時間があるだろう。ホーリーの目が桟橋の端から端まで動き、金属製のカヌーの上で止まった。だがそのとき、パドルがないのを思い出した。水滴を滴らせながら、ブランケットの前に立つ。風が吹きつけ、皮膚が冷たく粟立った。

頭上で木の枝がざわざわとそよいだ。

「どっちかを選べ」タルボットが言った。「生かしたいほうを」

タルボットのその言葉に、ふたりはひしと身を寄せ合った。リリーはブランケットの上で恐怖に身をこわばらせ、そのおののきと想いがホーリーに伝わってきた。タルボットのひざの上でぬくぬくとしているわが子の息遣いも、拳銃にかかった老人の指の動きひとつひとつも。

それでもホーリーは、こんな決断には慣れていた。だからためらわなかった。

「女房だ。女房を選ぶ」

初めてリリーの目が赤ん坊から離れた。夫が仮面をはぎ取りでもしたように、その顔をまじまじと見つめる。「だめ。だめよ」

だが、タルボットは満足したようだった。ローンチェアの端のほうに腰をずらした。ルーをひざの上でぽんと弾ませると、リリーに向けて拳銃を振った。

「警察を呼ばないように言え」

「警察を呼んじゃならない」ホーリーが言う。

「もし呼んだら、おまえさんも追いかけることになるぞ」

「あなたは恐ろしいひとよ」とリリー。

「もう行くように言いな。でないと最後のチャンスもなくなるぞ」

ぐずぐずしているひまはない。老人の気が変わる暇を与える余裕は。ホーリーは妻の腕をつかみ、ブランケットから引き起こした。リリーが逃れようと抗うと、その顔を平手で打ち、道のほうへ押しやった。リリーがまた振り向くと、さらに力を入れて殴った。握りこぶしで強く。彼女がよろけ、砂の上に倒れた。

「さっさと行かないか」

そのときやっと、リリーも察したようだった。もう殴る必要はない。リリーは立ち上がり、砂浜を横切って森へと駆けこみ、家とホーリーの銃を目指していった。走りどおしに走れば、十五分で家に着いてまた戻ってこられる。丘の上まで来て立ち止まり、肩越しに後ろを振り返った。ホーリーはすまないと伝えるすべを思いつこうとしたが、できたのはただ、かぶってもいない帽子のつばを持ち上げるようにひたいに手を当てることだけだった。妻はつかのま、ぐあいが悪そうに見えたが、また鼻にしわを寄せて背を向け、そのまま行ってしまった。

ホーリーはブランケットまで戻り、タルボットの前に立った。

「それでどうする」

老人がクーラーボックスを指した。

「そのなかに食い物はあるか」

「サンドイッチとパイがある」

「ハムとチーズのか」

「ボローニャだ」

タルボットは唸り声で、まあいいと伝えた。ホーリーにそばまでクーラーボックスを引っぱってこさせ、蓋を開けさせた。赤ん坊を腕からひざの上に移し、ルーの腹に押しつけた銃口が離れないようにしながら、なかをがさがさと探る。アルミホイルとラップに包んだサンドイッチと、パイの入った小ぶりのタッパーを引き出した。ホーリーから片時も目を離さず、手探りで食べ物をブランケットの上に放り出す。そしてサンドイッチのラップをはがせと言い、ホーリーは言われたとおりにして、手渡した。老人がかぶりつくと、パンから辛子がはみ出してこぼれ、釣り用のベストに落ちた。老人は気づいていないようだった。

「モーリンをオークハーバーの医者まで連れていった。弾はおれの銃のだったから、夫婦でいざこざがあったと思われた。おかげで警察に引っぱっていかれて、あいつが死んだときもそばにいられなかった。そのあと警察がおまえの車と、家のなかにおまえの血があるのを見つけた。そのあとで解放された。だがそうなってみて、ずっと捕まってたほうがましだと思った」またソーダをぐびりと飲んだ。「そっちのパイをよこせ」

ホーリーはタッパーを開けた。いっしょに入れてあるフォークの一本が目に入った。この尖った先端を、タルボットの首に突き立ててやれたら。老人が彼の手からフォークを取り、のろのろと疲れた様子で、パイ皮と桃をつついた。これが何日もかけて平らげてきた長いコース料理の最後のひと皿だというように。もう食べる必要もないし食べたくもないが、やはり片づけなきゃならないと感じてでもいるように。

「おれたちはずっと長いこと連れ添ってた。あいつなしじゃ息の仕方もわからないくらいにな。どこを見ても何かしらあいつの影があって、あいつのことを考えると気が変になりそうで、頭のなかでおれがやった間違いを何もかも思い返しちまうんだ。あのドレスのことも。あのろくでもないウェディングドレスだ。ある晩に、崖まで引きずっていって投げ捨てた。おれももう少しで身投げするところだった」

タルボットがフォークをタッパーのなかに落とした。プラスティック容器を地面に置く。「おまえはまだ若いから、なんにも知っちゃいない。だが、いつか神様がおまえのやったことをぜんぶ思い出して、そのあと審判を下して、おまえが絶対知りたくなかったようなことを教えることになる」

「あれは仕事だった」ホーリーは言ったが、すでにタルボットの妻のことが頭によみがえっていた。ベールをつかんだまま、あの菫色の目が曇っていくさまを。

タルボットがオレンジソーダをすする。

「わかってるだろうが、おまえを捜してるのはおれだけじゃない」

桟橋の端のほうで、綱がいっぱいに張るまで漂っていったカヌーが戻ってくると、木材にぶつかった。

「アラスカでへまをやったらしいな」

「まあそうだ」

「先におれに見つかったのは運がいいぞ。キングなら問答無用だ」

どう答えるべきなのか、よくわからなかった。ただ頭のなかで、何分たったかを数えようとしていた。一秒でも長くなれば、リリーがそれだけ銃のありかに近づく。体をじりじり動かし、タルボットに近寄ろうとする。やつが話すのに気をとられて気づかずにいてくれるように願いながら。タルボットがソーダの残りを砂浜の上に空けた。液体がシューシューと音と泡をたてて、砂を黒く染める。老人はその場所を見つめていた。

「おれたちがハネムーンでどこへ行ったかわかるか」

「いいや」

「ローマだよ。だがモーリンは、バチカンとかコロッセオとか、ふつうの観光名所は行きたがらなかった。人間の骨でできた礼拝堂へ行きたがった。見たこともないほど薄気味悪いところだった。だがモーリンは気に入ってた。骨が砕けて模様を作ってるところがあってな。この模様がここを美しい場所にしてるんだと、あいつは言った。生きてるものぜんぶがつながっててくり返され、おたがいのなかに映し出されるのが表れてる。寛骨《かんこつ》や脊椎《せきつい》のひとかけも花と同じに見える。それで神様を信じる気になるんだと、あいつは言っていた」

タルボットは自分のもみあげを何度も、あごとぼさぼさの白髪のあいだに挟まった何かを探りでもするように、指で梳いていた。老人の顔はやつれ、肩はひざの上の赤ん坊をかばうように丸まっている。だが、ホイッドビー島で見せた険のある荒々しさは相変わらずだし、ホーリーを捜しつづけた年月はその鋭い部分をさらに尖らせていた。目は硬く強い光をたたえ、まるで世界のあらゆるにおいと音を逃すまいとしながら、それに対して壁を築いているようだ。ルーが体をねじり、脚をばたつかせはじめた。手を伸ばして、サプレッサーの先端に触れる。タルボットは見下ろしたが、止めようとはしない。そのときホーリーは、この老人が最初から自ら命を絶つつもりなのだとさとった。自分たち家族を片づけたあとで。そのときのために、ずっと準備をしてきたのだ。だからこうして引き延ばしているのだ。

「おまえはあいつの鼻を折った。あんなにきれいな鼻だったのに」

ホーリーはブランケットの上にそっと手を滑らせた。フォークを固く握りしめる。もう待ってはいられない。もう時間はない。息を吸いこむ。半分吐いて止める。そして勢いよく振りかぶると、渾身の力を込めてフォークをタルボットの脚に突き刺した。老人は悲鳴をあげ、ローンチェアから立ち上がった。赤ん坊を落としたが、銃は離さずにいた。

ルーが砂にぶつかる寸前にホーリーが受けとめた。そして桟橋をずっと駆けていった。腕のなかの赤ん坊は軽く、まったく何も抱いていないようだった。口が開いているが、泣いてはいない。娘の湿った息が頬にかかり、ミルクのにおいがした。指が彼の首の皮膚をつかんでいる。ルーをカヌーの底に横たえると、綱を強く引っぱってほどき、全力を振りしぼって舟を押し出した。カヌーは勢いよく十メートルほど進み、やがて流れに乗って沖へと漂い出した。ルーのずんぐりした脚が象柄のブランケットの下でばたばた動いている。そこまでずっと無我夢中だった。後ろを見さえしなかった。そのときタルボットが後ろから迫ってくる気配がした。

サプレッサーのせいでバン、ドンという轟音はなかった――シュッと空気が動いて銃弾がかすめる音だけ。頭を守ろうとしゃがみ、桟橋をつかんだ。銃を向けられていてさえ、水に入るのは怖い。そのとき、タルボットの銃弾を二発食らった。ビシッ、ビシッと。尻にまともに。

ふつうなら笑いたくなるような場面だったろう――このすさまじい痛みさえなかったら。激痛が肉から突き上げて背骨の付け根を駆け上った。ひざが折れ、体が倒れるのを感じた。下へ、下へと落ちていき、水面が近づいてわめきだしそうになる。大きな音とともに肩がぶつかり、視界一面が白い泡だらけになった。もっと深くもぐろうと、リリーのレッスンを思い出そうとした。両手の指をそろえて水を掻こうと、肺のなかの空気をすぐに吐き出してしまわずにほんのわずかずつ吐こうとした。

できるかぎり長く水中にいた。やがて肺がもたなくなり、桟橋の下に浮き上がって大きくあえいだ。脚を動かすたびに痛みが両腿を締めつける。片手で桟橋の下側をつかみ、もう一方の手で傷を押さえて血を止めようとした。頭上の板の上で、タルボットが傷ついた脚を引きずっていた。

「下にいるな、わかってるぞ」

動くまいとした。音をたてまいと。周りが暗くて何も見えず、ただ切れ目から漏れる光を見つめていた。栈橋の下のフロートはぬめりで覆われ、腐った泡やクモの巣や昆虫やクモの抜け殻の、この板の連なりが作られてから過ぎた年月の、その下を通り過ぎてきたすべての波のにおいがした。時に捉えられて取り残されたもの、忘れられたもののにおいが。

足がかりはどこにもなかった。葦がひざの周りにからみつき、湖底は細かな砂と打ち寄せられた生き物の死骸だらけだ。そのとき、脚を引きずる音がやみ、タルボットが拳銃につぎの弾倉を差しこむ音が聞こえた。一発目は大きく外れ、二メートル先の板を撃ち抜いた。二発目と三発目は五十センチ先に穴を二つ開け、たちまち射しこんだ円い光が彼の皮膚を照らし出した。深く息を吸い、桟橋を両手で押してできるだけ深く沈んだ。動きつづけていれば、なるべく深いところにいれば、タルボットの弾は外れつづけ、つぎの弾倉を装着しなくてはならなくなる。それまでにはこっちがつぎにどう動くか、考えが浮かぶかもしれない。

だが、タルボットは外さなかった――四発目はホーリーの顔をかすめて左の耳たぶをちぎり取り、あふれ出たおびただしい血が水を濁らせて、あたりがほとんど見通せなくなった。水を蹴ろうとするが、尻のなかの弾丸がさらに深く尾骨に食いこんでくるようで、痛みのあまりほとんど脚を動かせない。じきに肺がまた空気を求め出す。水面に浮き上がらざるを得ないが、そうすればタルボットに殺《や》られる。

　水流が金色と赤色に沸き返り、ホーリーの胸は空気を求めて激しくよじれた。だが周囲には水しかない。湖底の暗がりのなかで揺れている葦を目指して水を掻き、両手でつかんだ。長い葉を手首に巻きつけると、ぬるぬるした生きたもののような感触があり、しまいに自分で自分の体をつなぎとめているのか、葦に引きこまれているのかよくわからなくなった。

　手で底をまさぐると、石や藻やゴミ、ビール瓶や焼き網らしきものに、ついでいろいろな生き物の、魚や鳥の半ば崩れた死骸が触れ、やっとその下の土に達した。冷たい闇のなかに指をつっこみ、ルーのことを思った。わが子を助けることができた、そう願った。やれるだけのことはやったと。

　ふいに葦の株が抜け、手応えがなくなった。別の株を、またつぎの株をつかんだが、どれも体重を支えきれなかった。体がふわりと浮かび、水面へ引き戻されていく。上るにつれて冷たさがやわらぐ。深い水を通して、ドスッ、ドスッと桟橋を歩く一定した足音が広がったかと思うと、はるかに大きな音がとどろいた――嵐の先触れの雷が突然起こったような。ついで頭上から、破裂音が耳どころか全身を震わせ、水が泡の奔流に押しのけられた。頭を水面へ向けると、暗いなかを男の体が近づいてくるのが見えた。

　それは一瞬、ホーリー自身のように映った。それとも、ホーリーがなんとか生き延びて老人になったときの姿か。ごつい肩に灰色の髪、フランネルのシャツにワークブーツ。

ホーリーは湖の水面へ浮かび上がり、男は湖のなかへ沈んでいく。その中間でふたりは出会った。そのとき、男の胸の真ん中に穴が、ぶち抜かれた痕が見えた。その穴を通してまともに向こうが見えた。血の混じった水を通して、水面にきらめく陽射しが見えた。桟橋の端が見え、フランネルのシャツがふわりと広がり、男のはらわたが凧《たこ》の尾のように後ろになびいているのが見えた。

タルボットの目は大きく開かれ、ホーリーの向こう、葦の向こう、湖底の向こうを見つめていた。自分に開いた穴に怒るより驚いているような表情で、開いた口で水を飲みこみ、釣り用ベストはばらばらになっていた。ホーリーはタルボットの肩を押しのけ、つかのまたがいの体がからみ合った。重い腕と脚がもつれ、タルボットのもみあげがホーリーの頬をこすり、釣り用ベストの釣り針がたがいの皮膚に引っかかり、引き寄せ合おうとした。それからタルボットは葦の茂る闇の奥へ沈んでいき、ホーリーは昇りつづけた。

最初に吸いこんだのは半分空気、半分水だった。必死に吸うあまり、胸の奥で肺が震えた。頭が桟橋の横にぶつかり、水を噴き出して手脚をばたつかせた。体の奥深くから濃い胃液が喉元にこみ上げてくる。また息を吸おうとすると、今度はさっきより楽に呼吸ができ、あばらにかかる圧力が減ったが、視界がぼやけ、そしてまた沈みはじめた。

尻の弾丸がどうしようもなく痛んだ。脚がまともに動かせない。もう一度腕を外へ伸ばし、フロートを手探りする。そのとき細い、だが力強い指にぐいとつかまれた。リリーの指。どこにいてもその指の持ち主はわかる。

指はホーリーを桟橋に引き上げることはできず、岸のほうへ引っぱりはじめた。木製のフロートの端に沿って引きずられるうちに、背中の下に湖の底を感じ、全身が痛みによじれた。リリーが砂地まで引き上げた。口を彼の口に重ねてきたが、キスではなかった。鼻をぎゅっとつまみ、思いきり肺に空気を吹きこむ。ホーリーは激しく咳きこんだ。横を向き、えずいた。

「だいじょうぶ」ぜいぜい息をつくと、空気が喉を波打たせた。「だいじょうぶだ」

つぎの瞬間、リリーが彼をぶっていた。肩に、顔にこぶしを打ちつけてくる。砂の上にひざ立ちになって。緑色の水着に血が飛び散り、顔や肩や脚にもついていた。わめいているのか泣いているのか、ホーリーにはわからない。右耳はふさがり、左耳は銃弾に引きちぎられたあたりがまだがんがん鳴っていた。

「ルイーズ！」リリーが叫ぶ。「ルイーズはどこ？」

ひじをついて上体を起こすと、激痛が背骨を貫いた。湖面に目をこらす。カヌーはどこにも見えなかった。

「舟の上だ」

リリーがむりやり立ち上がり、右脇を押さえながら、よろける足で桟橋の端まで戻っていった。水平線を見渡す。ホーリーは痛みのあまり立つこともできず、這うようにその後を追ったが、頭がぐるぐる回っていた。ふたりとも酔っ払いのように体が揺れている。リリーは全身が震えていた。血だらけの手を目の上に当てて陽射しをさえぎろうとしている。ホーリーの一二番径のショットガンが足元にあった。

「ケガしたのか」

リリーが自分の震える指を見下ろした。そして水着の生地にべっとり広がる黒っぽい染みを。「あいつの銃がバンって。あたしが引き金を引いたときに。撃つ気はなかったんだと思う。何かのはずみよ」と言う。「何も感じない」

「アドレナリンのせいだ」ホーリーは手を伸ばし、四本の指で穴を押さえた。弾が抜けた穴はなかった。何口径だったのか、体のなかでどうなっているのか。もし腎臓か肝臓を貫通していたら。胃が裂けていたら。動脈や太い血管が破れていたら、この岸辺で出血多量になってしまう。押さえる手に力がこもった。リリーが悲鳴をあげる。

「やめて」

「ショック状態なんだ。病院に行かないと」

リリーの目がさっと左に、右にと動いた。

「あいつの胸に銃を押しつけた。あいつは何もしなかった、あたしが歩いていって撃つまで」

「正しいことをやったんだ」

「ちがう。あいつを殺したかった。ショットガンで、ものすごく大きな穴が開いた――体のなかに手を通せそうなくらいに」

リリーの動作すべてが取り乱した、のろのろした動きだった。足下の桟橋に、内臓や骨のかけらが散らばっていた。いつのまにか頭上の空に、パタパタいうエンジン音が満ちた。セスナがどこか雲の上を飛んでいるのだ。パイロットはたぶん、青い水のなかのこの一点を見下ろしているだろう。

「あの子が溺れたらどうするの。舟が沈んだら」

「いい舟だ。しっかりしたカヌーだ」

手をリリーの腰にきつく回しつづける。彼女の呼吸が短く浅い発作のようになりかけていた。

「あの子を助けられたのに。あたしじゃなくあの子を。でもあんたはそうしなかった」

「おれたち三人とも、助けようとしたんだ」

太陽が雲の陰からのぞき、湖面がきらめきだした。飛行機の音はまだ聞こえていた。あれが墜落する、そんな想像をした。翼が傾き、プロペラが虚しく空気をかき回す。そしてつぎの瞬間、ほんとうに落ちてくるという確信にとらわれた。この湖と飛行機と空のばらばらの断片を夢で見たことがあって、いま初めてその絵がどう組み合わさるかわかったかのように。リリーの腕をつかみ、立ち昇る煙を、ガソリンのにおいを待った。水平線に目をやると、アルミが標識のようにきらりと光った。

「あそこだ」湖の向こうを指さす。

カヌーは対岸の木立の陰に止まっていた。大きな枝が舟の舳先《へさき》にかぶさっている。象柄のブランケットが縁から垂れ、端が湖の水に浸かっていた。

リリーが彼の手を振りほどき、よろめきながら桟橋を駆けていった。ショットガンの横を、板を染めたタルボットの血の上を走り抜ける。端まで来るとささくれた木材を両足で蹴り、頭から波間へ飛びこんだ。長いあいだ水中にいたが、五メートルあまり先に浮かび上がると、すぐに急ピッチのクロールで泳ぎ出し、やがて回転する腕だけになった。曲がったひじが波の外に出ては消え、ときおり水を滴らせながら横を向いて息継ぎする顔が現れる。自分たちふたりの子どもを乗せて遠くに浮かんでいる銀色のカヌー、妻はそれに向かって泳いでいた。水面に映った自分の姿に引かれるようにホーリーと桟橋からぐんぐん遠ざかっていく、その後ろに航跡ができていた。体から水がVの字に、冬が来て南を目指していく鳥の編隊のような形に広がっている。

しかしやがて、湖の半分まで来たあたりで、ペースが落ちはじめた。空気を求めて顔が横を向く頻度が増える。腕が下がり、ほとんど持ち上がらなくなる。平泳ぎに切り替え、ついで横泳ぎになり、休むために止まった。頭が後ろに傾いた。口が開いている。

ホーリーは桟橋から飛びこんだ。リリーのほうを目指そうとして。

手脚をばたつかせた。

沈んでいく。

むせる。

進もうとする。

沈む。

むせる。

桟橋をつかんだ。湖を見渡す。妻はまだ立ち泳ぎをしていた。

だが彼女はまた、遠ざかり出した。泳いでできる航跡が次第に広がり、大きなさざなみの輪になっていた。そしてまた速度がゆるみ、首が上に伸び、手の動きがはしごを昇っているようになった。空を見上げる。やがて、頭が水面下に没した。

「リリー！　戻れ！」

「リリー！」ホーリーは桟橋を押し離した。何も触れるものがなくなった。咳きこんで水を吐き出し、手脚をばたつかせて前に進めと念じた。だがリリーに近づくことはできなかった。体が鉛のようだった。流れの下へ引きずりこまれた。肺のなかに水が満ちた。波が自分の血で沸き返っている。胸がどんどんきつくよじれ、体が二つにちぎれそうに感じた。やっとまた水面から顔が出たとき、リリーがいた場所には何もなく、湖面は鏡のように平坦だった。

　ホーリーの頭があの朝、目覚めたときへ駆け戻っていった。リリーの肌が自分の肌にぴったり重ねられていたとき——ちがう——リリーが彼を車の外へ押し出し、走り去っていったとき、もし彼女があのまま走りつづけさえすれば——ちがう——あの教会にいたとき、リリーが洗礼盤の前で、とりどりの色の混じった光の下で彼が赤ん坊を両手に抱え、司祭が祝福を唱えていた。祈りの言葉。あの言葉をいま思い出せさえすれば。あれこそいま必要なものだ。天に何かしらの照明弾を打ち上げるように。ばらばらに折って花に似せて並べた骨のように。ホーリーが自分の体のなかに隠し持っている密かな意味のパターンのように。だがそれを切り開いて読みとるすべはなく、何かの機械仕掛けの鳥のように空に弧を描くセスナ以外に見るものもなく、そしてその咳きこむようなエンジン音の合間に、彼がこれから生きていくただ唯一の答えであり理由であるわが子の泣き声が金属製のカヌーのなかにこだましていた。

パンドラ

「やっと来たかい、待ってたよ」戸口に出てきたメイベル・リッジがルーに言った。両手は相変わらず青色に染まっていたが、今度は頭に着けたゴーグルは見当たらず、腰に巻いたエプロンもなかった。カーディガンとタートルネックを着て、髪はこぎれいに後ろに引っつめてある。ルーを見ても驚いた顔はしなかった。車回しにあるファイアーバードを見ても、やはり驚いた様子は見せない。

メイベルの家のポーチは、まだ気の早いこの時期から、細工されたカボチャだらけだった。十月の初めだというのに、怒り顔の提灯のひとつにギザギザの歯がくり抜かれ、笑い顔の提灯のひとつからべとべとした汁が階段の上に垂れ落ちている。ルーはマットにスニーカーをなすりつけた。ダッシュボードの下のパネルをこじ開けるのに使ったネジ回しがスウェットシャツのポケットにあり、ルーはその柄を指先でくるくる回していた。

「車を返しにきたんだけど」

メイベルは手すりを軽く手のひらでたたいた。くすんだ灰色のポーチの上で、ふたり向かい合う。やがて老女がくるりと背を向け、ドアを開けたままで言った。「お茶をいれるよ。なかに入ったらどう、ルイーズ」

ルーはしばらく敷居の上にたたずんでいた。そして足を踏み入れた。メイベル・リッジの家のリビングは以前と変わりなく見えた。エンドテーブルの四隅に付けた小さい子ども用の安全具。ソファのひじ掛けの、ずっと昔に猫が引っかいた跡。一方の端ばかり歩くせいで、その部分がすりきれたラグ。部屋の隅の大きな機織り機。

メイベルのあとから廊下を進み、キッチンに入った。以前と同じように狭苦しく、糸のかせを染めるためのばかでかい鍋がコンロの上にあった。老女は流し台でやかんに水を入れ、空いているコンロに火をつけた。

テーブルの上に地元の新聞が置いてあった。ルーは手に取ると、見出しを読んだ。

〈署名が政治家を動かす。地元の漁師たち、逮捕される。沿岸警備隊はビター・バンクス周辺の警備を強化〉。

「あんたはどっちの側なんだい」

「べつに、どっちでも」

「あんたの父さんはあの漁師連中とつるんでるんだろう」

「そうだけど」

「ふん、あのテレビ番組のせいもあるけれど、もしバンクスがほんとに保護区になったら、このあたりもずいぶん変わるだろうね」

ルーは新聞を置いた。「たぶんそうだと思う」

　署名を書き終えるのにひと月近くかかった。何百何千という名前にメイベル・リッジの名前も加えて、海洋大気庁、環境保護庁、市役所、知事、州議会の上院議員や下院議員、さらに新聞や地元のテレビ局にまで送った。束をぜんぶまとめて郵便局まで持っていき、マニラ封筒に入れ、地下室で作った爆弾みたいに送りつけたのだ。それがいま、破裂しはじめている。けれどもマーシャルからの連絡はまだなかった。

　ルーはキッチンの椅子に腰を下ろし、ネジ回しに手のひらを強く押し当てた。

「あの車をどうやって取り返したか、知りたくないの？」

「知らないほうがいいんじゃないのかい」メイベルは食器棚を開け、ティーカップとソーサーを二組出した。

「警察に通報する？」

「してほしいわけじゃないだろ？」

　メイベルがまた食器棚に手を伸ばしてティーポットを出し、がさがさとティーバッグを探しはじめた。磁器のカップは薄手で、白の地に金色の縁取りがしてあった。側面にバラの花びらの柄があしらわれ、ソーサーは完全な葉っぱの形で、持ち手は棘が重なって輪の形になっていた。ルーはその輪のなかに指を入れ、持ち上げた。カップは軽くて繊細で、縁の部分がなぜか手に心地よくなじんだ。棘の一本に親指を押し当ててみる。

　やかんがピーッと鳴り出した。メイベルがオーブン用のミトンを使って、コンロから下ろす。

「あなたが知ってるっていうこと、聞きたいの」

「もう自分でも見当がついてるみたいじゃないか。でなきゃここへ来なかっただろう」

メイベルがティーポットに湯を注ぎ入れ、湯気が祖母の肩の周りに立ち昇った。「あんたは父親から嘘を教えられてたんだよ」

やかんがコンロの上に戻され、ポットに蓋が載せられる。

「だからって、人殺しってことにはならない」

メイベル・リッジはため息をついた。「あんたの母さんもそんな目であたしを見てたよ。自分はなんでも答えを知ってるってみたいにね。けど、なんにも知っちゃいなかった。あんたもそうさ」

ルーは椅子の上で姿勢を変えた。ネジ回しに固く指の爪を押しつける。

「あいつはあんたの父親だけれど、まっとうな人間じゃない。もうそろそろ知っといたほうがいい」老女は紙パック入りのミルクを取り出し、カウンターの上の小さなピッチャーに注いだ。「あたしが結婚した相手も、あいつそっくりな男だった。ガスもおんなじような世界にどっぷり浸かってた。だからあたしはリリーを連れて出ていった」脇に垂らした両手がぴくぴく震えていた。ミルク入れをテーブルまで持ってくると、ランチョンマットの上に置く。「いまから一年たったら、あんたは十八になる。自分で人生を選べる歳になる。じきに出ていけるんだ」

「出ていくって、何から」

「揉めごとからさ」メイベル・リッジは紅茶を注いだ。「あんたの父親は何も隠しごとはないって顔をしてるけれど、あいつは揉めごとに取り憑かれてる。いっしょにいるかぎり、あんたはずっと危ない目にあうよ」両方のカップに、ミルクと砂糖を一さじ加える。

「砂糖はいらない」

老女はうっすらと、疲れた笑みを浮かべた。「まあ飲んでごらん」

磁器の表面を指で包みこんだ。唇まで持ち上げ、ひと口すする。紅茶はタフィー色で、砂糖とミルクの甘みが舌を膜のように覆った。カップが手に温かい。もうひと口飲んだ。持ち手の側面に親指を滑らせる。すると感じた。小さな、ざらりとした感触。棘が一本欠けたところだ。

そのとき、思い出した。あたしがそうしたんだ。

両手できつくカップを握っているのに、頭のなかに、磁器が落ちて足もとの黒と白のタイルにぶつかるのが見えた。棘の一本が欠けて飛び、壁ぎわの隙間に入りこむのが。自分がテーブルの下にもぐりこみ、棘の破片を指で取り出そうとするのが。ルーはティーカップを置いた。テーブルの下に目をやった。すると見えた。床と幅木のあいだのゆがんだ隙間に、白い、ほんの米粒くらいのかけらがあった。ルーが自分で見つけるのを見越してそこに置いたというみたいに。

不意に、口のなかの紅茶がおそろしく甘く感じた。甘すぎて、喉を下りていくとき、うっとえずきそうになった。立ち上がって流しまで行き、カップの残りを空けた。

「あんたが小さいころは、そうしないと飲ませられなかったんだよ。ミルクと砂糖をたっぷり入れないとね」メイベルがポットに手を伸ばす。「ほら。もう一杯注いであげる」

脚から力が抜けていた。メイベルがカップに紅茶を注ぎなおすのを眺める。熱い紅茶が湯気をたて、黒っぽい小片がいくつも磁器にぶつかって渦をつくり、やがて動かなくなった。

「あたし、ここにいたことあるんだ」

「あの晩、あんたに車を貸したとき、もう思い出してるもんだと思ってたよ。けどそうじゃなかった。あんたの父親は何も教えてなかった」メイベルはひと口飲み、軽く舌を鳴らしてから、ほっと満足げなため息をついた。「あんたを怖がらせたくなかったから、待とうと決めたのさ。だが、そんなことを言いたくて待ってたわけじゃない。あんたに本当のことを話したかったんだ」

「なんのこと。わからない」

「あいつはあんたを捨てたんだよ。リリーが死んだあとで。あたしのところにあんたを置いていったんだ。あんたが初めて言葉をしゃべったのは、この家のなかだった。初めて歩いたのもこの床だった」ルーは壁ぎわの幅木を、小さな白いかけらを見つめた。このひとが言ってることは何もかも嘘だ、ありえない――それでも、過去が頭の隅のほうを強く引っぱるのを感じた。夢を見ていて、そのなかで別の夢を思い出そうとしているように。

メイベルの目が細められた。注意深くこちらを見ている。ルーが混乱しているのがわかると、老いて乾ききった顔に楽しげな表情が広がった。「思い出したみたいだね」

「ちがう。嘘いわないで」

「証拠があるんだよ」老女はテーブルを押して立ち上がった。「待ってな。見せてあげる」

メイベルがキッチンから出ていくとすぐ、ルーはポケットからネジ回しを出してテーブルの下にもぐりこみ、床の割れ目に平らな刃先を滑りこませた。素早い一回の動作で、白いかけらを床の上へほじり出す。指先を押しつけた。たしかに棘だった。粉々に割れもしなかった。

「何やってるんだい」足を床に引きずるように、メイベル・リッジがキッチンに入ってきた。何か重いものをテーブルの上にどさりと置く。

「べつに何も」ルーは棘のかけらとネジ回しをポケットに入れ、外に這い出した。老女は革綴じのアルバムの縁をやさしい手つきでなでていた。やがて表紙を開き、ビニールで覆われたページを手早くめくっていくたびに、カサカサと皮膚がはがれるような音が響いた。埃と接着剤のにおいがした。

「待って。これ、グンダーソン先生?」

ビニールのシートに包まれた光沢のある写真に写っていたのは、プロムのパーティーで着飾った、ふたりのティーンエイジャーだった。ひとりはぶかぶかのタキシードを着た痩せっぽちの少年で、満面の笑みを浮かべ、ホワイトブロンドの髪が偽の背景幕や風船をバックに光って見える。もうひとりは若いころのリリーで、歯の矯正具を付けて黒いアイライナーを引き、レースの手袋に合ったショートドレスを着ていた。

「父さんは、ふたりはただの友達だって言ってた」

「たしかにね――この子はずっとそれ以上になろうとしてたが」

メイベル・リッジが首を横に振る。アルバムから写真を取り出すと、若いグンダーソン校長のしわの寄ったシャツの縁を指でこすった。

「いいカップルになると、ずっと思ってたんだがね」

ルーは写真をしげしげと見た。思えばグンダーソン先生は最初から、何かにつけ彼女を助けてくれようとしていた。そしていま、彼のえくぼのある十代の顔に、輝くような笑みのなかに、その理由を見てとった。彼はリリーを愛していた。でもリリーは彼を愛していなかった。

メイベル・リッジはグンダーソン校長の写真をわきに置き、アルバムのページをめくっていった。ふと手を止め、アルバムをルーのほうへ向けた。別の写真を指さす。

病院のベッドにリリーがいた。紅潮した顔、斜めに癖のついた黒い髪。目の色と同じ緑のキモノ――ホーリーがずっとバスルームのドアの裏に掛けている、あのローブだ――を着て、腕に抱いた赤ん坊を見下ろし、ルーがこれまで見たなかで最高の笑顔を浮かべていた。

「あんただよ」メイベル・リッジがしわだらけの青く染まった指を写真に押し当てた。

それからビニールを引きはがし、写真を取り出した。「あんたが生まれたとき、あの子が送ってよこした」

それはインスタント写真だった。太く白い枠のあるポラロイド——家のバスルームの、ナイアガラの滝の前で撮ったリリーの写真と同じだった。濃い色味で、少しぼけている。つまりこの写真は、撮ってからすぐ、母親が手に取って持っていたものなのだ。いま、これを手にしているルーと同じように。

ゆっくりと、メイベルがつぎのページをめくった。またつぎのページ。この同じ家で撮った、同じ赤ん坊のスナップばかりだった。ブランケットの上で眠っている赤ん坊。顔じゅうチョコレートまみれになった赤ん坊。浜辺で、両手いっぱい砂を握った赤ん坊。その赤ん坊がだんだん成長していく。いまは歩いている。靴を履いている。赤ん坊が小さな女の子に変わっていく。肩の周りをタオルで包まれ、髪を切られて目に涙をいっぱい溜めている女の子。ブランコに腰かけている女の子。銀色のボール紙で作ったハロウイーンの衣装のようなものを着ている女の子。

「これ、なんの扮装なの」

「電動歯ブラシさ。あんたがえらく気に入ってね。なんでかは知らないが」

ルーとホーリーはずっと、歯医者がただでくれる歯ブラシを使っていた。ルーが小さかったころはふたりいっしょに磨いた。父がリステリンでうがいをする音を憶えている。どちらが長くガラガラいいつづけられるかで競争したことも憶えている。でもこの衣装は憶えていない。これを着て、お菓子を入れる空っぽの枕カバーを差し出している子どものことも。

「いつまでここにいたの」

「四つになるまで」

ルーの手のひらのなかに、あの棘があった。指先を強く押しつけた。確かなものはこの磁器の小さなかけらだけのようだった。これだけが自分と、この筋書きをつないでいるように感じた。

「あたしはあんたを自分の子同然に育てた。そしたらあの男がある晩やってきて、あんたをさらっていった」メイベル・リッジがソーサーの上でカップを回す。だが、手に取ろうとはしなかった。「あいつに言ったんだ、もしこの子を連れていったら、二度とこの敷居はまたがせないって。それでもあいつはあんたを連れていった。なのに何年もたってからここに現れた、電話の一本も、手紙の一通もよこさないで。それで何もかもなかったことにしてくれときた」首を横に振り、アルバムを閉じる。「あたしはもう年寄りだからね、二度とあいつに人生をめちゃくちゃにされるのはごめんだ」

ルーは初めてドッグタウンまで来て、この家のドアをたたいた日のことを思った。ホーリーがラジオを殴りつけて、壊した。血が出て、袖がその血で汚れていた。

「だがそのあとで、あんたがあたしを見つけた。あんたひとりで。それにあんたは母さんそっくりだった」老女はルーの腕に触った。今度はそっと、やさしく。その指はごつく、皮膚が荒れていた。「あんたはもう大きくなったんだよ、ルイーズ。自分で行く道を選べる。あの男から自由になれる」

舌に金臭い味がした――アルミ箔を歯で嚙みしめたときみたいに。メイベル・リッジの手から腕を引き抜いたはずみに、テーブルの上のカップとソーサーを払いのける格好になった。磁器が床にぶつかって砕け、紅茶が壁にかかった。カップがばらばらの白い破片になって飛び散った。もう棘は消えてしまった。ひとつ残らず。

「あたしはそんな名前じゃない」

オリンパスの家に戻ると、ルーはまず、知っているかぎりの銃からとりかかった。ホーリーの収納棚の一番下の引き出しに入れてあるデリンジャー。クロゼットの奥に仕舞いこまれた高性能のライフル。タオルにくるんでベッドの下に置かれたスナブノーズのリボルバー。ベレッタ、スミス&ウェッソン、・三八口径、ルガーはそれぞれ専用の箱に入れられ、リビングに置いたトランクのなかに収まっていた。

コルトだけが見当たらない。ホーリーが持っていったのだ。

ルーがこれまで何百ぺんも触ってきた銃ばかりだった。どれも名前まで知っている。父親の銃をまとめてみれば、それが何かの地図になり、その意味をつかんでたどっていけるのじゃないかと思った。ホーリーが犯罪者なのか、ただの漁師なのかがわかると。父親なのか、人殺しなのかが。ピストルとオートマティックを、拳銃とライフルをベッドの上に並べた。ホーリーは過去を消してしまった。自分自身の過去も、娘の過去も。けれど、何かしら痕跡はあるはずだ。その失われた物語を現在に引き戻す方法が。

冷たい金属に指を触れる。目をつむって耳を澄ませる。でも銃は秘密を明かしてはくれない。髪を後ろで縛った。それからさらに徹底的な捜索にかかった。父親のマットレスの下を調べた。靴下や下着の入った引き出しをくまなく探った。ジーンズのポケットを裏返した。ブーツの内側の奥まで探した。そうして見つけたものをぜんぶベッドの上の、銃の隣に置いていった。六種類のハンティングナイフ。ブラスナックル。箱いっぱいの野戦食《Cレーション》。ばね仕掛けのピストル。着替えを詰めたダッフルバッグ。洗濯籠の後ろに隠した弾薬類。手回しラジオ。警察無線機。古い型の棍棒。驚くほどのものはなく、いやらしい雑誌ひとつなかった。もしホーリーがそういうものを使っていたとしても、家のなかに持ちこんではいなかった。

クロゼットの奥も調べ、さらにホーリーの靴をわきにのけて、ゆるんだ床の板がないか探った。枕の内側に手をつっこみ、犯罪小説のページをパラパラと繰って紙きれのメモが挟まっていないか探し、何も見つからないとわかるとリビングへ行って、ジョーヴが持ちこんだ一切合財の検分にかかった。

ジョーヴはひと晩泊まるだけのはずが、もう三週間以上も居着いていた。彼が寝るのに使っているソファを中心に、ソックスやTシャツがリビングのいたるところに広げてあった。加えてあちこちに積み上げた新聞。半分水の入った何個ものグラス。いつもデオドラントがわりに脇の下にぴしゃぴしゃやっているアフターシェーブのにおい。迷彩柄の寝袋の穴からはみ出た小さな白い羽毛の埃——寝袋の内側は鴨柄のキルトになっていて、外側のほころびたところには絶縁テープが貼ってあった。

毎朝ルーが目を覚ますと、キッチンから男たちがしゃべったり冗談を飛ばしたりしながら朝食を作っている音がした。朝食は恐ろしいほどの山盛りで、ロブスターにステーキに焼いたハムに、ある朝など七面鳥まで出てきた。ジョーヴが夜中のうちに下ごしらえをしていたにちがいない。彼がチューブを手にオーブンの上に屈みこみ、プレートの上に流れ出た肉汁を吸い上げ、鳥肉の上にかけなおしているのを見た。「こいつはひな鳥みたいだな」ため息まじりにそう言った。「おれたちはちっちゃな赤ん坊を食っちまうんだ」

朝食がすむと、男ふたりは外に出て、新しい船の周りで作業をした。いま時計のいっぱい詰まったバッグのかわりにジョーヴが夢中なのは、ガレージの前のばかでかいトレーラーの上に鎮座している、錘の鉛をたくさん付けたキールのある木造の船体だった。男たちは車回しで木を削ったり紙やすりをかけたり、コーキングをやりなおしたりした。陽が沈んで見えなくなるまで働き、夕食のあとは投光器をつけてまたしばらく作業を続けた。

〈ノコギリの歯〉のシフトが終わると、ルーは部屋の窓からそっと屋根へ這い出し、望遠鏡をのぞくふりをしながら、父とジョーヴが下で秘密の話をしてはいないかと耳を澄ませた。けれども男たちが話すのはジョーヴの計画のことだけで、海図を広げながら示す行程は、いまではオリンパスからハドソン川、南北カロライナ州の沖合を経てフロリダ・キーズ、はてはキューバにまで伸びていた。それから何週間かたつあいだに、ふたりはガレージを船用の道具でいっぱいにした。船具店で買ってきた帆が一そろい。十五馬力のモーターは、ホーリーは遅すぎるんじゃないかと言ったけれど、ジョーヴがなるべく抵抗を小さくしたいからと言い張ったもの。それにガソリンの缶がいくつか。ボートフック、碇、ライフジャケット、布製のバケツ、風防つきのランタン、照明弾《フレア》を撃ち出す銃、航法装置。

その日の朝、船体はすっかり乾いて、進水の態勢が整った。男たちはトレーラーをホーリーのトラックに連結すると、船を海に浮かべるために港へ出発した。ジョーヴが転がりこんできた日以来、ルーは初めて家でひとりになった。進水のときには自分も港へ行くとホーリーに言って、ポーチから手を振ると、それからガレージのドアを開け、ネジ回しをファイアーバードにつっこんだ。

つぎにはリビングで、ジョーヴのささやかな持ち物を調べはじめた。コロラドのカジノから持ってきた使い古しのカード二組、においのひどいスニーカー一足、多少の着替え、ビニール袋に入ったタオルと石鹸、領収書の詰まった革のポーチ、延滞した図書館の本――『大いなる遺産』に『デイヴィッド・コパフィールド』――のビニールの表紙は背の部分から外れ、ページには誰かが夕食でつけた染みがあった。それから船に乗るための特殊な衣類のカタログ、防水のズボンに傷防止サングラス、縁に金モールのついたキャプテン帽。

領収書を一枚ずつ見ていった。ガソリンスタンドやダイナーやモーテル、バーやファストフードのドライブスルーのものばかりだった。日付順にまとめてファイルしてあり、なんだか経費を申請するサラリーマンみたいだと思った。スーパーの買い物リストのように箇条書きした、手書きの時計メーカーのリスト。北極海の航海図。モーテルの聖書からちぎり取ったページ。印刷された字の上にマーカーで、ホーリーとルーが盗み出した車をぜんぶ置いてきた通りの名前が書いてあった。

ルーはその聖書のページを細かく破き、バスルームへ持っていって便器に捨て、水を流した。インクがにじんで溶け出し、紙はぐるぐる渦を巻きながら穴に吸いこまれ、彼女の人生から消えていった。洗面台で手を洗い、そして蛇口を閉めたとき、便器がびり鳴る音が聞こえた。水洗の水は問題なく流れたのに、溜まった水が震えている。取っ手を引いてみた。音は消えなかった。また引いてみる。鳴りやまない。一定した高音がしつこく続いている。便座を下ろし、重い陶製の蓋をタンクから持ち上げてみた。

水のなかに何かあった。フロートの下側の底の部分に、瓶らしきものが一列に並んでいる。冷たい水に手をつっこんで瓶をひとつ取り出し、雫を滴らせながら洗面台の横のカウンターに置いた。ガラスは曇っていて、金属の蓋は縁の部分が錆びはじめていた。瓶をさらに三つ取り出す。ひとつ開けてみた。指の先に赤錆の跡がつき、リコリスのにおいがぷんとバスルームに満ちた。

キャンディは黒い靴ひものように細長かった。べとつく鳥の巣のような塊に指を差し入れたとき、下に何か隠れている感触があった。中身のキャンディを洗面台に空けると、そのあとから、たくさんの百ドル札を丸く巻いてゴムバンドでしっかり留めたものが出てきた。束をひとつ引き出して数えると、一万ドルあった。紙幣は使われたことがなさそうなピン札で、どの札も下の部分が、ルーが蓋を開けたときに指についたのと同じ茶色がかった赤色のものに染まっていた。ほかの瓶も開けて、同じようにキャンディと巻いた札束を空けていく。すべて数えてみた。もう一度数える。洗面台の上の金は四十五万ドルを超えていた。

浴槽の縁に腰を下ろす。この前に便器のタンクを開けたのがいつだったか、思い出そうとした。二か月前？　三か月前？　あのときは濁った水以外、なかには何もなかった。札束をひとつ手に取ってためつすがめつし、縁を指でなぞってみる。この染みは粉や錆とはちがう。これは血だ。ホーリーの厚い札束の真ん中にまで染みこんでいるのは血なのだ。いま、札束をゴムバンドで留めて元に戻し、キャンディで上を覆い、瓶をまたタンクに沈めながらルーが考えられるのはただ、あの血が誰のものなのかということだけだった。それから水に手を差し入れてフロートを調節し、もう配管が鳴らないようにした。

　港まで行き、乾ドックや係留杭につながれているとりどりの形や大きさのモーターボートや双胴船《カタマラン》、デイセーラーやクルーザーのなかにホーリーの姿を見つけた。頭上のクレーンの運転室から運転士の指示の声が響くなか、ホーリーはトレーラーの荷台に載ったままのジョーヴのヨットの船体に、チェーンとキャンバス地のストラップをかけていた。使っているのは港の共同使用の三脚クレーンで、毎年いまの季節には漁師のトロール船や豪華なクルーザーを海から引き揚げて冬場の保管場所へ移したりするのに大忙しだ。ルーは自転車をフェンスに立てかけてロックすると、駐車場を横切りはじめたが、そのとき港長の事務所から出てきたジョーヴと鉢合わせした。

「おう――来てくれたか！」ジョーヴは言いながら、財布をズボンの前ポケットにつっこんだ。「じゃあ進水式の洗礼をやって、おれの門出を祝ってもらえるな。おれに家のなかをうろつかれるのは、もういい加減うんざりだろう」

「あたし、神父とかじゃないし」

「けど女じゃないか。ぜんぜん近いってもんだ」

　ジョーヴはルーが家で見つけたカタログにあった衣料に身を固めていた――上等な革のデッキシューズに、反射デカールで覆われた、荒天のときにはテント代わりにもなるウィンドブレーカー。金モールのついたキャプテン帽までかぶっている。彼はルーにそのつばを軽く上げてみせ、小走りにクレーンの運転士のところへ話をしにいった。

向こうのドックにいるホーリーが、娘の声を聞いて頭を上げた。船体の下に回していたロープを結び終えると、手を振ってよこす。

「どうした？」

「見せたいものがある」ルーはリリーのポラロイド写真を差し出した。病室でこれ以上ない笑みを浮かべて、生まれたばかりの赤ん坊を抱いている姿を。

ホーリーは指先をＴシャツでぬぐい、写真をつかんだ。目の焦点がその像に合うまでに少し間があり、そして――あれは、喜び？　あたしがいま見ているのはそれ？　太陽が位置を変え、彼の皮膚を隅々まで明るく照らし出したようだった。

「ファイアーバードをメイベル・リッジのところへ返しにいったんだ」ルーは言った。

ホーリーの顔から喜びが、浮かんだときと同じ速さでさっと消えていった。写真を持った手に力がこもった。「なんて言ってた？」

「母さんが死んだあと、あたしはあそこに置いてかれたって」

この一言は父が予想していなかったものなのだとわかった。視線がゆらぎ、また写真へと戻っていく。それでやっと口を開いたときには、リリーと赤ん坊に話しかけているかのようだった。

「おれが捨てたと思ってほしくなかった。だから何も言わなかった」

「やっぱり、ほんとうなんだ」

「そうだ。だが戻ってきた」

「四年もたってから？　どこで何してたの」

ホーリーはルーを見ようとしなかった。ただ写真を見つめていた。そして写真を手のひらの下にたくしこみ、ポケットに入れた。父がさりげなく写真を自分のものにするのを見て、ルーは察した。カメラを構えてこの構図をとり、フラッシュを調節してシャッターを押したのは、たぶん父だったのだ。

「殺したの？」

「なんだって」

「母さんを殺したの？」

ホーリーが一歩あとずさった。まるでルーの、あの石入り靴下で殴られたように。可哀そうに感じかけたほどだったが、それでも父親が自分を捨てたことへの、父親の正体にまつわる事実を便器のタンクから自分の手で掘り出さなくてはならなかったことへの怒りが勝った。父親のあごが引き締まった。どう答えるかを決めようとしているのだ。やがてその顔から、すっと表情が消えた。桟橋から誰かを投げこもうとする直前のように。

「おれに会ってなけりゃ、あいつは生きてただろう。だから、そうだ。おれのせいであいつは死んだ」

ルーは吐き気がした。父親は目を合わせようとしない。ポケットに両手をつっこんでいるが、声はずっと冷たく平板な、硬い調子のまま、ルーが聞こうと待っていた話の残りを聞かせた。湖のほとりでくつろいでいた若い家族のこと、その家族のなかに踏み入ってきた影のこと、赤ん坊と銃と父親と母親のこと、水面から下へ沈んでいった体のこと。話すうちにホーリーの声は、さらに虚ろになっていった。まるでここにいるのは父がつくった分身のよう、体だけを借りて立っている抜け殻のようだった。

「タルボットが追ってきたのは、やつの大事なひとをおれが傷つけたからだった。それでやつは仕返しにおれを傷つけようとした。だがおまえの母さんはおれを守った。おれとおまえを守ってくれた」

「じゃ、そいつが殺したの」

「そうだ」

「そのとき、あたしもいたんだ」

　自分がこの筋書きの一部だったなんて、思いもよらないことだった。指の先にちょうど隠れてしまう地図の青い点に、両親だけでなく自分まで関わっていたなんて。ルーの意識のどこかずっと奥に、実際にあったこと、自分自身が経験したことの記憶が隠れている。床に落ちてかけらになったティーカップの棘が。もしそれをうまくほじり出せる道具がありさえしたら。その一日はもう父さんだけのものでなくなり、あたしの頬にかかる母さんの息遣いの感触がどんなだったかもやっとわかるだろう。

「いた。だがおれたちが守った。母さんとふたりでおまえを守ったんだ」

クレーンが立ち上がり、チェーンがガラガラ鳴って所定の位置に収まった。大きなきしり音とともに、ヨットがトレーラーから持ち上がっていく。

「行け！」ジョーヴが叫んだ。

ホーリーがルーの肩に手を置いた。「ずっと知らせずにいて、すまない」

「すまないとか、ごめんなんて言うなって、父さんがあたしに言った」

「たしかに、言うもんじゃない。あれはおまえに言った言葉じゃなかった」

船体が持ち上がり、ふたりの頭上で止まったかと思うと、ヨットは空中を飛ぶように動き出した。ホーリーはルーのそばを離れ、ドックのほうへ向かった。ジョーヴに手を貸してヨットを受け取り、所定の位置へ導いていく。埠頭の上に吊り下げられたヨットは美しく、塗りたての塗料が午後の陽光にきらめき、マストが高く誇らしげにそびえていた。やがて船体が海に沈みこみ、錘の付いたキールが姿を消した。

男たちが駆けずりまわり、電動ポンプをつないだ。木が水を吸って膨れるのに一日か二日かかる。それまでは、塩水がコーキングしたところから染みこんで船の底に溜まるので、船体はドックに対して低い位置に来る。ジョーヴが船の外にホースを投げた。

ホーリーがモーターのコードを引いた。ポンプが水を吸い上げ、外へ吐き出していく。ジョーヴが船首に立って、ルーを手招きした。リュックサックに手をつっこんで、シャンパンの瓶を引っぱり出す。「こっちへ来いよ」

船に架けられたアルミの板を渡るとき、ルーは軽く頭がくらりとするのを感じた。潮が下の杭を打つ音が聞こえた。船が浮き桟橋にぶつかるように上下し、水がいっぱい溜まって沈みかけているようだった。

「瓶が割れなけりゃ、悪運が来るぞ」ジョーヴが言いながら、ルーにシャンパンを渡してよこした。船首の先についた大きな真鍮の金具を指さす。ルーはごくりと唾を飲んだ。

「何か言ったほうがいい？」

「祈りの文句とかはどうだ」

ルーは瓶の首を持つ手に力をこめた。栓にかぶせたホイルがゆるくなって取れかけていた。

「この船に神のご加護を」それだけ言うのもおかしな気分だった。教会には一度も行ったことがない。正しい言葉遣いも知らなかった。ジョーヴのほうを見ると、キャプテン帽を目深に引き下ろしていた。

「新しい始まりのことも言ってくれ」

「いいよ」

「それと、サメに遭わないように。水漏れも。ひどい嵐にも」

「わかった。じゃ、そういうのもぜんぶひっくるめて」

「海賊にも。昔の女房にもな」

「あとは？　ほかに何かない？」

ジョーヴは首を横に振った。「これだけだ、おれがずっとほしかったものは」

タンカーのつくった波が押し寄せてきた。ルーはドックの上でひざを曲げてバランスをとりながら、シャンパンの重みを感じた。重力の感覚がなくなり、空っぽの宇宙へ、地球の周囲を回りながら遠ざかり、ほかの惑星の横を通り過ぎ、ずっと遠くへ、はるか孤独な軌道へ向かっているみたいだった。冥王星。あたしは冥王星なんだ。カール・セーガンの本の後ろにあった図表を思い出そうとした。自分にどれだけの意味があるかを教えてくれたあの数字を。ホーリーがそばにいるのが感じとれた。その両手を見つめる。

　沈みかけた船が持ち上がり、また下がった。

「どこかで」ルーは言った。「何かすばらしいことが、知られるのを待っている」

　みんな無言でドックの上に立ち、ポンプが水を吸いこんでは吐き出す音を聞いていた。

ルーは瓶の首のところを持ち上げ、肩の上に振りかぶった。

「名前、なんだったっけ」

「〈パンドラ〉号だ」とジョーヴ。

「瓶が割れなかったら、どうするの」

「強くたたきつけりゃなんだって割れる」

　ホーリーがドックの上に屈みこんでいた。ぶつかったときの衝撃に備えて、船を支えている。ルーはその後頭部を見ながら、生まれて初めて父親を傷つけたいと思った。船にじゃなく、あの頭に瓶をたたきつけてやりたい。バスルームに祭壇をつくって、ルーの母親の形見や思い出の切り抜きをまつって悼みながら、その一方でずっと便器のタンクに四十五万ドルを隠していた。自分たちからリリーを奪うことになった犯罪者の暮らしで手に入れた、血まみれのお金を。あれが誰の血なのか、もう知りたくもなかった。これ以上秘密を暴くのはたくさんだった。

自分で選ぶときが来たのだ。ルー自身の嘘をつくりだすときが。船首の上の、碇を固定するのに使う金具に狙いを定めた。そして渾身の力で、瓶を持つ腕を振った。

銃弾 #10

ホーリーははるばるデンバーまで行き、プロペラ機に乗り換えてワイオミングまで飛び、シェリダンの町に降り立った。飛行機は八座席しかなく、ホーリーが座ったのは右の翼の上で、体を折りたたんでなんとかシートに収まった。ひざが前につかえ、ロッキー山脈の上空で急なバンクをすると肩がアルミの機体に押しつけられた。染みのついたプラスティックの窓の向こうに、回転して空気をかき回すブレードが見えた。その音が機内と機外の何もかもをかき消していた。

到着すると、着替えのほかに、アラスカで元空軍兵にもらって以来持ち歩いているオレンジ色の工具箱を入れたバッグを手に取った。質屋を見つけ、六インチ銃身の・三五七を選んだ。また別の質屋へ車を走らせ、適当なショットガンとライフルを一挺ずつに、それぞれの弾薬を手に入れた。町の飼料店にも寄ると、地元のカウボーイや牛飼いたちに混じって通路を歩きながら、基本的なキャンプ用品——固形燃料の缶にブルーシート二枚、予備の靴下数足に新しいブーツ、頑丈なビニールひもにテープにロープ、ゴミ袋にフェンスを切るカッター、ナイフとハンマー、金属のやすり——を買いこみ、現金で支払った。

車を乗り捨ててモーテルの部屋をとり、午後いっぱいかけて銃に刻まれた製造番号を消した。隣の部屋によく泣く赤ん坊がいた。赤ん坊がどんな声で泣くものか、ほとんど忘れてしまっていた。真夜中に二度、泣き声で目を覚ました。一度目はベッドから出て、ルーの部屋へ行こうと歩き出し、壁にぶつかった。二度目はベッドに寝たまま、ブラインドから洩れ入って天井に映る細長い光を見つめながら、朝までひげを指で掻いていた。剃刀を使うのをやめたせいで、無精ひげが首の下のほうまで伸び、頰にも広がって鼻筋を越えようとする勢いだった。ここまでくるには十二か月かかり、日一日とひげは彼の顔を覆いつくしていった。ここワイオミングでは、男の半分以上がこれと同じ風貌をしていた。

六時になると、バスルームのカウンターの上で固形燃料に火をつけ、缶詰のビーンズを温めた。茶色の汁が煮立ちはじめると、換気扇を切って火を消した。テレビをつけ、ベッドに腰かけながらビーンズを食べた。食べ終わると缶をすすいで捨て、スプーンを洗ってまたキットにしまった。タバコ入れの袋を開け、巻紙を取り出す。もともと喫煙の習慣はなかったのだが、リリーの葬儀のあとで、彼女が死ぬ前の夜に買っていたタバコの葉を見つけた。その葉を紙で巻きながら、リリーの手を、その手がどう動いていたかを思い浮かべた。それからずっと、ただ口のなかで彼女の記憶を味わうためだけに、ずっと吸いつづけていた。紙巻きに火をつける。ふうっと吸いこむ。灰を床に落とす。火が指先まで来ると吸い殻をもみ消し、それからリストを取り出した。

見た目には単語の羅列だった。クリーニング、食料品店、薬局、金物屋。そう見えるように気をつけていた。あらゆる点に注意を払っていた。誰かがこの紙きれを手に取ったり、ホーリーの肩越しにのぞいたとき、単なる用事のリストだと思えるように。だがここにあるのは、自分とわが子が追いつめられる前に先手を打って除くべき相手だった。もう何ひとつ運にまかせる気はなかった。何ひとつ見逃すつもりはなかった。

湖ではプロの掃除屋に後始末を頼んだ。リコリスの瓶に貯めた金が残らず消えることになった。掃除屋は何もかもきれいにした。タルボットの死体を片づけた。医者を呼び寄せた。リリーの剖検の担当者を金で口止めした。警察の報告書から不審な箇所を消した。だが掃除屋もホーリーの頭のなかまではきれいにできなかった。葬式を終え、ルーをメイベル・リッジのところに置いていったあとで、ホーリーは一番近いバーまで車を走らせ、二週間ずっと居座った。目が覚めてみると船の上で、ジョーヴがそばにいた。この旧友が言うには、ホーリーが電話をかけてきたとのことだが、自分が受話器を手にした記憶はなかった。ジョーヴが見つけたときはゴミの山の上で気を失っていて、もう少しでトラックに放りこまれて埋め立て地まで運ばれていくところだった。ホーリーがまだ殺しの決意を固める前のこと、まだ自分で自分を憐れんでいたころのことだ。

ジョーヴは何年もかけてついに船の扱いをものにし、他人の船をボストンからヴァージン諸島まで届ける仕事を請け負っていた。その途中に何度か受け渡し場所に立ち寄り、船底に仕舞ったいろいろなブツを引き渡してもいた。船はバーミューダ艤装《ぎそう》のケッチで、ミズンスル、メインスル、ジブと三つの帆があった。ジョーヴは航海術にかけてはお手のもので、船の操り方だけでなく、悲しみの扱い方も心得ていた。必要なときにはホーリーにウィスキーを与え、飲みすぎているときは取り上げた。激しく波立つ海面を進んでいる最中にホーリーが身投げしたくなったときは、言葉巧みに思いとどまらせた。

「おまえの娘のことを考えろ。片親どころか、ふた親なしの子どもにしたいのか」

船はニューポートを過ぎてヴァージニア州のリトルクリークへ、そこからヴァージン諸島のセントトーマス島へ向かうルートをたどった。航海は十二日かかり、終わるころにはホーリーの酔いも覚め、大事なのはルーのことだけだと気づいた。わが子を守らなくては。そのためにはまず、エド・キングの影から抜け出すことだ。ホーリーは荒っぽい手段を考えたが、かわりにジョーヴは、あのボクサーくずれが刑務所行きになるように仕向けることで納得させた。アラスカのパイロットと恋人の一件で、キングをはめる材料はたっぷり手に入った。正確にははめるわけじゃない、そもそもあのふたりを殺したのはキングなのだと。

「本気か。やつはあんたの友達だろう」

「もうそうは言えないな。これが終わったら」ジョーヴは答えた。

最後の受け渡しを終えたあと、ふたりは船を届けて下船した。着いたときにあれほどの大雨でなければ、別の船を盗んでまた北上していたかもしれない。だがそうせずにアメリカ行きの飛行機に乗り、ジョーヴはキングの件でアラスカへ向かう一方、ホーリーはほかの連中を始末しなくては、と腹を決めた。

　娘のことは一週間だけ預けるつもりだったのが、もう二年以上たっていた。こんな父親はいないほうが、あの子も幸せだろう。それはわかっていた。だが、娘への責任がある。あの子が自分の背後を気にせずに生きられるようにする責任が。そしてその責任を果たすために、リストを残らず片づける腹づもりだった。それでも幾度か気持ちがゆらいだり、自分が最後まで生き長らえられるか疑ったりもした。ひげを掻いているうちにただ時間が過ぎ、空が暗くなっていつか光が射し、そしてまた暗くなった。ときには自分に嘘をつきもした。

　いつかはこれを乗り越えられる。

　明日はもう少し痛みが薄れる。

　そしてまたひげを掻きながら、つぎの一日が過ぎていった。


　ずっと以前の二十代のころ、ジョーヴとワイオミングでしばらく過ごしたことがあった。インディアン経営のカジノでひと仕事終えたあとで、ふたりとも手持ちの現金に余裕ができた。それでフレデリック・ナンを入れた三人での土地取引に手を出した。まだホーリーがただの小僧っ子だったころ、初めての大仕事で空き巣に入り、銀器類を盗み出した別荘の持ち主がそのナンだった。

　土地はビッグホーン国立森林公園の近くにあった。ホーリーとジョーヴは自分たちの取り分を天然ガスの会社に売却し、銀行と中間業者を使ってうまく紙の証拠が残らないようにした。だがフレデリック・ナンの分の土地は、ある絶滅危惧種の保護区に指定されてしまった——オグロプレーリードッグ。それからFBIが出張ってきて、資金洗浄のかどでナンを逮捕して刑務所にぶちこみ、そのあいだにナンはアディロンダック山地のあの豪華な別荘も含めて何もかも失った。やっと出てきたとき、ナンに残されたのはプレーリードッグだらけの土地のみで、しかもその大型齧歯類《げっしるい》はばかばかしいほど広いコロニーに棲み、草や木を残らず齧みちぎり、穴を掘って土壌をだめにし、牛も馬も飼えなければどんな農耕にも適さない場所に変えてしまうのだった。

問題の土地はばらばらの三つの地所に分かれていた。三人でコイントスをした。ホーリーが最初のトスに勝ち、最初の地所を取った。ジョーヴが二度目に勝った。誰がどれを取ろうと大差ないと思えたし、そのままバーでまたウィスキーを三人分注文した。ジョーヴはナンに、十何年も前に別荘からフォークやスプーンをくすねたあげく、ホーリーが管理人に撃たれたことまで話した。ナンはかまわないと鷹揚《おうよう》に受け入れ、ジョーヴとホーリーは翌日に金を出し合い、しゃれたメキシコ製のシルバーウェア一式をナンに進呈した。ところがあとになってナンが、おまえらはプレーリードッグのことを知ってたんだろう——コイントスのときに細工をしたな、おまえらには貸しができたぞと言ってきた。その後ジョーヴが刑務所に入ったせいで、矛先《ほこさき》をホーリーに変え、夜遅くだろうとかまわず毎晩電話をよこすようになった。プレーリードッグがおれを笑っているんだ、あいつらは仲間同士でしゃべり合ってる。だからホーリー、やつらはおまえがやったことも知ってるぞ。ホーリーはそのとき、ナンを殺すことを考えた。だがそうはせずに、居場所を移した。ワイオミングからオクラホマ、アーカンソー、ルイジアナ、ニューヨーク、さらにフロリダ。そしてフロリダを出たあとでリリーと出会ったのだった。

盗んだセダンに乗って国道一四号線を西へ走りながら、西部での暮らしがどれほど好きだったかを思い出していた。空は大きく開け、見渡すかぎり人の姿も何もない。波打つ山並みの高い頂が薄く雪をかぶり、その麓を覆った灌木やセージの草原に、野生の七面鳥やヘラジカや馬や牛の群が散らばっている。樹木はごくまれにしか見つからず、水のありかは何キロも遠くなのだろうと思わせる。干上がった川床には倒木が折り重なり、乾ききった枝が石化した巨人のようにねじれて突き出していた。

やがて遠くのほう、沈みゆく太陽の光のなかに、ガスの炎と風にたなびく黒い煙が見えてきた。メタンと亜硫酸ガス。ドリルを固定しているやぐらと金属の杭が交差し合い、高層ビルの縁に止まった鶴の首を思わせる。そうした金属の集まりは、この荒涼とした風景にはいかにも不似合いに映る。そしてきょう一日の仕事を終えようとする作業員も同じだった――ヘルメットをかぶったあの男たちは、ホーリーが牧場で働いていたころに見知ったバスク系の連中とは似ても似つかなかった。いろいろな場所を流れ歩いては、山のなかで家畜の群だけを相手に、何か月もおたがいろくに言葉も交わさずにいた連中。皮膚の上には土と汗が何層にもこびりつき、蛇でさえ寄りつかなかった。

ホーリーの昔の地所をぐるりと、有刺鉄線のついた鉄条網のフェンスが取り巻いていた。スピードを落とし、注意深く観察しながら進んでいく。何十キロも走ったあとで久しぶりに見たフェンスだった。十八輪トラックが時速百五十キロで猛然と走り抜ける州間高速九〇号線でさえ、沿道の牛たちはほんのわずかな木の杭か、電流を流した電牧線一本で隔てられているだけだ。ホーリーの土地を掘削している天然ガス会社は、まるで刑務所のようにその地所を囲いこんでいた。

前方に、電柱に留めつけられた看板が見えてきた。プレーリードッグの絵が描かれ、頭には照準線が重ねてある。下に文字があった――〈射撃練習場！〉〈つぎを左折！〉〈プレーリードッグ牧場！　銃持ち込み可、当方にも用意あり！〉。

ホーリーは左に曲がった。開いたゲートを抜け、一キロばかり進んだ。土地は初め平坦だったが、やがて急勾配になり、灌木に覆われた斜面がうねうねと続いていた。登りきった先はメサのような平らな台地で、ホーリーの昔の地所を仕切る巨大なフェンスと燃えるガスを吐き出す塔が見晴らせた。

〈駐車場〉の看板の隣に、カバーの破れたロールバー付きのジープと、くたびれたSUVが駐めてあった。看板の向こうには三輪のキャンピングトレーラーが見えた。連結用の留め具の下にシンダーブロックを支《か》ってあるが、まるで地の果てから引いてきたような代物だった。

小型のトレーラーで、側面はあちこちにへこみができ、スクリーンはどれも穴だらけで、ドアの前に古い木製の水桶が置いてあった。屋根にダクトテープで留めてあるのは衛星放送用のパラボラではなく、アルミ箔で包まれた時代遅れのアンテナだ。

　車のエンジンを切り、様子をうかがった。そのとき、ライフルの銃声が聞こえた。一発。また一発。ホーリーの・三五七マグナムは隣の助手席に、ショットガンは装塡してダッシュボードの上に、ライフルは毛布をかぶせてフロントシートの下に隠してある。そのどれにも手を伸ばさずにいた。誰が出てくるか、待ち受けた。

　トレーラーのドアが少し開き、女がこちらをのぞき見ると、水桶の上に降りてきた。頭にオレンジ色のハンチング帽、体にはバスローブという格好の娘だ。若い顔に、安いジャンクフードのせいで脂肪のついた体。耳が隠れるほど深くかぶったハンチング。足首は細くてきれいだった。足は何も履いていない。あざやかな緑に塗った足の爪。ローブがはだけ、下からアメフトのジャージーとひざのところで切り落としたスウェットパンツがのぞいている。その娘が手招きをしてよこした。ホーリーは拳銃を上着のポケットに入れた。車のドアを開け、首を外に突き出す。

「もうみんな始めてるよ。裏のほうへずっと行って」娘が言った。

「どうも」ホーリーは自分の車のドアをロックせず、キーをイグニションに差したままにしておいた。それから娘が指した方向へ歩きはじめた。

　百メートルばかり前方に、ライフルの遠距離射撃練習用にしつらえたテーブルが六台あり、それぞれの周囲に椅子が置かれていた。サンドバッグや三脚、スコープが見える。

男二人が腰かけて銃を撃ち、もう一人は双眼鏡で遠くを見ていた。その男が銃を撃っているひとりの背中を軽くたたくと、こちらを向いてテーブルの上のビールを手に取った。フレデリック・ナンは以前と変わらず、鼻の下に曲げた指のような厚いひげを蓄えていた。黒い剛毛で甲が縁取られた手も、どこにいようと見分けがつく。話をしながらその手を曲げ伸ばしし、相手を怖気づかせるのがナンのやり口だった。いまその手で缶ビールをつかみ、中身をあおって喉に流しこんでいる。そのとき、近づいてくるホーリーを見た。またビールを飲んだ。双眼鏡を手に取る。レンズが自分に向けられるのを感じたが、ホーリーは顔を平静に保とうと努めた。フレデリック・ナンが双眼鏡を下に置いて、ライフルの一挺を手に取っても、まっすぐ歩いていった。

「サム・ホーリーか。初めはわからなかったぞ」

射撃をしていたふたりが耳から防音具《イヤーマフ》を外した。ひとりは二十代の男で、迷彩柄のアーミージャケットとそれに合った柄のイヤーマフを着けていた。もうひとりの少なくとも十歳年長の男はあばた面で、革の房飾りの付いたウェスタン調のベストを着ていた。ふたりとも酔っている。だがナンは素面だった。

「ここになんの用だ」

「あんたの看板を見てな」

においを嗅ぎ当ててようとする犬のように、ナンが鼻を持ち上げた。

「問題はないか」革のベストを着た男が言う。

「ああ。この男は問題ない。いまのがマイク。あっちがアイクだ」

「そんな名前のキャンディがあったな。マイク＆アイクか」ホーリーは言った。

男ふたりはうなずいたが、立ち上がろうとはしなかった。銃に手をかけたままでいる。

「じゃましてすまない、続けてくれ」

「ああ」マイクが言った。「止める気はねえさ」またイヤーマフを着け、革のベストを着けた上体をテーブルの上に乗り出し、目をスコープに当てる。アイクは迷彩ジャケットのファスナーをいじっているが、視線はナンとホーリーから離さずにいた。

「撃つぞ！」マイクの声がした。そして発砲する。全員が振り向いた。遠くで動物の毛と内臓が小さく飛び散るのが見えた。

「プレーリードッグは保護されてると思ってたが」

「もうされてない」ナンが言う。「いまじゃ射撃の的だ」

「そいつはいい知らせだな。あんたにとっちゃ」

「そういうことだ。みんな狩猟シーズンが始まる前に、金を払って自分の銃を試し撃ちにくる」

ホーリーはプレーリードッグの町《タウン》を見渡した。草木は一切ない。あるのは土の小山や穴や人が落ちこみそうな洞《うろ》だけ。死んだ土地のような、死んだ風景だった。

「あの娘は？」

「ただの女だ」

「だから、あんたの何なんだ」

ナンが探るような目を向けた。地面に唾を吐く。「りっぱなひげを生やしたもんだな」

マイクとアイクが交互に撃ちはじめ、弾が外れて小さな土けむりが狼煙《のろし》のように遠くで上がり、ときどき命中して血と内臓のしぶきを乾ききった地面に飛び散らせた。銃声の合間にプレーリードッグたちが呼びかわす声が聞こえた。泣くような声と叫び声のコーラスが射撃の音以外をすべてかき消していた。

「声の聞こえるところへ行こう」ホーリーは言った。

「わかった」

ふたりでトレーラーまで歩いていったが、ナンはなかに入れとは言わなかった。さっきの娘が窓から見ている気配がある。ホーリーは何も言わずにいた。ただ立ったままポケットのマグナムを探り、何かが起こるのを待った。ここまで来た目的を果たすきっかけが起こるのを。

「仕事で来たのか」

「ああ」

ナンは大きな手の片方を曲げ伸ばししていた。びくついている——見ればわかった。何かにびくつくような男じゃなかったはずだ。なのにいまは、何かやばいものを見るようにこっちを見ている。いや、実際にそのとおりなのか。

「あの娘は誰だ」あらためて訊いた。

ナンがライフルを持ち上げ、ホーリーに向けた。「いったい何がほしいんだ、ホーリー」

「出てくるように言え」

「こっちの質問に答えてからだ」

「あんただ。あんたが目的で来た」

一瞬、その言葉がほんとうに自分の口から出たのか、よくわからずにいた。ずっと独りでいすぎたせいで、まだしゃべるのは慣れなかった。誰かとこれほど長く話したのは三か月ぶりか。三か月はたっているはずだが。それもあまり定かでない。

ナンがライフルを下ろした。木製の水桶に腰を下ろし、土の地面を見つめる。驚いた様子はなかった。「ロドリゲスか」口ひげを手で左右にこする。「でなきゃマンリーか。きっとマンリーだな」

「マンリーじゃない」

「じゃあパーカーか。いつもおれを心底嫌ってた」

「そのどれでもない。おれだけのリストがある。あんたもそこに載ってる」いまはにおいが鼻をついた。昔の自分の地所から漂ってくる、一酸化炭素と化学物質をたっぷり含んだ空気のにおい。可燃性の、だが完全に燃えるわけではないもののにおいだった。

「キングは？　あいつもリストにあるのか」

「あいつは刑務所だ」

「誰かに売られたとか聞いたな」ナンがまた口ひげに手を触れた。恐れよりも、感慨にふけっているようだった。いつかこんなことが起きるのを待っていたというように。

「まあ、ところでだ。やっぱりおれの言ったとおりだった。あいつらは話ができるんだ」

「誰のことだ」

「プレーリードッグだよ。オクラホマ大学の科学者がここまで数を数えにきた。多けりゃ絶滅危惧種のリストから外せるってことでな。おれはそいつに雇われて、ドッグとやつらのたてる音を調べた。そしたら言葉やら文法やら、何もかもそろってた。あれはりっぱな言語だ」

「なぜそんな話をする」

「あんときは頭がいかれそうだったってだけのことだ。この死んだ土地を手に入れたときにな。よくあの山に登って、あいつらがべちゃくちゃしゃべるのを聞きながら、てめえの脳みそを吹っ飛ばそうかと思った。けどあいつらはやっぱり、何か意味のあることを言ってたんだ。それがわかって気分がよくなった。実際、知能ってもんがあるのさ」

遠くのほうから、マイクとアイクがまた命中させた音が聞こえた。そのとき電話が、トレーラーのなかで鳴り出した。何度も鳴りつづける。ホーリーはナンが電話に出るかどうか待ったが、相手はその場から動かなかった。

「だったらなぜ、射撃の的にする」

「何か撃たずにいられないんだ」

　スクリーンドアが開き、娘が外へ出てきた。バスローブは脱いで、ショートパンツにアメフトのジャージーという格好だった。オレンジ色のハンチング帽を目深に引き下ろしている。足を踏み出すたびに、花をつけた草の下で緑色のペディキュアがひらめいた。

「電話よ」

「わかった」ナンがホーリーに「待っててくれ」と声をかけ、水桶に足を乗せてトレーラーに上り、なかに入っていった。

　頭上の空が淡いピンク色に変わりはじめ、太陽が山並みの陰に沈もうとしていた。遠くでマイクとアイクの歓声があがり、またプレーリードッグの内臓が地面に飛び散った。

「あんたには、ナンはちと年寄りすぎるな」

　娘は肩をすくめ、ハンチングをまた引き下げた。

「なんで出ていかない」

「いろいろ借りがあんのよ」

「なんの借りか知らないが、もう必要ない」ホーリーは娘にマグナムを見せた。

　娘はホーリーを見つめ、つぎに拳銃をまじまじと見ると、ＳＵＶのドアを開けて乗りこんだ。イグニションのキーをひねった。ウィンドウを下ろす。

「あいつはあのなかにカスタムのウェザビーを置いてる。セミオートマの、レーザー付きのやつ」

「なんだと。そうか、すまない」

「あたしが道路に出るまで待って」娘は言うと、ハンチングを投げ捨てた。髪がばさっと落ちかかった。ペディキュアとまったく同じ緑色の髪。唇はひび割れていたが、それでも娘が向けた笑みは、ホーリーにとって久しぶりの、とびきりすてきな出来事だった。

そしてSUVのギアを入れ、走り去った。

ナンがトレーラーのなかから見ているのはわかっていた。もうセミオートマティックの狙いをこちらの背中につけているだろう。娘に見せた拳銃をジーンズに差しこむ。トレーラーのスクリーンドアまで歩いていき、ノックをした。

「本気でノックしてやがるのか」ナンが大声で応える。

「まあな」ホーリーは言ってから、トレーラーに入った。内部は狭苦しかったが、驚くほど小ぎれいに片づいていた。奥のベッドにはキルトがかけられ、小型のキッチンにはプロパンのコンロがあって、ラックからマグがずらりと下がっている。隅にあるテーブルにはうずたかく積まれた古いカントリーのレコード――レフティ・フリゼルにキティ・ウェルズ――とスーツケースに収まるようなポータブル式のプレーヤーがあった。時計はぜんぶで四つ、四方の壁にひとつずつあり、どれも同じ時刻に合わせている。二つはあの別荘で見た憶えがあった。盤面にふつうの数字でなくローマ数字がついた掛け時計と、ドアの横に掛かった目が左右にカチカチ動く猫型のクロックだった。

ナンはコンロの横に立ち、ウェザビーを手にしていた。娘の言ったとおり、映画から出てきたようなレーザーとスコープ付きの美しい銃だ。

「まあ落ち着け」ホーリーは言った。

「その拳銃をよこすんならな」

ホーリーが後ろを向くと、ナンはウェザビーの銃口を両肩のあいだに当ててきた。そしてホーリーのジーンズの腰からマグナムを引き抜いた。拳銃の弾倉を開けて弾を取り出し、どちらも後ろのカウンターに置く。ナンがベッドへ行くよう合図し、ホーリーは腰を下ろした。

「よし」ナンが言う。「で、どうする？」

「あんたがおれの気を変えさせてくれ」

「なんの気だ」

「あんたを殺そうっていう気さ」

ナンが唇を突き出して引っこめ、それにつれて鼻の下のひげが前後に動いた。そこがむずがゆいのに、両手が銃でふさがっていて掻けないというように。「おまえは足を洗って、所帯を持ったと思ってたが」

ホーリーはしばらく、ただじっと座っていた。だが思考はまっすぐ一方向を向いていた。フレデリック・ナンがリリーのことを知っていたとしても、驚きはなかった。ただ確信だけが強まった。この仕事はやり遂げなきゃならない。娘はこの十月で三歳になる。この世界でまだ三年足らずしか生きていないのだ。

「仕事で来たとか言ったな。だが、別の件もあるんじゃないのか」ナンが言った。

「女房は死んだ」

「そういうことか」ナンが銃を下ろし、ひざの上に置いた。「おまえは抜ける方法を探してる。抜けさせてくれる相手をな。そうだろう」

もしかすると、ナンの言うとおりなのか。目を閉じて、自分のなかにある真実を聞き取ろう、掘り出そうとしたが、体が鈍く麻痺していた。「先にすませなきゃならない用事がある」

トレーラーのドアが開いた。革のベストの男が頭をつっこんできた。ライフルを肩に掛けている。「ビールが切れちまった」

マイクだったかアイクだったか、思い出せない。

「おう、そいつはすげえな」男がウェザビーに目をやった。「いいスコープだ」

「プレーリードッグの話をしてたところでな」ナンが言う。

男が一度、瞬きをした。もう一度。そしてにやりと笑った。「おう、その話はもうやめといてやんな」男がなかに上がりこんで、小型の冷蔵庫を開けた。六本パックを引っぱり出す。男の皮膚からアルコールがぷんと漂い、その甘ったるく不快なにおいが母親のことを、強いウォッカをやりだしてフェニックスへ移ったあと、飲みすぎで命を落とす以前の母親の記憶をよみがえらせた。

「外が暗くなってきたな」ホーリーは言った。

「まだまだやるさ。それにだ、あのクソちびどもの声が聞こえるだろう」男は六本パックを下に置き、カウンターからホーリーの・三五七を手に取った。「こりゃあいい」シリンダーを開ける。「古いタイプだけどな」

「取っておけよ」ホーリーは言った。

「本気か」

「同じようなのをもう一挺持ってる」

ナンが腕に抱えたウェザビーの位置を変えた。

「礼を言ったほうがいいな、マイク。でないとそいつがおまえに向けられるぞ」

「おう、しまった。ありがとよ」

「気にするな」

マイクがマグナムの弾倉に弾をひとつずつ込めなおしていった。拳銃をズボンに差しこむ。そしてホーリーにビールを渡した。缶のアルミは冷たく、露で濡れていた。かなりの重みがある。ミラー・ハイライフ。ホーリーは開けてひと口飲んだ。

「飲《や》らねえのか」男がナンに水を向けた。「一日じゅうあんなプレーリードッグの話ばかりしてりゃあ、喉が渇いたろう」

「ははっ」

「おう。いっしょに飲ろうや」男が缶を開けて差し出す。

ナンはもうライフルの安全装置を外していた。いま決めようとしているのがわかった

――ここでホーリーを殺すか、待つか。マイクを見て、目撃者として使えるかどうか値

踏みしている。あとビールをひと口。決まるまでにはそれだけだ。

ホーリーは息を吸いこんだ。半分吐き出した。そのときミラー・ハイライフを全力でナンの顔に投げつけた。缶があごにぶつかり、跳ね返ってウェザビーに当たった瞬間、ライフルの轟音が全員の耳をつんざき、猫型クロックの隣の壁に穴が開いた。缶が床に落ち、泡と液体を小さなキッチンにぶちまける。ホーリーはマイクのズボンの腰に差したマグナムをつかんだ。

「おい！」マイクが言う。

「おれの家で、おれを殺《や》れると思うのか」ナンが叫んだ。「おれがそんなまねをさせると思うか。おれには生きる権利がある。権利ってもんがな」

「娘にはもっとある」

ホーリーは言って、ナンの頭を撃った。一発ですんだ。ナンの頭蓋の後ろが割れ、赤黒いしぶきが壁に飛び散った。マイクが絶叫しはじめ、ライフルの銃床を振り上げてホーリーの手からマグナムをたたき落とした。ホーリーはトレーラーのドアを押し開けて飛び出し、ちょうど端を回りこんだところで、射撃場からいっさんに駆けてくるアイクを見た。

乗ってきたセダンのドアを開ける。だが乗りこむ前に、マイクがウェザビーで撃った弾がフロントガラスを粉々にし、車体を穴だらけにした上にタイヤもパンクさせた。ホーリーはダブルバレルのショットガンをつかみ上げるとトレーラーに向けて撃ち、マイクとアイクを物陰に引っこませた。と同時に、自分が駆け出す時間も稼いだ。

いま目指せる唯一の方向を選んだ。自分の地所のほうだ。だがそれにはプレーリードッグの町《タウン》を越えていかねばならない。五十メートル近く進んだとき、銃弾が唸りをあげて頭の上を飛び過ぎた。ホーリーは勢いよく伏せ、そのはずみにショットガンを取り落としてしまった。ひじをついて匍匐《ほふく》前進を始め、穴だらけの土の上を進んでいった。

プレーリードッグは残らずトンネルのなかへ姿を消していたが、地下からその声が聞こえてきた。何千何万もの小さな喉が一キロ以上にもわたって伝言ゲームをしている。

そのとき、地面がいきなり遠のいたかと思うと、腕全体が穴のなかにはまりこみ、肩から上だけが出ている状態になった。なんとか引き抜こうとしたとき、また銃弾が頭上をかすめ、つぎの瞬間さらに大きく地面が崩れて、ホーリーは体の下に開いた裂け目に転落していた。土と砂が周囲にあふれて目と耳と鼻と口へ押し寄せてきた。

やっと底にぶつかって止まると、顔から砂粒をぬぐった。空っぽの巣穴に落ちこんだのだ。深さは地面から二、三メートルほど。周囲の土のなかで何かが動いていた。プレーリードッグ。少なく見ても十四以上いる。遠目には小さくていかにも可愛い。だが近づいてみれば、巨大な毛むくじゃらの齧歯類だ。後ろ脚で直立し、硬い尻尾と太った下腹、短い鼻面を持ち、目は黒くてはしこい、前肢は人間のようで指が長く爪はさらに長い。頭上に暗くなっていく空が見えた。そちらに向かってよじ登ろうとするプレーリードッグがいて、外に出るトンネルを探しているもの、ホーリーの背中や頭の上を這いまわるものもいる。そのプレーリードッグを放り投げ、追い散らしながら体を押し上げて、やっと巣穴の側面の縁に尻をかけた。動物たちが反対側の縁へばたばた移動していく。全体がひとつになったような動きだ。そのぜんぶがいっせいに、ギャッギャッと鋭い鳴き声をあげている。

マイクとアイクにこの穴を見つけられたら、一巻の終わりだ。その前にここから抜け出してフェンスまでたどり着かなくては。膝立ちになり、足で立ったが、体を起こそうとすると周囲の穴の縁が崩れてきた。薄い氷に開いた穴から這い出ようとしているみたいだった。ブーツを土に深くめりこませながら必死に穴の側面を両手でつかみ、頭を巣穴の上に出したちょうどそのとき、西に二百メートルのあたりを探しているマイクとアイクが目に入った。つぎの瞬間、側面全体が崩れ、ホーリーは底まで転落し、土がどっとかぶさってきて全身が埋まった。

ゆるい土が重たい毛布のようにのしかかる。姿は隠せているが、息ができない。周りを掻きむしっているうちに、指が空間を探り当てた。プレーリードッグが掘ったトンネルの跡。何かの根っこを支えにつかんでホーリーは頭をつっこみ、そこに溜まった獣臭い空気を吸いこんだ。トンネルの壁は硬かったが、むりやり肩を押しこむ。しゃにむに土を掘ってその空間を広げ、体の半分が狭いトンネルのなか、半分が外に出た状態になった。男たちの声が近づいてくる。

「何か見えた気がしたんだが」

「おう、調べてみろ」

ホーリーは頭を左に曲げた。穴の縁にふたりが落とす影が見えた。

「ここに落ちたと思うか」

「底が見えねえ」

ひとりが唾を吐く音がした。弾丸が装塡される音、ふたりがそろって銃を穴に向け、発砲する音が聞こえた。一発目は外れたが、二発目はホーリーを取り巻く土の層を貫くと、ふくらはぎをえぐり骨を削った。その一撃の威力からすぐに、あのマグナムだとわかった。あれがどれほどの痛みをもたらし、足が体から引きちぎられたように感じさせるかということも。

腕の肉を嚙みしめ、叫び声が出るのをこらえた。だが体の一部は苦痛にわめき声をあげ、ホーリーがこの穴の底に横たわっているのを知らせていた。あのふたりはおれを埋める墓を掘るまでもない。あっけないものだ。これですべて終わりだ。それでもホーリーはさらに強くおのれを嚙んだ。まだすまさなきゃならない用事がある。だからじっと土のなかで、血を流して横たわっていた。

上のほうで、男たちが耳をそばだてていた。

「ここじゃ隠れるところもない」

「怖気づいたかよ」

「なんも見えないしな。トレーラーに戻ったほうがいい」

「おう、てめえを本物の幽霊にしてやるぞ！」マイクの声が平原にこだまして峰のほうまで響き渡った。やがてふたりのブーツが頭の上を通り過ぎていき、話し声が遠ざかりはじめた。プレーリードッグたちがまたギャッギャッと鳴き声を交わし出し、ひとまず窮地は脱したとさとった。

それでもまだ穴のなかで、ここが自分の墓だというように、じっと身を縮めていた。そしてふたりが戻ってくるのを待った。何時間にも思えるあいだ待った。甲虫やミミズやヤスデや蟻といっしょに、トンネルに向かって口を開け、唇で夜を味わう準備をしながら。やがて痛みがもう痛みとも感じられなくなったが、何かの生き物が皮膚に嚙みつき、蹴り飛ばそうとするたびに鋭いあごを食いこませてきた。手で押しては殴りつけて土から体を引きはがし、下のほうの痛みを踏みつけようとする。闇のなかでよろめいているような、リリーを奪っていった湖の暗い底にいるような気がした。それでさらに激しく速く掘り進み、やがて爪が裂けて出血し、空気といっしょに土や砂を吸いこみはじめた。内側も外側も、どこもかしこも土にまみれながら、ホーリーは動いていた。体が進んでいくのが感じられる、そのとき手が草に触れ、巣穴のなかから開けた草原へ抜け出していた。全身がくまなく砂まみれだった。

外は思ったより暗くなかった。頭上の空は晴れていて、おびただしい星々があたりの風景を地平線の端まで明るく照らしている。口を押さえて咳きこむのを止め、唾液をなんとか溜めて歯を覆った土や砂を洗い落とそうとした。汚れた指で詰まった鼻の穴をほじり、耳がまた聞こえるようになるまで土を掻き出した。

ナンのトレーラーの明かりがついていた。窓が開いていて、男ふたりが言い争う不明瞭な声が聞こえてくる。ホーリーは着ていたシャツの端を引き裂いて、形ばかり脚に巻きつけた。のろのろと乾いた地面を這い進み、プレーリードッグのトンネルを越えていく。動物の声と人間の声が混じり合いはじめるなか、トレーラーへ近づき、窓のすぐ下のところまで来た。こぼれたビールのにおいが届いてきた——潰れて床に転がったビールの缶と泡のにおいが。

「おれの保護観察官がこんなヨタを信じると思うか。どっかからいきなり現れた野郎がナンの頭を吹っ飛ばしたとかよ。後始末をしなきゃならない。これの後始末を」

「おい、くそっ、やつを見てみろ」

「見たくない」

「じゃあどうしてえんだ。どっかに埋めるのか」

「火事がいい。火事はしじゅう起こってる」

「おうよ。けど、その前に音楽でもかけてやるか。あいつは音楽が好きだったろう」

ナンの古いカントリーのレコードに針が乗せられた。スライド・ギターの音と、鼻にかかった歌声が聞こえてくる。「おまえが金《マニー》を手にしたら、ハニー、おれは休みをとるよ」

ホーリーは足を引きずりながら、マイクとアイクのジープまで行った。ふたりが外に出てくる前に、これに乗って行ってしまうことはできる。ここを離れ、二度と戻らない。

だがその場合、禍いの種を残すことになる。もうそんな種を残すわけにはいかない。自分の車まで戻った。ショットガンはいまは平原のどこかだが、ライフルは隠しておいたとおり、前部座席の下にあった。割れたフロントガラスの隙間から慎重にショルダーバッグを引き出した。オレンジ色の工具箱を開け、注射器を出して自分でモルヒネを打った。脚に圧迫包帯を巻く。ライフルをチェックし、追加の弾倉を装塡して、車のボンネットの上に置いた。ナイフとプライヤー、発煙筒二本をつかみ上げる。少し待って、向こうにこちらのたてる音を聞かれていないか確かめた。そしてトレーラーの下へ仰向けに滑りこんだ。

トレーラーと地面に挟まれた空間は湿っていて、クモの巣だらけだった。音楽とふたりの話し声に耳を澄ませ、それからゆっくり這い進んで、プロパンガスのタンクまでたどり着いた。ホースを切ってその向きを変え、圧力バルブを目いっぱい開いた。横に置いた発煙筒二本に火をつけ、通気孔に滑りこませる。また這って引き返すとトレーラーの下から出て、ジープと自分のセダンに挟まれた、トレーラーのドアがさえぎられずに見通せる位置に立った。そしてライフルを手に取った。

ウィンドウ越しに、コンロから炎が噴き上がるのが見えた。男たちは初め気づいていなかった。やがて空気にパチパチと音がしたかと思うとプロパンが爆発し、閃光が走ってトレーラーに火がついた。男ふたりのわめき声が響いた。ひとりめの男、アイクがドアから飛び出してくる。ホーリーはその頭をきれいに撃ち抜いた。アイクの体がくずおれて水桶にもたれかかった。次いで何かこすれる音が聞こえ、もうひとりが奥の窓から抜け出そうとしているのに気づいた。トレーラーを回りこむと、マイクがいた。体半分だけが外に出た状態で、革のベストが破れたスクリーンに引っかかっている。手にマグナムがあった。顔の横が焼け焦げていた。やみくもに狙いをつけようとし、弾をぜんぶ撃ち尽くした。ホーリーはライフルを振り上げ、マイクの手からマグナムをたたき落とした。地面から拳銃を拾い上げ、再装塡する。その間、マイクはもがきながら叫んでいた。

「ああ、おい、よせ、やめろ、頼む、やめてくれ」

ただべらべらと、夜の冷気に向かって無意味な言葉を並べている。ホーリーはマグナムを何度も何度も撃ち、自分の脚を貫いたその威力を思い出しながら、弾の数を数えていた。一発また一発と、弾が骨と肉とトレーラーの金属をたたくのを聞いているうちに、とうとうシリンダーが空になった。穴はもうたっぷり開いて、そこから出る声もやんでいた。

マイクの体を窓からなかへ押し戻した。それからトレーラーの前を回りこんでドアを開け、アイクの体を持ち上げて煙のなかへ放りこんだ。火はカーテンにまで燃え広がっていた。ナンの死体もベッドに寝かされ、顔に毛布をかけてある。テーブルの上ではレコードプレーヤーがまだ回っていた。ドアを閉める。ジープのエンジンをショートさせて始動させ、バックしてトレーラーに寄せると牽引具をつなぎ、丘の縁まで動かしていく。そして燃えているトレーラーを外し、力を込めて押しはじめた。モルヒネが効いていた。もう脚の痛みは感じなかった。

連結具が低い部分にあったので、ホーリーは上体を大きく曲げ、火で熱くなっていく金属のボディに肩を当てるしかなかった。想像以上に重かった。肩に全世界を載せて持ち上げているようだ。フレデリック・ナンもマイクもアイクも、リリーのことすら頭から締め出した。そしてルーのことを思った。ルーだけを。まだ三歳の子。まだ生きている。まだ息をしている。

後輪が谷の縁の上にかかった。トレーラーが一瞬、ホーリーの支えだけでその場にとどまり、連結具が彼の指を引っぱろうとした。つぎの瞬間、車輪の下の地面が崩れ、そしてトレーラーが手から離れた。ホーリーはメサの縁に立ちつくし、背中から風が吹きつけ、手のひらは油と煤《すす》でにおった。トレーラーは初めはゆっくり動いていたが、一度バウンドすると、加速がついて走り出した。ガラスが熱で弾け飛んだ。窓から煙が噴き出す。まるで首なし騎士のように、火と灰に変わろうとするシンデレラのかぼちゃの馬車のように、猛然と斜面を駆け下りていく。

平原の上を突進し、光の筋となってプレーリードッグの町を抜け、さらに走りつづけてホーリーの昔の地所を取り巻く鉄条網のフェンスに衝突した。炎がガス田の端を明々と照らし出し、電気がショートして青い火花が散るのが見え、やがて投光ランプがいっせいに消えた。あたり一帯が暗くなり、ただ燃えるトレーラーだけが、檻《おり》にぶつかる怪物のように吠《ほ》え哮《たけ》っていた。

パトカーが何台も目抜き通りを行き来している。地元の警察と州警が警戒態勢をとっていた。沿岸警備隊は巡視を強化していた。町長が会見を開き、漁業狩猟局の局長もコメントを出したが、その内容はあとで取り下げられることになった。『ボストン・グローブ』までが記者を送ってこの事件を取り上げ、地元紙は一・五インチの活字ででかでかと見出しを掲げた――〈ビター・バンクスをめぐる銃弾〉。

何者かがメアリー・タイタス宅の玄関ドアに向け、一発の銃弾を発射したのだ。鬱憤《うっぷん》をためた漁師のしわざか、あるいは統一教会の人間か、ノヴァスコシアか日本人に雇われた殺し屋じゃないかと、いろいろなうわさが流れた。誰が引き金を引いたにしろ、その事件は漁獲量の低減と違法な操業へとメディアの注目を引きつけ、テレビの全国ニュースのトピックにもなった。その結果、環境保護庁と海洋大気庁《NOAA》は、今後新たな研究調査が行なわれるまで〈バンクス〉の一部を閉鎖すると発表した。これは一日あたり数万ドルの損失に当たる。〈ノコギリの歯〉はどこもその話でもちきりだった。

「誰もケガしなくてラッキーだったよ」アグネスが言った。

「捕まらずにすんだ人間も、ラッキーだね」ルーは言った。

メアリー・タイタスは何も言わなかった。店に居合わせなかったせいだ。この日メアリーは休みをとっていた。しかしグンダーソン校長はいつもの席にいて、泡を食った調子でしゃべっていた。

「こんなことが起こるはずがない。われわれのこの町で」

「でも起こったんだよ」とアグネス。「どこでだってある話」

グンダーソンがまた鰊《キッパー》をひと口食べた。彼はいつも朝食に、キッパーと卵を乗せたトーストを食べる。キッパーに卵にコーヒー。みんなたいていそのにおいをいやがって彼のテーブルを避ける。ところがいまは全員が彼の周りに集まっていた。グンダーソン校長がメアリー・タイタスとデートをするようになっていたからで（三回——いや、実際は二回半かな、とは本人の弁）、メアリー・タイタスが家を銃撃されたときに不在だったのはそのせいだった。ちょうどグンダーソン校長の家で——二回半目のデートのときに——夕食を振る舞われていたのだ。キッパーじゃないよ、とグンダーソン校長は言った。メアリー・タイタスはベジタリアンだから。

マーシャルはどうだったの。そう訊きたいルーを尻目に、グンダーソンはその夜の特別な献立について話した。カリフラワーのスープ、カレー風味の豆腐、デザートには焼いたパイナップル。

「メアリーは口もつけなかった。ああ、スープにはってことだが。ただワインを飲んでた、揚げたケールの葉をつまみにね。そこへ警察から連絡があったんだ。あの嘆願書のせいで彼女を殺そうとする人間がいるなんて信じられない。まあ命を狙われたってことで、環境活動家の仲間内ではすごく有名になってるらしい。元の亭主まで連絡をよこしたそうだ」

「〈ホエール・ヒーローズ〉の船長?」

「そうだ」グンダーソン校長は言って、また朝食のキッパーを何口かかじり、まるで元亭主とやらが歯に挟まってでもいるように、もぐもぐ嚙みしめていた。「わざわざ無線で。おめでとうを言いたかったらしい」

「それでどうだった? 警察が来たあと」

「メアリーは笑い出して、ずっと笑うのを止めなかった。それでわたしも笑った。なんだかえらくこっけいな気がしてね。だが落ち着いたあとでも、闘いはやめないと彼女は言った。じつに見上げたもんだよ」

「あんたの兄さんたちは、そう思ってないんじゃない」とアグネス。

グンダーソン校長は心配そうな顔になった。またキッパーをひと口食べる。「事件の日は、息子さんが家にいた。わたしがメアリーを送っていくと、警察に調書をとられているところだった。わたしは夕食の残りをタッパーに入れて置いていった。だがまだ何も聞いてない。スープがどうだったとはね」

「犯人はわかったの」ルーが訊く。

グンダーソン校長はおずおずと笑った。「警察はまだ、とくに容疑者を特定していないと思うよ」

「誰が犯人でも、きっと後悔することになるよ」ルーは言った。

「ああ、それはもう、もちろんだとも」グンダーソンは軽いげっぷを漏らすと、急にルーの石入り靴下を思い出したとでもいうように、コーヒーをがぶ飲みしはじめた。

ランチタイムの混雑が終わると、ルーはこっそり冷凍庫へ引っこんだ。〈ノコギリの歯〉でしばらくプライバシーが保てる唯一の場所だ。胸を両腕でぎゅっと抱え、野菜の列をにらみつけた。顔の前で息が白く曇る。ただそれだけに、自分の口から出入りする凍った空気に注意を向けていた。

ジョーヴが船を進水させ、オリンパスから出港して十日たった。彼が出ていったらほっとするだろうと思っていたけれど、いつのまにか彼のことが好きになっていた。家のキッチンをわがもの顔に使い、ばかげた量の食事を作り、ルーにスプーンを突きつけて食べてみなと言ったりするところが。彼のおかげで家は騒々しくなり、父親もふつうの人間らしく振る舞うようになっていた。でもいま家はまたひっそりと静まり、ホーリーとルーはおたがいを避けていた。キッチンやバスルームの外ですれちがうと、父親がぶたれた犬のように――不安げにびくびくして――こっちを見てくるので、思わず蹴飛ばさないでいるのが大変だった。

〈ノコギリの歯〉に頼みこんで、どのシフトにもできるかぎり出た。働いてお金を貯め、母親の手袋を身につけ、怒りを抑えようと努め、サンクチュアリの嘆願が通るのを待ちながら、自分が父親とはちがうことを証明しようとした。自分は秩序を守れる人間なのだと。でもその計画のせいで、マーシャルはあやうく命を落としそうになったのだ。

　アグネスが冷凍庫のドアを開けて、頭をつっこんだ。「だいじょうぶ？」ふくらんだおなかを突き出して、プラスティックのカーテンを割って入ってくる。「あんたに具合悪くなられたら困るよ、メアリーもいないんだから」

「一分だけ休ませて」

「ここは気持ちいいよね」アグネスがドアを閉める。「タバコも吸えたらいいんだけど」

　周りじゅうに冷たい肉のにおいがしていた。冷凍庫の巨大なモーターが唸っている。

「あの子と別れたんだろ？　あたしにはわかるよ。そういう顔してるもの、フロントガラスの割れた車で走ってるみたいな顔」

「午後から抜けてもいい？」

「ああ、ねえ。だめだよ」

「何が？」

「行っちゃだめ。あんたはそんなまねしちゃいけない。悪いこと言わないから」

「彼が元気かどうか見にいくだけ」

「だめ、いけないよ」アグネスが下腹をさする。「それに、町の連中の半分はあんたの父さんがやったと思ってる。誰もまだ口には出してないけど」

「なんで父さんがマーシャルを傷つけなきゃならないの」

「もう警察署であの子を痛めつけてるじゃない。メアリーもずっと頭の傷を見せびらかしてる。漁師たちはあのヒッピーくずれを嫌ってるだろうけど、実際に手を出したのはあんたの父さんだけだし」

ホーリーに壁へ投げつけられてできた、マーシャルの背中の青黒い打ち傷のことを思った。小さなこぶしでうちの玄関ドアをたたいていたメアリー・タイタスのことも。

「ちょっと、気持ち悪い」

アグネスがランチ用の紙袋を見つけて開け、ポケットから塩味のクラッカーを出してくれた。その袋の口に顔を押しつけると、かすかに玉ねぎがにおった。袋に口を当て、紙をふくらませながら息を吸っては吐き、吸っては吐くあいだ、アグネスが背中をたたいてくれた。蛍光灯の明かりの下で、彼女のひたいに、夏の初めにはなかったしわができているのが見えた。もしルーの母親が生きていれば、彼女と同じ歳だったのだ。

「あんたとはなんの関係もないかもしれない。ただメアリーたちを脅してやめさせようとしたのかも。ほら、あんたの父さんはストランドやフィスクとえらく仲がいいから。あのふたりならやりかねないと思うし」

ルーは紙袋を床に落とした。どうすればいいのかわからない。手に持ったクラッカーがぐしゃっと潰れた。「こんなのおかしい、ひどすぎる」

「あっ！」とアグネスが、急に何か答えを思いついたというような声を出した。そしてルーの手を取ってぎゅっと握ると、ルーは思わず泣きそうになった。それほどよるべなく、ありがたい気分だった。アグネスがルーの手のひらを自分のおなかに押し当てた。最初は何もなかった。そのとき、もがくような動きを感じた。強く張りつめた、肉がよじれる感触を。

「感じる？　この子が蹴ってるんだよ、男の子が」

以前ファイアーバードのなかで、マーシャルの家を見張りながら待っていたころも、家そのものに入ったことはなかった。でも、どんなところだろうと想像はしていたし、マーシャルから少し細かな話を――母親が〈グリーンピース〉のポスターをキッチンの壁に貼っているとか、陶芸の教室に通っていたころのいびつな皿やマグのこととかも聞いていた。遠目には古くても趣のある家に見えたけれど、いま近づいてみると、はげかけたペンキといい中古の家具といい、どこか荒れた感じがした。

「ああ、あなたね」メアリー・タイタスはオレンジ色のパイル地のバスローブ姿で、髪が濡れていた。彼女がルーに向けた表情は、きっと何年も前、彼女が初めて請願書とワインの瓶を持って訪ねてきたときルーが見せた表情に近かっただろう。今回ポーチの上に立って、なんとか入れてほしいと思っているのはルーのほうだった。そして目の前でドアを閉めるかどうか決めるのは、メアリー・タイタスだった。

「マーシャルはいますか」

「息子にあなたと話すことはないわ」

「お願い。少しだけでいいの」

女やもめは、何が目当てで来たかわかっているといわんばかりに、ルーを上から下まで眺めまわした。「警察が来てるから、おかしなこと考えないで」そう言って、家の前の歩道に停まっている黒のセダンを指した。サングラスの男ふたりがなかに座ってコーヒーを飲んでいる。メアリー・タイタスが指さすのを見ると、ひとりが手を振ってよこした。

ルーは礼儀を守ってにこやかでいるために、あらゆることを試そうとした。「グンダーソン先生が、スープは気に入ってもらえたか知りたがってました」

「え、なに?」メアリー・タイタスの手がさっと頭に伸び、髪の毛を軽くたたいて整えた。

なんなの、これ。ルーは思う。男っていうのは、あたしたち女をこんなふうにしてしまうんだ。

「母さん」マーシャルが階段の上に立っていた。クジラの尾びれの絵をプリントしたTシャツを着ている。ルーの胸の奥で心臓がどくんと鳴った。もう一か月以上話していなかったのに、彼の姿を見たとたん、スイッチが入ったように体のなかの何かが動き出した。マーシャルがこっちに薄く笑ってみせる。何を考えているのかわからない。ルーがいるのがうれしいのかそうでないのか、それもわからなかった。

「あと一時間で撮影班が来るわよ」メアリー・タイタスが言う。

「わかってる。母さんも身支度を終えてしまえば?」マーシャルは階段を下りてくると、ルーと母親のあいだに立った。

「ぼくのためにさ」

メアリー・タイタスが息子を見つめた。「あなたのためにね。あなたのためならなんでもやるわ」

女やもめがマーシャルの肩に手を置く。ふたりの気安く親密な関係にルーは居心地の悪さを感じ、同時に憧れに似た気持ちでいっぱいになった。

「ドアは開けておいて。あの警官たちにいろいろ見張っていてもらいたいから」

「わかった」

階段を上りはじめるメアリー・タイタスを見つめた。まるで命綱のように手すりをつかんでいる。上りきったところで足を止め、振り返った。オレンジのローブ姿で紅潮した顔を輝かせ、勝ち誇った様子でルーに向かって言いはなつ。

「お父さんに、外して残念だったねと言ってあげれば」

そして寝室に入り、ドアを閉めた。

マーシャルがクジラのTシャツの襟を引っぱった。目を合わせようとしなかった。

「渡したいものがあるんだ。少し待っててくれるかい」

「いいよ」

ルーは敷居の外に出るのも、なかに入るのも怖くて、敷居の上にとどまったまま、黒のセダンをちらと振り返った。男ふたりにあまり警戒している様子はなかった。ひとりはクロスワードパズルを解いていて、もうひとりはあくび混じりだ。ドアに銃弾の痕を探した。地番標示の下に穴がひとつあったが、縁がほじり出され、破片はなくなっていた。

穴に指を深く差し入れたとき、マーシャルが階段を下りてきた。手に茶色の紙袋を持っている。口の部分が折りたたんであり、さっき冷凍庫でルーが顔に当てていたのとそっくりな袋だった。なかに入るよう身振りで彼女に言い、セダンの男たちにうなずいてみせるとドアを閉め、錠を下ろした。

「会えてうれしいよ」

ルーの肌に汗が噴き出た。「元気かどうか、確かめたくて」

ふたりともドアの前に立ち尽くした。彼に触れたほうがいいのかどうなのか、ルーは決めかねていた。

「そのTシャツ、どうしたの」

「義父さんが〈ホエール・ヒーローズ〉の一員にしてくれたんだ。ついにぼくの人生も、テレビに出られるほど刺激的になったってことかな」

「それで撮影班が？」

「ぼくと母さんの別れの場面を撮りたいらしい。ぼくは今日の昼から船に乗る。義父さんは、NOAAがサンクチュアリの指定を認めるまでバンクスにとどまるって言ってる。

科学者グループを抱きこんで、データを集めにこさせるんだ」

「いつ戻るの」

「わからない。番組が打ち切りになったときじゃないかな。ところで、署名のことだけど」

「心配ないよ。誰もあたしだって知らないから」

マーシャルは首を横に振った。紙袋をコーヒーテーブルに置く。「母さんが集めた署名だけじゃ、請願書が議員のところまで届くには足りない。ぼくらふたりで偽造した名前は――誰もわざわざ見にはこないだろう。あれはぼくがなくした分のかわりにしただけだ。きみが五千筆も署名を書くとは思わなかった。きみが自分で届けるなんて思わなかった。きみが何を考えてたのかもわからなかった」

何も考えてなんかいない、そう言いたかった。もう一度彼といっしょにいたかっただけだった。いまでもマーシャルに、あの救世軍のお下がりのソファに寝かせられて、ジーンズを脱がせて、腿にキスしてほしかった。けれど彼は自分の首の後ろに指をかけて、引っぱっただけだった。こんなことになるとは思わなかった。誰も危険な目にあわせたくなんてなかった。請願書をプレゼントにしたかっただけなのに。

「あんたが喜ぶだろうと思って」その言葉が口から出たとたん、なんてみじめなんだろう、なんて悲しくて、なんて必死だったんだろうと思った。いく晩も遅くまで、電話帳で名前を見つけ、住所を書き写していたことが。あの色つきのペンで、あたしはみんなを騙した。自分自身まで騙していた。

「母さんは喜んでる。どれほど大喜びしてるか。でもぼくは、とんでもない間抜けになった気分だ。あれは本物じゃないんだから。母さんには、ぼくが驚かそうと思って請願書を送ったって言わなきゃならなかった。ぼくがみんなの考えを変えさせた、そう母さんは思ってる。でもいずれは誰かがあの署名を調べる、そしたら何もかもひっくり返ってしまう」

マーシャルはさっきコーヒーテーブルに置いた紙袋を手に取った。なかに手を差し入れて、ハンドタオルに包んだものを取り出す。そして開くと、ルーが以前渡した拳銃があった。スライドロックの付いたベレッタ。まるで赤ん坊を扱うように、頭に手を添えて支えながら渡してよこした。金属のグリップが手に冷たかった。

「これは持ってたほうがいいよ」ルーは言った。「もしまた犯人が来たときのために」

「もう来やしない。それにここに置いてたら、母さんに見つかるかも」

ルーはベレッタの安全装置をカチリと外した。前後にカチカチと動かす。外し、また掛ける。

「警察は弾丸を持っていった？」

マーシャルがうなずく。「薬莢も見つかった」

「じゃあ照合できるね。撃った銃をたどれる。誰がやったかもわかる」

また彼は目を合わせようとしなかった。「ほんとに効き目があるのは宣伝だけ。それだけは義父さんの言うとおりだ。いまだったら、もし請願がだめになっても、この件がＮＯＡＡを動かすチャンスはまだあると思う」

「あんたが撃ったの？　自分の家を」

「一発だけ。そうしたら、何年もずっと顔の前でドアを閉められてたのが、みんなから英雄って呼ばれるようになった」

「この事件のことで、嘘をついちゃだめだよ」

「でも署名のことじゃ、嘘をつかなきゃならない」

「それとはちがう。うちの父さんの銃なのに」

「きみの父さんは何もしてない。面倒なことにはならないさ」マーシャルはベレッタを隠すのに使っていたタオルをねじり、ソファの上に放り投げた。「でも保護区が実現しなかったら、母さんは――耐えられないと思う」

ルーは便器のタンクにある、血まみれのお金のことを思った。マーシャルの腕に触れる。「言ってよ、事故だったって」

「事故じゃない」マーシャルがテーブルから茶色の紙袋を取り上げた。ルーの手に押しつける。「こんなことになったのはぼくのせいだ。署名をなくしたのはぼくなんだから、なんとかしなきゃならないのもぼくだ。だからなんとかなるまで、やりつづけるつもりだ」

拳銃がなかになくても、紙袋は重かった。手を入れて中身を取り出してみる。ガラス瓶のなかで琥珀のように金色に輝く、自家製のメープルシロップだった。

「きみとはまた、いい関係に戻りたいんだ。どうかな」

「いいよ」ルーは言った。「いいよ」二度言えば何かが変わるというように。でもちっともよくなかった。彼の指をぜんぶ折らずにいるだけで精いっぱいだった。拳銃を袋に戻し、シロップの瓶の隣に収め、家から出ていくと、警官たちの横を通り過ぎた。紙袋をしっかりと手のなかに、秘密のように、壊れた心臓のように抱えながら。

銃弾 #11

モーテルの部屋でコルトの掃除をしている最中に、ホーリーは自分を撃った。さんざっぱら飲んでいたせいで、引き金がどこかに引っかかり、薬室から取り出し忘れていた弾が左足を貫通したのだった。ひとしきりわめき声と悪態をついたあと、ブーツを引っぱって足から外し、靴下をはぎ取ると――きれいな穴が、くるぶしとつま先のあいだの皮膚の真ん中にあった。穴は足裏の拇《ぼ》指球《しきゆう》とかかとに挟まれた部分に抜けていて、そちら側の痕はずたずたに裂け、血が床にあふれ出ていた。弾はワークブーツのゴムのソールを通り抜け、小型冷蔵庫のすぐ横のぼろぼろのタイルにめりこんでいた。

大きな唸り声をあげて立ち上がり、よろよろとバスルームへ入って、傷の具合を確かめた。浴槽の縁に腰かけ、蛇口から水を出した。ラックの上のタオルを引っぱって取り、足に巻いて端を二つに裂き、きつく縛った。それから洗面台の下の戸棚を開けてオレンジ色の工具箱を引き出し、なかをかき回しはじめた。この元空軍兵のＷＲＯＬキットには、ここ数年でいろいろなものを足しながら、いつ途切れるとも知れない最悪の事態に備えようとしていた。モルヒネもフェンタニルのロリポップも切らしていたので、パーコセットの瓶の封を切った。傷を洗って消毒し、包帯を巻いた。破傷風予防の注射を打った。そして空の浴槽のなかに這いこみ、悪いほうの足を縁に乗せた。

足の血が包帯から漏れ出し、浴槽を汚していた。いまはただ、おのれの愚かさ加減を呪うばかりだった。首にタイルとコンクリートの感触があった。手を下に伸ばし、床に置いた鎮痛剤の瓶をつかみ上げる。パーコセットをもう一錠飲み、効果が現れるのを待ちながら、錠剤が食道を通って胃まで滑り下りるのを想像した。それが唾液や胃液で粉々にされて液体となり、やがてそのなかの有効成分が血液に溶け出し、静脈を通って足のつま先にまで広がるのを。痛みが薄らぎはじめれば、また動き出せる。だが、それまではむりだ。

リリーが死んでから三年半が過ぎていた。〝用事〟はすべて片づき、リストにある名前はキング以外残らず消した。あのボクサーくずれはジョーヴの工作もあり、運び屋のパイロットとその恋人を殺害した罪に問われ服役中で、当分出てこられない。世界は当面、ゆっくり眠れるくらいに安全な場所になった。そしてあまりに長く眠っていたせいで、夢がホーリーの日常の前面へと移ってきはじめた。あの湖の底でゆらいでいた水草の夢を見た。蝶番で折りたたんでスーツケースに入れられる車の夢を見、リリーがベッドにもぐりこんできて彼の首筋に顔を埋め、脚を彼の腰に回してからめる夢を見た。目を閉じたあとに滑りこんでいく世界が、少しずつ、部屋の外の世界よりも本物のようになっていった。目が覚めるとまたそのあざやかな場所へ、死んだ無意味な時間に挟まれた時間へ戻りたくなった。日々の活動がどんどん異質なものになり、スーパーマーケットのレジ係も通路で食品を籠に入れている人たちも、駐車場で車を駐めている人たちも街なかですれちがう人たちも、誰もがこの世ならぬものを見るようにこちらを見つめている気がした。

自分を取り戻したように感じるのは、部屋にこもって夢を見ているときか、メイベル・リッジの家の外に車を駐めて座っているときだけだった。万一に備えて車には、装塡ずみの銃を数挺そばに置き、トランクにもまた何挺か入れてあった。この六週間ほどは海岸沿いのモーテルに泊まり、できるだけ頻繁にドッグタウンまで出向いていた。そして実際にわが子のもとを一、二度訪れ、〈チャッキーチーズ〉の店でバースデイケーキのロウソクを吹き消すのを手伝ったり、浜辺や動物園に連れていったりもした。だがたいていの時間は家の外に駐めた車のなかで過ごし、日暮れから夜明けまで見張りを続けていた。たまにメイベルが窓にシェードを下ろし忘れることがあり、それはルーが歩きまわっている姿を見られる、最高の夜だった。自分の娘が部屋から部屋へと動き、夕食を食べ、テーブルの前に座るのを、その顔が何時間もテレビの青白い光のなかでちらちら光っているのを眺めた。シェードが下ろされた夜でも、その縁から漏れるわずかな明かりと、ときどき通り過ぎる影は見えた。ルーがそこにいる、ほんの数メートルと壁ひとつ隔てただけのところにいる、そうわかるだけで十分だった。

ホーリーが自分を撃った翌日、そのわが子が外に出て、夕食を運んできてくれた。ドアが開き、小さな姿が小径《こみち》を歩いてくるのを見て、心臓が喉につかえそうになった。後ろのシートから熊皮のラグをつかんで引っぱり、隣に置いた銃の上にかぶせる。わが子が車の横まで来てウィンドウをたたくと、ホーリーは窓を下ろした。

「はい、おとうさん」ルーが言って、窓からアルミ箔で包んだ皿を手渡した。まだ温かかった。皿をひざの上に置くと、娘はナイフにフォーク、ナプキンも渡してよこした。玄関先でメイベル・リッジらしき影が、ばかでかい乳房の上で腕組みをして、こちらを見ているのがわかった。

「ありがとう」

「おばあちゃんがね、いつまでもここにいないほうがいいって」

ルーは窓にもたれかかっていた。すぐそばにいるせいで、髪のにおいがした。リリーそっくりなにおいだった。

「おばあちゃんに言ってくれ、父さんはタフだって」

親権についてはぬかりなく、慎重で容赦のない一流弁護士にたっぷり金をはずんだ。メイベル・リッジが裁判所へ単独親権を申し立てにいくたびに、その手続きを止めさせた。養育費を惜しみはしなかったが、ほとんどはルーのために保管されるよう手配した。年寄り女がその金に手をつけるのも、自分がわが子の人生から締め出されるのも望まなかった。

「ぐあい悪いの？　なんだか悪そう」

「だいじょうぶだ」ジーンズの布地を通して両ひざの上に、皿の温かさが感じられた。

パーコセットの効き目が薄れはじめ、サイドブレーキの下に血だまりができていた。ルーの目がすっと助手席の上に落ちる。銃にかぶせた熊皮の上に。ホーリーはこの家を訪ねるとき、たいていプレゼントを持ってくるので、もしそこに自分がもらえるものが隠してあるとしたら何だろうとルーが考えているのがわかった。

「今年のハロウィーンは、何になるのかな」

「魔女だよ」

ほかに言うことを思いつこうとした。この子を車のそばにとどめておけそうなことを。だがもうすでに、自分たちのあいだによそよそしさがつのってくるのを感じていた。いつもモーテルの部屋を出るたびに、自分と世界とを隔てる氷の塊が現れるように。

「もう戻っておいで、ルイーズ」メイベル・リッジの呼ぶ声がした。

「明日には元気になるよ。いっしょにトリック・オア・トリートをやりに行こう」

「おばあちゃんがいやがると思う」

ホーリーはひざの上の皿を見下ろした。このアルミ箔の下には何があるのだろう。パスタのようなにおいがした。スパゲティか。たぶんミートボール添えのだろう。

「一生のお願いだ」

ルーは自動車のボディを調べるみたいに、手を左右に滑らせていた。何やら蝶番でも探しているようだ。曲げると車体が二つに折りたためる蝶番。ふとホーリーの頭の奥で何かがひらめくと、ある記憶が前のめりに滑り出し、いきなり世界の深遠な秘密を知る不安定なとば口に立たされたように、胃がぎゅっとよじれた。だがまもなくその感覚は消えていった。

「いいよ」ルーはふうと息をついた。くるりと背を向け、家に通じる道を戻っていく。玄関ドアを開けてなかに入り、後ろ手に閉める。それからメイベル・リッジが窓という窓のシェードを下ろしてまわった。


つぎの日の五時三十分に、ホーリーは出向いた。まだ陽が傾き出したところだった。車を駐めて降り立ち、家へ続く小径を歩いていった。メイベル・リッジから招き入れられることは決してなかったが、この家のことは隅から隅まで知り尽くしていた。キッチンがリビングの奥に作られていて、階段が煙突の裏側に続いている。二階には窓が二つの寝室が二つあり、たがいに廊下とバスルームで隔てられている。地下には洗濯室と、外の裏庭に通じる仕切り扉があるが、そこはいつもチェーンを掛けて閉じられたままだ。

メイベル・リッジに嗅ぎつけられるのがいやで、きょう一日何も飲まずにいた。かわりにパーコセットを多めに飲んだおかげで、あまり足を引きずらずに歩くことができた。もう一度傷を洗浄して包帯を巻いたものの、指と足首が腫れ上がってブーツに収まりきらなくなったので、包帯やガーゼをあらかた外し、靴下で銃弾の穴を覆った。ひげも剃った。買っておいた新品のシャツを着た。指の爪もきれいにした。

重いパイナップル型のノッカーを持ち上げ、三度打ちつけた。タッタタッタッと小さな足音が聞こえ、やがてドアが開くと、そこにルーがいた。白のTシャツ姿だが、胸のところに赤く丸い形のものが貼りつけてあり、頭にはスプレーで銀色に塗ったボール紙製のポスター入れの円柱が王冠のようにくくりつけられ、その先端には梱包用の気泡シートの束がらせん状に付けられ、信号機のように前へ突き出していた。腕には籠いっぱいのリンゴを抱えている。

「トリック・オア・トリート」ホーリーは言った。

ルーがリンゴをひとつ手渡してくる。

「キャンディバーはないのかい」

「おばあちゃんがだめだって」

「子どもはあれが好きだろうに。その格好はなんだい、潜望鏡か」

「ううん。歯ブラシ」ルーが自分のシャツの上の赤い輪っかを指で突き、喉の奥からウイーンと機械っぽい音をたててみせた。

「魔女になるんだと思ってたが」

「そのはずだったんだがね」メイベル・リッジがキッチンから出てきた。エプロンにゴーグル、ゴム手袋という格好で、どう見てもマッドサイエンティストそのものだった。

「学校の劇で先生にこれを作ってもらってから、ずっと脱ごうとしないんだ」

ホーリーはわが子の隣にしゃがんだ。黒い髪はあごまでの長さに短く切ってあった。ひと月前にルーがガムを髪にくっつけてしまった。メイベル・リッジは氷やピーナツバターやありとあらゆる石鹸を使ってガムを取ろうとしたが、とうとうルーをキッチンテーブルの前に座らせ、両肩をタオルで包んでから、髪の毛をすっかり切り落とした。ルーは鋏の刃の動きひとつひとつを、ホーリーは双眼鏡で最初から最後まで追っていた。ルーはずっと泣きどおしだった。

「ポチッ」ホーリーは言って、Tシャツの赤いボタンに人差し指を軽く当てた。

「なにもいわなくていいよ」

「了解」

「もういっぺん押して」今度はホーリーがただ触れると、ルーはまた喉から唸るような音をたてた。

「これはあんた用」メイベル・リッジが言って、ホーリーに手渡してよこしたのは、白い紙でできた背の高い帽子だった。側面にひだのついた、こぎれいなレストランでシェフがかぶっているような帽子。それからTシャツも掲げてみせた。赤い三角形のフェルトが胸のところに縫いつけてあり、白い字で〈CREST〉と書かれていた。

「あたしが自分用に作ったんだが、あんたにぴったりだと思ってね」メイベルはそこに立ったまま、ホーリーが尻ごみするのを待っていた。その硬い、容赦のない笑い顔を見たとき、この老女がまだ自分をどれほど憎んでいるかをあらためてさとった。

「じゃあかぶります」

「父さんをひとりにしてあげようか」

「Tシャツもほしいんですが」ホーリーが言うと、メイベルが放ってよこした。ジャケットを脱ぎ、頭の上から衣装をかぶった。シェフ帽を頭に載せ、廊下の鏡に映してみる。どうすればこの役目から逃れられるだろうか。いろいろ考えたあげく、すっぱりあきらめた。メイベルには脱帽せざるを得ない。たしかにチューブ入り歯みがきの蓋らしく見える。そもそもこの家に入れてもらえただけで十分なのだ。ルーが笑っている、それだけで十分だった。

「すごくおかしい」

「だろうな」ホーリーは言ったが、その事実をほんとうに思い知らされたのは、ルーといっしょに外に出て、家から家へ呼び鈴を押して回りはじめてからだった。みんなにこやかにドアを開けてくれるが、ポーチの暗がりに立っているホーリーを見るなり、その顔から笑みが消える。子どもの付き添いの親のなかで、扮装をしているのはホーリーひとりだった。みんな彼がどこの誰かを知らない。ついでにルーのことも知らなかった。

「何かうまい手順が必要かもな」ホーリーは言った。

ところがルーはキャンディにしか興味がなかった。新しい家に近づくたびにどんどん自信がついてきて、しまいにはホーリーを歩道に残していきなり走り出しはじめた。ホーリーはこの何か月か、あまり大勢の人間と接してこなかったせいで、どうにも落ち着かなかった。コスチュームを着た子どもたちが暗いなか、甲高い声で叫びながら走り過ぎていく。魔女や妖精、道化や骸骨、ホーリーの知らないありとあらゆるアニメのキャラクター。自分以外の親たちは何人かずつ固まり合い、笑いながらうなずき合っている。家々の戸口でカボチャ提灯が光る。ルーの小さな手がそっと彼の手に滑りこみ、彼女の指が彼の親指をつかむ。そうしていっしょに通りを歩いていった。歯みがきと、歯ブラシとで。

家のほうへ引き返しはじめるころには、足がずきずき疼いていた。靴下が血でぐっしょり濡れた感触があり、ブーツの一方の側面にかけて赤い染みができかけていた。

「なにかもれてる」ルーが言った。

「ペンキをこぼしただけさ」だがルーは心もとなげに、キャンディの袋をきつくつかみながら、じっと見つめてくる。「ほら」ホーリーは言って、ブーツの向きを変えると、歩道の上でまず一方へ、つぎに別方向へ引きずって、コンクリートに赤いLの字を書いてみせた。

「ルーのL?」うれしそうに訊く。

「そうだよ」だがそのときホーリーの頭にあったのは、リリーのことだった。「そろそろ帰らないと。八時には戻るっておばあちゃんに約束したんだ」

「あと一回だけ」

「もうキャンディは十分だろう」

「だってカボチャがあんなにいっぱいあるよ」ルーがブロックの端にあるバンガローを指す。「おねがい。だめ?」

ルーがほしいのはキャンディであって自分ではないとわかっていたが、それでもホーリーはいい気分だった。「わかった。これで最後だよ」

玄関にはすでに、別の子どもたちの一団が来ていた。幽霊、パンク少女、ホットドッグの扮装の少年。近づいてみると、みんなティーンエイジャーだった。十四か、もしかすると十五かもしれない。扮装はおざなりでいい加減、枕カバーの中身は縁までいっぱいだった。

「もう十分だろう」戸口に立った男が言っていた。

パンク少女が袋を肩にかついだが、幽霊とホットドッグはしつこくキャンディの入ったボウルをつかもうとしている。

「本気で言ってるんだぞ」男がティーンエイジャーたちに向けて一歩進み出た。男は警官の服装で、帽子を目深に引き下ろしていた。胸のバッジに、ミラーのサングラス。ホットドッグが見上げると、手に持ったキャンディを落とし、幽霊はやかましい叫び声をあげて、みんなばらばら道路のほうへ駆けていった。

彼らが去った場所へルーがたたっと駆けこみ、枕カバーを持ち上げた。「トリック・オア・トリート」そのときホーリーの目に、警官のホルスターに差した拳銃と、ベルトに吊り下げられた警棒と唐辛子スプレーが映った。そして車回しに駐めてあるパトカーが見えた。

警官はキャンディのボウルを持ち上げて、けたけた笑いながら駆けていくティーンエイジャーたちを見ていた。それからホーリーのほうを向いた。

「で、そちらは？　何かのスーパーヒーロー？」

「歯みがきですよ」

ルーがにんまりと笑う。「このボタン、押してみて」

「なんだか怖いなあ」警官は言って、ポスター入れの円柱の先にくっついている気泡シートをのぞきこんだ。「何かすごいことが起こるのかい」

「おじさんの歯をみがいちゃうよ」

「今晩はキャンディをいっぱい食べたからなあ、それはいいかもしれない」警官は言って、ミラーサングラスの目をホーリーに向けたが、その表情には千とおりのちがった意味合いがありそうだった。警官が体を折り曲げて、ルーのシャツの上の赤い円を押すと、ルーはすぐに反応してウィーンと唸りはじめた。

「こりゃすごい。誰がこの衣装を作ったんだい」

「この子のお祖母さんが」

ルーが警官のほうに一歩進み、円柱の先を傾けて、歯ブラシを彼の口のなかに押しこもうとする構えをとった。

「うん、もう十分だよ」

ルーが後ろに下がった。また袋を掲げてみせる。

「あのガキどもにあらかた持っていかれちまってね」男が言いながら、ルーの枕カバーにキャンディバーを一本落とした。「あんなふうになっちゃだめだよ」

「ほんもののおまわりさん？」ルーが訊いた。男が笑う。

「勤務のあと、制服を着替えてなかったんだよ。卵をぶつけにくる連中を追い払えるかと思ってね。毎年車をやられるから」

「小悪党どもだ」ホーリーは言った。

警官はルーをちらと見下ろすと、またホーリーに目を戻し、注意深く観察した。「ただの子どもですよ。おれが若いころは、もっと悪いことをやってた」

「おとうさん」ルーが言った。「またもれてる」

そのとおりだった。しゃべっているあいだに、ホーリーのブーツの下に小さな血だまりができ、警官宅のポーチの上に広がっていた。

「ペンキですか」警官が訊いた。

「偽物の血です。さっきはしゃいでたもので。少し靴の上にこぼれたんでしょう」

「歯ブラシに血がついたと？」

「ひどい虫歯で」

「それは見ものだったろうな」警官はキャンディのボウルを両腕で抱え、ポーチの血だまりを見つめた。サングラスがこの世界の闇のすべてを映していた。

「ハッピー・ハロウィーン」ホーリーは言った。「汚してしまってすみません」

「キャンディをありがとう」ルーが言う。

「どういたしまして」警官はポーチに立ったまま、ふたりが通路を歩いていくのを見送っていた。ホーリーは足を引きずらないように努め、角を曲がるときに一度だけ後ろを振り向いた。街灯の明かりの下に、自分の足跡が見えた。警官宅のポーチの階段から歩道に沿ってずっと続いている。その隣には娘の小さな足跡があり、ルーの足元を見るとスニーカーの裏に血がこびりついていた。

その夜遅くモーテルに戻ってから、ホーリーはバスルームに缶ビールを持ちこみ、ブーツのひもをほどきはじめた。もう十分じゃないか、そう思った。ときどきルーに会って、あの子の人生のどこか片隅にいられさえすれば。これだけルーに関われるだけで幸運なのだ。自分は子どもの面倒の見方なんて知らない。それにワイオミング、テキサス、ニューオーリンズでの件のあとで、そんな資格があるとも思えない。

足は腫れ上がっているようだった。指もろくに動かせず、靴を脱ぐにはひもをすっかり抜き取るしかなかった。たぶん縫わなくてはならない。最低でも焼いて止血する必要がある。オキシドールの瓶の中身を残らず銃創の上に振りかけ、皮膚の縁がぶくぶくと白く泡立つのを眺めた。

今度はちゃんと傷の処置をした。ガーゼをきつく当てて、包帯を何重にも巻きつける。しまいにはまるでミイラの足のようになった。もうブーツを履けるか試そうともしなかった。古いスウェットパンツの脚を一本切り離し、そろそろと足を差し入れて上下を縛ると、全体をビニール袋でくるんで念入りにダクトテープで留めた。

部屋のなかは赤い染みだらけだった。なんてざまだ、と思った。これまでの人生をそっくり消してしまいたい。父親の死からここまで、このクソみたいなモーテルの部屋にたどり着くまでの歩みすべてを、食らった銃弾のすべてを、たどってきた道のりのすべてを——リリーに会ったことも、ルーをもうけたことすらも。ぜんぶ消えてしまえばいい。

パーコセットをさらに一錠、ビールで流しこむと、バスルームの洗面台の下をかき回してバケツを見つけた。石鹼と掃除用ブラシとペーパータオルをバケツに放りこみ、キッチンの流し台の下を探して、テレピン油のボトルを見つけた。漂白剤のボトルとゴム手袋もあった。まとめて車まで運んでいき、またドッグタウンまで走らせた。

メイベル・リッジ宅のポーチの照明は消えていたが、玄関わきにはまだカボチャ提灯が点っていて、ギザギザの笑い顔が火明かりに照らされていた。家の前の道路に車を停める。プラスティックのバケツに掃除道具を詰めこみ、包帯でふくらんだ脚を引きずりながら、そっと小径に入った。

歩道から家に向かって、自分の血でできた足跡をひとつずつ消しはじめた。先に自分のを。それからルーのを。舗装路の染みを消すのは大変だったが、ポーチに上がる木の階段から消すのはもっと大変だった。バケツに漂白剤を加え、ブラシを手に取ると、全体重をかけながら前後左右にごしごしとこする。それから手を止め、きれいに落ちたかどうか懐中電灯でチェックする。そしてまたこすりはじめる。

二十分もたったころ、カチッと音がしてポーチの明かりがつき、玄関ドアが開いた。メイベル・リッジが縞柄のパジャマ姿で、ドアハンドルにもたれかかった。ホーリーはブラシでこする手を止めた。

「いったい何してるんだい」

「ポーチを掃除してました」

「警察を呼ぶところだったよ」

「これがすんだらおしまいです。長くはかかりません」またブラシを前後に動かす作業に戻る。

「それは血かい」

「ペンキですよ。ペンキを塗っていて靴にこぼしたせいで、ここに足跡をつけてしまったので、乾く前に落とさなきゃと思いまして」

メイベル・リッジが前に立ちはだかる。「血みたいに見えるね」

ホーリーはメイベル・リッジが作った〈CREST〉のTシャツを着たままだった。薬のせいで瞳孔が開いていたが、ハイになった感じはしない。むしろなんの感覚もなかった。

「車が卵でやられてませんか」

「ああ、ちくしょう！」

メイベル・リッジがポーチに出てきた。またなかに戻って庭の照明をぜんぶつけ、被害の様子を調べにいく。ホーリーは車回しに入ったときに、卵の殻が少し落ちているのには気づいていたが、いま見ると古いポンティアックが見事にやられ、最低でも二十個の黄身がフロントガラスをべっとり覆っていた。

メイベル・リッジが家の横手に回り、巻いてあったホースを伸ばした。水を出して車にかけはじめる。

「どんな石鹼を使ってる？」

「ぜんぶ持ってきました。どれがよく落ちるのかわからなかったので」

「ふん、食器用のがあったら、持ってきておくれ」

ホーリーはバケツとスポンジ、中性洗剤を運んできた。バケツに水を満たして洗剤を加え、メイベル・リッジを手伝って車を洗った。こんなことは予定にはなかった。もっとも自分には、もう何をするというほどの予定もない。

「ルーは起きてますか」

「もう夜中だよ」

「じゃあ寝てますね」

老女はホーリーの足の、巻いた包帯とテープ留めされたビニール袋に目をやった。

「いいかね。どんないざこざに巻きこまれてるのかは知らない。けど、ここへは持ちこまないでおくれ」

「いざこざはありません」

メイベル・リッジがじっと見つめる。「酔ってるのかい」

「いえ」

老女がなかに入り、しばらく前にルーが差し出したリンゴの籠を持って戻ってきた。

「ちょっと食べたらどうだい」

「どうも」一個選んで、かぶりつく。歯ごたえがあり、汁気も多いリンゴだった。皮が歯に挟まり、酸味が舌を包みこんだ。

仮面を持って、リュックを背負ったティーンエイジャーの一団が、歩道を通りかかった。痩せた首に引っかけたゴム製のかぶり物は、いかにも若者らしいホラーの小道具だった——ぶら下がった眼球に、腐った肉。少年のひとりがバッグに手を入れる。出した手のなかに見えたのは卵だった。白くて繊細で、投げられるのを待っている。そのとき少年が腕を振り、卵が宙を飛んだ。

「おれのおごりだ《トリック・マイ・トリート》！」少年が叫ぶ。

メイベル・リッジがホースの水を一団に向けた。少年たちが悪態をついて逃げ出す。

「効果てきめんだ」

「今晩はこれ以上の悪ふざけはごめんさ。ここをきれいにして、さっさと寝たいもんだ」

「車回しに残ったやつを始末させてください」ホーリーは言って、またひざをつくと、アスファルトにブラシをかけはじめた。

メイベル・リッジがじっと見つめる。「こんなふうにこそこそうろつかれると、あの子のためにならないよ。どっかへ行ってもらわないと。ここはあの子の家だ。リリーもそれを望んでた」

ブラシを動かすのを止めた。ルーの部屋の窓を見上げる。もう暗かったが、キリンがプリントされたカーテンが窓にかかっているのが見えた。メイベル・リッジがルーの三度目の誕生日にあつらえたもの。その日ホーリーはここにいられなかった。あのカーテンの向こうにわが子がいる、ぐっすり眠って夢を見ている。安全でいる。

老女が水を止めた。ホースをたぐり、ひじの周りに巻き取っていく。「もう行ったほうがいいね」

「そうします」

メイベルがほうっと息を吐いた。ホースをわきに置く。ポーチに続く階段を上り、それから振り返って、車回しにひざまずいているホーリーを見た。「じゃ、おやすみ」

「さようなら」

バケツとスポンジを車まで運び、モーテルへ戻った。帰り着くと車のマット類を引き出し、水洗いしてこすり、車の内部もこすって自分の血の痕を残らず消した。それから部屋まで続く通路も掃除した。入口にたどり着くとなかに入り、ドアを閉めた。指に消毒薬のにおいがした。服は上から下までびしょ濡れ、スポンジは真っ黒だった。

外にはもう、自分の痕跡はなかった。部屋まで続いている足跡もない。だが部屋のなかはまだひどいありさまだった。これまで使ってきたスポンジは放り出し、洗面台の下から新しいのを出した。汚れた水を捨てて、洗剤の泡がこぼれそうになるまでバケツをいっぱいに満たす。足はもうほとんど感覚がなく、両手もほとんど何も感じなかった。指もどこか遠くにあるような、まるでもう床から離れ、部屋の向こうのベッドに座りながら床を洗っている自分を見ているような気がした。

こちらの作業はずっと楽だった。このモーテルのカーペットは、暴力沙汰の後始末がしやすいように作られているらしい。気がつくと、赤い染みはすべて消し終わっていた。血はどこにも見当たらなかった。最後の一滴までホーリーの人生から消え、あるのはまだ彼のなかで脈打っている血だけだった。

寝室に入り、リリーの形見の品を仕舞ってある箱を引っぱり出した。メイベル・リッジがあらかたまとめて、ベビーシートに乗せたルーといっしょに持っていってしまったあとに、わずかに残された切り抜きや紙きれの類。どうしても見たい写真があった。ハネムーンの途中にナイアガラで撮った、滝の白い水煙を背景に微笑んでいるリリーの写真。封筒のなかにあった。ポラロイドで黒く太い縁に囲まれ、何層も重なった色彩がぼやけかけている。

いまは写真が必要だった。細かなところが欠落しはじめていた。リリーの腰が自分の腕にぴったりと収まるあの感触も、彼女の首筋に唇を当てたときに感じられた鼓動も。あれから何か月も、そうした記憶を引き出しては内側を掘りつくしていたせいで、リリーにまつわるすべてを呼び出すことができた。においも、味も、感触も、声の響きまでも。だがいまはそのイメージが、その輪郭がぼやけはじめていた。古い映画のなかで、ある場面の周囲からレンズが狭まってくる。そのなかを懸命にくぐり抜けようとしているようだった。

蛇口をひねり、浴槽に湯を張った。バスルームの引き出しをかき回し、排水管を直すのに買ってきたゴムテープを取り出した。ナイアガラの写真をバスルームの壁の、シャワーヘッドの下のよく見えるところに貼りつけた。そしてシャツを脱いだ。いいほうの脚をジーンズから引き抜き、残りの布は薬戸棚から出した鋏で切り開いた。もう包帯を巻きなおす必要もない。便器の蓋の上に置いてあったコルトを取り上げ、浴槽に体を浸した。悪いほうの脚を湯の外に出したまま、浴槽の縁に乗せた。

数時間前に装塡したのに、あらためて弾倉を開け、弾が込めてあるのを確認した。弾倉を閉めた。そしてまた開けた。弾丸の先端の真鍮部分が円形に光った。六つの円でできた大きな円。

目を上げて、写真を見た。曲がって見える。そうなのか？　浴槽のなかで前のめりになり、タイルに雫を垂らしながら壁へ手を伸ばし、指で写真の位置を直す。そうしているあいだにふと、別の写真があったのを思い出した。これよりもずっと気に入っている写真。いまほんとうに見たいのは、あの写真だ。

浴槽から出て、ひょこひょこと寝室に入っていった。また箱を開ける。目当ての連続写真を見つけた。出会ってから最初の週に、マートル・ビーチのボードウォークで撮ったものだった。ホーリーの顔は少ししかフレームに入っていない。片方の目とひげの横の部分だけ。リリーは彼を笑わせようとしていた。一枚目では指で鼻を押さえて上を向かせ、二枚目では頬を風船のようにふくらませている。三枚目ではホーリーが完全にフレームからはみ出てしまい、リリーは驚いた表情で、両方の口角がゆるみかけている。その二枚目と三枚目のあいだに、ホーリーはリリーの手をつかんで、指をきつくからみ合わせたのだ。まさにその瞬間、小部屋のなかの明かりがひらめくように、自分の心のなかで火花がひらめき、ずっと錆びついていた歯車が、おそろしく長いあいだ凍りついていてその存在すら忘れていた歯車が回り出し、胸の奥の部品が唸りをあげて動きはじめた。

その連続写真もバスルームの壁に貼った。それからまた戻ると、リリーの箱にあるほかの中身をすっかり取り出した。ピンク色の安全剃刀、彼女がいつも持ち歩いていながらめったに使わなかった小さな化粧ポーチ、連鎖球菌性咽頭炎にかかったときの、ラベルに本人の名前が書かれた古い茶色の瓶、髪の毛が何本かからみついたままの櫛とブラシ。ぜんぶみすぼらしいバスルームへ持っていき、洗面台の周りや引き出しのなかに配置した。緑色のキモノをフックのひとつに掛ける。歯ブラシを洗面台の自分のものの隣に置く。口紅は鏡のそばに立てる。シャンプーやコンディショナーをタイル張りの縁に並べる。また浴槽に落ち着いた。目を閉じる。また開ける。

リリーがついさっき、そこから出ていったようだった。

湯は冷めてはいたが、まだ十分温かった。髪を濡らすと、リリーのシャンプーを少し使って指を動かし、頭が白く覆われるまで泡立たせた。リリーはいつも夜にシャワーを浴びるので、ベッドにもぐりこんでくるときは、洗いたてのベリーのにおいがした。少し手を止め、彼女のにおいを吸っては吐き、また吸っては吐いた。そして全身を湯のなかに沈め、肺が燃え出すまで動かずにいた。

勢いよく水を跳ね飛ばしながら、頭を出した。いつもこうなってしまう。そして恥と罪の意識で、自己嫌悪でいっぱいになる。壁にテープ留めした写真を見た。カウンターの端にあるリリーのブラシを見た。洗面台のそばに置いた使いかけのアーモンドミルクの石鹸を、ドアに掛けたローブの背中に刺繍された竜を、リリーの香水の瓶を、その小さなガラスの栓を見た。

準備はできた。拳銃を手に取った。銃口を、あごの下のやわらかい肉に押しつける。

電話が鳴り出した。浴槽のなかに座ったまま、ベルの音を聞いた。よほど完璧にリリーを呼び出したのか、素足の彼女がバスルームのドアの向こうでラグをぱたぱたと踏み、プラスティックの架台から受話器をガチャリと取り上げる音までが聞こえた気がした。

(もしもし)リリーが言う。(もしもし)

電話が鳴っていた。執拗にベルが響いている。そして想像する。あの電話に出たら、彼女の声が聞ける。やっと届いたのだ、あれだけずっと戻ってくれと願いつづけたあとで、いまになってやっと。ホーリーは拳銃を置いた。急いで浴槽から出て、リビングに入った。受話器をつかむ。

「起こしてすまないね」メイベル・リッジの声だった。そして電話がホーリーのほうからかかってきたとでもいうように、彼女はひとつ咳払いをした。「ルイーズが悪夢を見てしまってさ。キャンディの食べすぎじゃないだろうかね。それで、ベッドに入りたがらないんだ」リリーの声のようだった。リリーがもし生きていて年月が過ぎ、いろいろなものを失ったあとにこんな風になっただろうと思える声。メイベル・リッジがまた咳払いをした。「あんたと話したがってるんだ。電話するのは時間が遅すぎると言ったんだがね。もう寝てるからって」

「まだ、だいじょうぶです」

受話器の向こうでくぐもった音が響いた。低い声が交わされて遠ざかり、送話口がしばらく布にこすれる音がした。そしてルーが出た。

「もしもし」ルーが言う。

「どうした」

「おとうさん、外にいない」

「今夜はね」

「だって、ずっと外にいた」

どう答えればいいのか、言葉に詰まった。このところずっとあの家の窓を見ていたあいだに、ルーもこっちを見ていたとは思ってもみなかった。ルーの荒い、期待に満ちた息遣いが聞こえる。吐く息が送話口に強くかかる、その瞬間ホーリーの頭を占めていたのは、クジラの潮吹きの音だった——水面を割って出た巨体から噴き出す空気と水。あのときピュージェット湾で、塩水のしぶきが雨のように降りかかり、彼を恐怖と、そして自分も正しい道を進めるのじゃないかという感覚で満たした。いま実際に聞くまで、この音をずっと待っていたことに気づかずにいた。ただ、何かを待っていると感じていた——これまで決して届かずに、すり抜けていき、あとに残った沈黙のなかで怒りに駆られ、何人も殺してきた。でもいま、それがやってきた。わが子が、娘が。息をしている。そして彼自身も。

「いま行くよ」

「いますぐ?」

「そうだ。コートを着て。自分の歯ブラシも持って。本物の歯ブラシを」

電話のコードを腕に巻き、きつく、さらにきつく巻きながら、ルーがどう答えるか待ち受けた。かわりに聞こえたのは、足音だった。ドアが開いて閉じた。それから電話が下に落ちるカタンという音。ルーの名を呼んだ。受話器に耳をきつく押し当て、必死に聞こうとした。何か床を引きずる音が響いた。ガサガサ。ドスン。マジックテープがはがれるような音がした。そしてルーが、彼の元に戻ってきた。

「靴、はいたよ。キャンディももった」

起こったこと、起こっていること、これから起こることすべて

玄関ドアをノックする音が聞こえたとき、最初にまず浮かんだのはマーシャルのことだった。そんな自分に腹が立ったけれど、否定のしようがなかった。彼が義父の船に乗っていってしまってから、一週間たっていた。でも、今日はルーの誕生日だった。今日で十七歳になるのだ。頭がふわりと軽くなり、わくわくして玄関を駆け下りながら、一歩進むごとに頭のなかでこれからの筋書きを組み立てていた。マーシャルがプレゼントを持って玄関に立っている、そして、気が変わったんだ、署名のことはもういい、母さんよりきみのほうが大事だ、そう言ってくれる。でもかわりに玄関ポーチに立っていたのは、ふたりの警官だった。ひとりはファイアーバードに乗っていたルーを連行したテンプル巡査。もうひとりは赤毛の若者だった。外の気温は十五度もあるのに、ずいぶん寒そうで、制服のボタンを首まで留めていた。

「お父さんはいるかな」テンプル巡査が訊いた。

わかっていなきゃいけなかった。ホーリーのうわさが警察の耳に入るのは時間の問題だと。きっと銃弾のことだ。あのベレッタまで跡をたどられたのだろうか。ごくりと唾

を飲んだ。「海に出てます」

　警官たちは目を見かわした。

「トマス・ジョーヴのことで、少し話を聞きたいんだが」

「ああ」ルーはほっとして言った。「ジョーヴがどうかしたんですか」

「事故があった」

「事故って、なんの？」

「沿岸警備隊が彼の船を曳航《えいこう》してきた。バンクスのあたりを漂流していたんだ。〈ホエール・ヒーローズ〉の連中が連絡をよこしてね。帆は揚げられていたが、誰も乗っていなかった」赤毛の警官が言った。

「どういうこと。ジョーヴはどこへ行ったの」マーシャルが海の真ん中にいて、〈パンドラ〉号によじ登ろうとしているところを思い描いた。

「落ちたのかもしれない」赤毛が咳払いをする。「波にさらわれたか」

　警官たちの言っている意味が理解できるまでに、少し間があった。ジョーヴが死んだのだと。

「だって、泳げるはずなのに」

　テンプル巡査が赤毛をひじで突いた。「ああいう船はかんたんに転覆するんだ、とくに夜は」

　その光景が頭のなかに、過去の記憶のように浮かんできた。ジョーヴの死んだ体が波の下を漂い、底曳《そこび》き網にかかり、ロブスターやエビやウナギやエイに混じって海から引き揚げられる、魚たちがその周りでひれを動かし、口を開け、鰓が息をしようと開いたり閉じたりしている。

「〈フライング・ジブ〉で、彼がここに泊まっていたと聞いてね」赤毛が言う。

「父さんの友達なんです」

「きみが最後に会ったのは？」

「三週間前。出港のときに」声がとぎれかけた。「あたしが船を洗礼したの」

「港長のところには、船の登録以外ほとんど情報がなかった」とテンプル巡査。「彼がどこに住んでたか知ってるかい。お父さんとはいつごろからの知り合いか」

「そういう話は聞いてません」そのとき、道路を走ってくるトラックの音が聞こえた。ホーリー本人の声ほどにも聞き慣れた、すぐにわかるガタガタという音。速度を落として家に到着する。父親は今朝、ルーが起きる前に出かけていったが、もうパトカーとポーチの上の男たちには気づいているだろう。彼は警官たちをふさぐように、車回しの端に駐車した。

「ジョーヴのことだって」父が降り立つと、ルーは叫んだ。

警官たちが振り返り、ホーリーのトラックのほうへ歩き出した。三人が話をするあいだ、ルーは父の顔を見ていた。じっと聞きながら、指で髪を梳いている。テンプル巡査に何か訊かれると、首を横に振った。それからまた何か訊かれ、今度はうなずいた。

警官ふたりがパトカーまで歩いて戻り、なかに乗りこんだ。ホーリーはトラックの後部ドアを開け、テイクアウトの中華料理の袋を三つつかみ上げた。袋を持って階段を上ってくると、ポーチの上に置く。

「署まで行ってくる」

「あたしも行く」

「ばかを言うな」それから声をやわらげた。「ちょっと話を訊かれるだけだ」

ルーは手を伸ばして、ホーリーの袖をつかんだ。また置いていかれたくない。警官たちが車のウィンドウを下ろしていた。ふたりともこちらを見ている。無線機がたてる雑音と、奇妙に割れた耳障りな声が響いた。

父がやさしくルーの指を外させた。彼女の手を一度ぎゅっと握り、そして離した。「ここで待ってるんだ」父は言った。「荷造りを始めてくれ」そして車回しを引き返していき、トラックに乗りこんだ。父が通りに出ていくと、パトカーもそのあとから警告灯をつけ、だがサイレンは鳴らさずに走っていった。

ホーリーがさっきの言葉を口にするのを、もう五年以上も聞いていなかった。だがその言葉はルーの神経系に組みこまれていて、まるで電流に打たれたみたいに、ショックが背骨を駆け下りるのを感じた。中華料理をキッチンまで持っていき、それからまっすぐクロゼットへ行って、古い二つのスーツケースをつかみ上げた。ずっと昔自分たちといっしょに、この国を走りまわっていたケースたち。ひとつをホーリーのベッドの上に投げ、もうひとつを自分の部屋まで持っていくと、留め金を外した。旅暮らしだったころは、ルーも父親も一時間でさっさと片づけをすませて立ち去ることができた。ゲームのようなものだった。どちらが早く荷物をまとめられるか。勝つのはいつもホーリーだったが、そのうちコツを教わった。いつも同じものだけ持っていく。ほかのものはぜんぶ置いていけ。ルーは走りまわって、自分のリストにあるものをひっつかんだ。歯ブラシ、櫛、下着、靴下に星座早見盤。だが何年もたったせいで、すっかり要領を忘れてしまっていた。どれも大切な、持っていきたいものばかりだった。

これから行くのは寒いところだろうか。それとも暖かいところ？　寒いところだ、そうひとり決めして、スーツケースに長袖の下着を詰めた。でもズボンやシャツや靴を入れるスペースがない。スーツケースをひっくり返して、また最初から始めた。クロゼットからハンガーがつぎつぎ取り出され、ベッドに服が散乱する。どれかを選ぼうという気になかなかなれない。結局、ジーンズとTシャツ、セーターを一着ずつ、新しい望遠鏡、母親の手袋、カール・セーガンの本、メイベル・リッジのアルバム、そして星座早見盤を詰められただけだった。スーツケースを一階まで下ろし、ドアの横に置く。

自分の持ち物が仕切りにぴったり収まるのを見たあとで、やっとしみじみした思いが湧いてきた。いつのまにかオリンパスでの暮らしになじんでいた。家のすぐ前にある浜辺にも、毎年出会う同じ顔ぶれの人たちにも。この家が好きだったし、〈ノコギリの歯〉でさえ、自分の居場所だと感じられるようになっていた。今日もいまごろは、ランチタイムのシフトで店に出るはずの時間だった。

病欠の連絡を入れようかと思った。夏の旅行客はもう町から消えたあとで、そうなれば〈ノコギリの歯〉はたいてい閑古鳥《かんこどり》だ。でもグンダーソンのオフィスには、もらえるはずの給料袋が待っていた。自転車で急げば、三十分で行って帰ってこられる。セーターを着てホーリーにメモを残すと、自転車に乗って町の中心街まで行き、自転車をフェンスに立てかけてチェーンで留めた。〈ノコギリの歯〉のドアを開けたとき、最初に見えたのはメアリー・タイタスの姿だった。

マーシャルの母親は奥のほうのテーブルを拭いていた。彼女がフォークやナイフを取り替え、ナプキンをセットするのを眺めた。エプロン姿の彼女は、あのオレンジ色のローブを着ていたときほど勝ち誇った様子ではなかった。漁師たちは誰もメアリー・タイタスの持ち場で食事をしていない。みんなバーの周りに集まっていた。

「アグネスはどこ？」ルーは訊いた。

「陣痛が始まって、グンダーソンが車で病院へ連れていったところ。わたしはその補充」

「誰かアグネスの恋人には連絡した？」

「ブライアン？」メアリー・タイタスは手に持っていた銀器の束からフォークを一本引き抜いた。「二か月前にアグネスのところから出ていったわよ」

ルーは店のなかの、アグネスの持ち場のほうに目をやった。彼女は彼女でひどくつらい、他人のことどころでないような境遇にいたのだ。そう思うと胸が詰まった。ここ何週間も、何か月もいっしょに働いているあいだ、アグネスは自分にしかわからない悩みを抱えていた。なのに一度もシフトを休まなかった。そして彼女がいま――たった独りで、足を固定具に乗せて――産もうとしている子どもは、ルーと同じ誕生日になる。その男の子にカードを出そう、そう思った。毎年この日に、郵便で送ってあげよう。

「仕事したほうがいいんじゃない。もう誰もわたしに注文をとらせたがらないから」メアリー・タイタスが言った。

「ずっとはいられない。給料を受け取りにきたの」

メアリー・タイタスがナプキンをたたみ、フォークの下に滑らせる。「だったら、待つしかないわね」

バーにいる客たちは仕事にあぶれた漁師ばかりだった。みんなバンクスの漁獲制限が解かれるのを待っている。ジョー・ストランドとポーリー・フィスクもそのなかにいて、ルーに手を振ってよこした。

「いま校長から電話があった」フィスクが言う。「葉巻を持って帰る途中だとさ」

「男の子だ」とストランド。

「知ってた」ルーは言った。

フィスクがビールをぐびりと飲んだ。空っぽのテーブルを見渡す。「グンダーソンと、あの環境屋の女を別れさせる算段をしないとな」

「校長は彼女が好きなんだよ」ルーは言った。

「おまえの親父ならやれるかもしれん」とストランド。「いろいろぶち壊すのが得意だからな」

「なんのことだか」

「そうか？」ストランドがあごをなでる。

「まあ、そう怒るなよ」とフィスク。「あいつは父親が誰でもやることをやったってだけさ。おまえの友達をちっと脅《おど》かしてな。あいつと母親に、道理ってのがどういうもんかを教えてやったんだよ」いつもの〈Ｈｏｎｇ Ｋｏｎｇ〉の野球帽のつばをたたき、指を拳銃の形にして指す。

「あれは父さんじゃない」

「そうともさ」ストランドが言う。「けどやっぱり、ホーリーに言っといてくれ、あんたに借りができたなって」そして自分も指を銃の形にして持ち上げ、メアリー・タイタスを撃つまねをした。

「おもしろくない」ルーは言ったが、バーにいるほかの連中から大きな笑い声があがり、またいくつも偽の武器や指の拳銃が向けられた。メニューやビールのパイントグラスの陰に隠れながら、効果音もつけ加えて。バン！　ドン！　ピン！　外したぞ！　十ポイント！　二十！　フィスクが架空のサブマシンガンを持ち上げ、ランボーよろしくメアリーの持ち場に向けて乱射する。

射撃練習が続くあいだ、メアリー・タイタスはテーブルのセッティングを続けていた。

だが最後のナプキンをたたみ終えると、コンロから湯の入ったピッチャーをつかみ上げ、フィスクの頭にかけるまねをして脅した。ルーがそのあいだに割って入った。メアリーの腕を取る。

「あっちへ行こう」

「野蛮人ども！」メアリーがわめいた。

「話があるの。来て」

「これを持っていくわよ」

「好きにして」

メアリー・タイタスはバーに恐ろしい一瞥をくれ、キッチンを通り抜けて冷凍庫に入った。ドアが後ろでぴったりと閉まり、コックや客たちの物音が完全に締め出される。いまあるのは向かい合った女ふたりと、それぞれの吐く息が肉の塊のあいだにつくる厚い霧だけだった。

「妊娠してるとか言わないでよ」

「してない」

「ああよかった」マーシャルの母親がピッチャーを下ろす。ピッチャーの口からまだ湯気が立っていた。

ルーは狭苦しい部屋を見まわした。どこにも退く場所はなかった。

「サンクチュアリの請願書のことだけど」と切り出した。「あれは偽物」

分だったといわんばかりに。

「なんの話？」

「あの署名を提出したのはマーシャルじゃない。あたしがやった」

メアリー・タイタスの頬がかっと赤くなった。秘密を口にするのはルーではなく、自分だったといわんばかりに。

「嘘よ」

「そんなに大勢の人が急に魚のことを気にしだすと思う？　あたしが署名を偽造したの。ぜんぶで五千人の」

メアリー・タイタスはバターを置いてある棚にしがみついた。吐こうとでもするような様子だったが、こうして話し出してしまったいま、事実はとどまることなく、あとからあとから言葉になってまろび出てきた。

「玄関のドアを撃ったのはマーシャル。宣伝のために。だから彼はいまあの船に乗ってる。もし請願書がだめになっても、あんたの望みを叶《かな》えられるように」咳払いをする。

「はっきり知らせとくべきだと思ったの。あんたの家を撃ったのはあの漁師たちの誰でもない。あたしの父さんでもない」

「あんたが」メアリー・タイタスが言う。熱湯のピッチャーを握る指に力がこもった。

「あんたが。あんたのせいよ。あんたの」

ガラスのなかで湯が泡立っていた。その泡が上に上がり、湯気と熱がこちらへ向かってくるのが、火傷が自分の皮膚を冒して水疱《すいほう》をつくり、傷痕を残すのが見えた――まるで以前にもあったことのように。湯が飛んでこようとする前に、ルーはそうと察して横に飛びのいた。熱湯は彼女の顔を焼くかわりに、びしゃりと床にかかった。ふたりともタイルの上の明るい場所を見つめた。魔女が湯をかけられて溶け、湯気の煙と熱以外何も残さずに消えたというように。

冷凍庫の扉が開いた。

「ここで何やってるんだ」グンダーソン校長が言った。「テーブルが五つ、お留守になってるぞ」

「ちょっと待って」ルーは言った。

「ジョージ」メアリー・タイタスが自分の腕を、自分のものでないように見下ろしていた。

誰かがグンダーソン校長をファーストネームで呼ぶのを聞くのは初めてだった。グンダーソンが足を止め、細かく分かれたカーテンがその肩の上にかかる。メアリー・タイタスの目がきらめき、涙があふれそうになった。ずっと昔の夜、最初の夫のことをルーに話したときのように。そのときルーは初めて、この女やもめがなぜバンクスをサンクチュアリにしようとしたのかをさとった。消えてゆく魚を救うためじゃない——自分の一人息子の父親が死んだ場所だからだ。

鏡を見ているようだった。ルーの内にあるのと同じ望みが、愛されたいという狂おしい欲求が、すぐ目の前に、マーシャルの母親のなかにあった。それはグンダーソン校長にも、古いパーティーの写真でリリーの腰をつかんでいる彼のなかにもあった。足を固定具に乗せて子どもの泣き声を聞いているアグネスのなかにも。バスルームで紙きれに囲まれて喪に服している父親のなかにも。みんなの心が同じ狂気を――発見を、至福を、喪失を、絶望を――くり返し、太陽の周りの軌道を代わるがわるめぐっているようだった。みんなが自分にしかない引力を持っている。それぞれ独自の引力を。自分の大気圏に入ってきたものすべてを引き寄せ、さっと捉える。この宇宙の端っこで、何千という名前を書いてきたルーも、その誰もが同じ楕円の軌道上を動いていること、ときにはそれが途中で重なり合うことを、みんなが愛を見つけて愛を失い、愛から立ちなおってまた愛していることを思うと、胸が温かくなった――みんなが円を描いているのなら、そしてルーが冥王星だったら、自分も二百四十八年に一度、太陽に一番近づくことができるのだ。

グンダーソン校長が冷凍庫に入ってくると、肉の塊や冷凍野菜の籠の前を横切り、メアリー・タイタスを両腕で包みこんだ。「だいじょうぶ。何があったか知らないが、だいじょうぶだよ」

メアリー・タイタスが彼にしがみつき、泣き出した。最初の夫がいま、あらためて死んだというように。グンダーソン校長が何も言わずに、彼女の髪をなでる。このふたりが抱き合い、おたがいの存在に慰めを見出しているのを見て、ルーは恥ずかしさと嫉妬を覚え、嫉妬している自分を恥ずかしく思った。

グンダーソン校長がようやく、メアリーの肩越しにこちらを見ると、顔じゅうに疑問符を浮かべる。ルーはそのとき、みんなの気分がよくなりそうなただひとつのことを口にした。「あたしたち、町を出るの。あたしも父さんも。だから店はやめると思う」そして冷凍庫の外に出ると、壁の時計を見た。周りをコックたちが動きまわり、蒸した貝や殻を外したカキが行きかっていた。

何分かしてドアが開き、グンダーソン校長とメアリー・タイタスが手をつないで出てきた。どちらの顔もピンク色に染まっていた。メアリー・タイタスは疲れた様子だったが、グンダーソンは活力が満ちたように見えた。

「きみたちのあいだに何があったにしても、これでもうおしまいだ。握手をしなきゃいけない」

メアリー・タイタスとルーはその場に立ったまま、大人から謝るように言われた子ども同士のようにおたがいを見やっていた。悪いとは思っても、言葉が出てこない。ようやくルーが手のひらを差し出す。マーシャルの母親がその手に、冷たく湿った指を触れさせた。

「あんたのおかげで、うちはめちゃくちゃよ」

「どういたしまして」

グンダーソン校長が小さいげっぷを漏らした。「きみの最後の給料がある。ついてきてくれ、メアリーは仕事に戻ってもらおう」

女やもめが、遠い昔ルーの家のキッチンでやったように、スカートの縁で目をぬぐった。さっきまではこの女を傷つけてやることが何より大事に思えた。でもいまは硬くざらついた感情が、冷凍庫の床のあの汚れのように洗い流されていた。メアリー・タイタスが空のピッチャーをコンロに置き、テーブルに戻っていくのを見送った。

「きみはまったく、周りをあきさせない子だ」グンダーソン校長は言いながら、レジのなかをかき回していた。「その意志の強さをいいほうに使ってくれるように望むよ。それができたら、とんでもなく高いところまで行ける」一通の封筒を引っぱり出した。

「きみがいないと、うちも寂しくなるな」

「ほんとに？」

「もちろん。きみは賢い生徒だ。それに〈ノコギリの歯〉の仕事は、誰でも勤まるわけじゃない。すごく大変だ。体力的にも精神的にも。ここで働いてる女性たちは——そりゃあたくましいから」彼はルーの封筒に追加のお金を滑りこませると、渡してよこした。

「きみも同じだよ」

紙の封筒は重く、指で触れると厚みがあった。「何もめちゃくちゃにするつもりなんてなかった」

「誰だってそうさ」

ルーは封筒をジーンズにつっこんだ。「じゃあ、ありがとうございました」

グンダーソン校長がレジをゆっくりと閉め、引き出しが収まって、チンとくぐもった音が響いた。「体に気をつけるんだよ」

ルーはもじもじと足を動かした。つぎにどうすればいいかわからず、また手を差し出した。グンダーソンがそれを握った。

「これからどこへ行くか、わかってるのかい」

「いえ、まだ」

「きみたちがここに長くいるとは思ってなかったよ」

「父さんがああだから？」

「いや。きみのお母さんだ。彼女が話してたことといえば、この町を出ることばかりだった」


自転車で桟橋を、ホーリーがグリーシーポールの上でダンスをした場所を通り過ぎた。押収車両の置き場を過ぎる。マーシャルがルーの靴を盗《と》った浜辺を過ぎる。やっと家に帰り着くと、父のトラックが車回しにあった。なかに駆けこむと、キッチンに父がいた。中華料理の袋はまだ、開けられもせずにカウンターに置かれたままだ。テーブルの前に座ったホーリーは、厳しい顔つきだった。

「警察はなんて言ってた？」

「ジョーヴがヨットから落ちたらしい。船は港に停めてある。何も異状は見つからなかったと聞いたが、自分で確かめたかったから、船に忍びこんで調べた。ジョーヴには仕事があった。沖合の待ち合わせ場所まで行って、受け渡しをする仕事だ。キャビンのなかも調べた。隅から隅まで、床板の下まで。だがなんの品物もなかったし、金もなかった。金は山ほどあったはずなんだが」

皮膚にぞくっと寒気が走った。ジョーヴが家の玄関に現れた最初の夜、こっそり聞いたふたりの会話がよみがえってくる。

「誰かに殺されたって思ってるの」

ホーリーが唇を噛む。「まだ捜索中だ。沿岸警備隊が船の見つかったあたりを浚《さら》ってる」

「父さんのせいじゃないよ」

「おれのせいだ。前に起こったことも、いま起こってることも、これから起こることもぜんぶ」

ルーは流し台の上の戸棚からウィスキーを取り出した。父親のために一杯注ぎ、前に置いた。ホーリーがグラスを取り、一気に干した。

「あたしたちも行かなきゃ。ジョーヴを捜しに」

「もう死んでるさ」

ホーリーがまた一杯、ウィスキーを注いだ。「あいつを雇ったやつは、おれたち二人を名指ししてきた。おれの名前を知ってた」顔をこすった。酒のグラスを手で包みこむ。それから娘をまっすぐ見すえたとき、ルーはホーリーが家の窓の外をじっと見ながら銃を磨いていた夜のことを思い出した。

「何も起こらなかったのかもしれない」ルーは張りつめた声で言った。「ただの事故かも」

「かもしれん」ホーリーが立ち上がり、部屋の隅まで歩いていった。中華料理の容器を袋から引っぱり出しはじめる。「まず腹ごしらえだ。ぜんぶおまえの好物にした」

「冷めてるよ」

「じゃあ温めよう」

ホーリーが戸棚から皿を、引き出しからフォークやスプーンを取り出すのを眺める。今日もよくあるふつうの晩だというように。ルーは唾を飲みこんだ。喉の奥が詰まるような感じを懸命にこらえようとした。

「その悪いやつが、ここまで来ると思ってるの」

「注意するに越したことはない」ホーリーがスプーンを持って、炒飯と木須鶏《ムーシューチキン》をフライパンにすくい入れた。コンロの火をつけ、それからタバコを巻いて、そちらにも火をつける。「明日は共進会《フェア》にも行けない。だが別の場所のに行こう。観覧車に乗るんだ」

ルーはフォーチュンクッキーの袋を裂いて開けた。クッキーを割って、小さな紙片を引き出す。

「なんと書いてある?」

「〈空を飛びかう鳥も、心のなかにはいつも大地がある〉」

「もう一枚開けてみろ」

ルーがテーブルにクッキーをたたきつけた。「〈一番の早起き鳥は虫を得るが、二番のネズミはチーズを得る〉」

「そっちのほうがいいな」

料理をする父を眺めた。髪に銀色の筋が混じっていた。指の皮膚は荒れてひび割れている。いつかは彼も年寄りになる、そしたら自分が面倒を見なきゃならないだろう。でもいまじゃない。いまはまだ。海鮮醤とキャベツのにおいが部屋に満ちた。また自分たちのキッチンを持つまでどれだけかかるのだろう、そう思った。

「おれが昔やってたことは、正しいことじゃなかった。あのころは若かった。この世界で生きることに、なんの意味があるのかわかってなかった」ホーリーがフライパンをかき混ぜながら言った。タバコの煙をふうっと吐き出す。「いまはおまえがいて、だいぶ分別もついた。だが過去は影みたいに、いつも追いついてこようとする」

「それで、これからどうするの」

「まず食おう」ホーリーが皿を並べた。「それから逃げ出す。追いつかれる前に」

家を出ていくのは、モーテルの部屋のときよりも大変だった。それでもホーリーは何年もかけて計画していたようだった。ルーの出生証明書とふたりのパスポートが封筒に入れて用意してあった。ジョー・ストランドとポーリー・フィスクに、この家を誰かに賃貸できるよう相談していた。それからメイベル・リッジに電話して、ルーをひと晩泊めてくれるように頼んだ。これほど礼儀正しい口調の父親を見るのは初めてだった。

「あたし、行かないよ」彼が電話を切ると、ルーは言った。

「おれはやらなきゃならないことがある。おまえの心配をしながらできることじゃないんだ」

「どんなこと？」

ホーリーがテーブルクロスの端を持ち上げ、上にあった皿やグラスやフォークやスプーンをまるごと包みこむと、まとめてゴミ缶に放りこんだ。「おまえに嘘はつきたくない。だから訊くな」

「あたしはもう子どもじゃない」

「わかってる。だが、あとひと晩だけ子どもでいてもらわなきゃならない。朝一番で迎えにいく。何か月か離れて過ごす。休暇みたいなもんだ。そうしてぜんぶ片がついたら、また戻ってくる」

「でもあたし、メイベルに怒鳴っちゃったよ。お皿も割ったし」

「おまえのお祖母さんだ。許してくれる」

ホーリーが二階に上がっていって荷物をまとめた。ものの十分もかからなかった。スーツケースを下ろし、オレンジ色の工具箱をドアの前に置くと、銃をかき集め出した。コルト、スミス＆ウエッソン、ルガー、サタデーナイト・スペシャル、ショットガン、ルーのライフルとデリンジャー一式。ぜんぶキッチンテーブルの上に、サプレッサーの箱と弾薬の袋もいっしょに積み上げ、どのジーンズをスーツケースに入れようかと悩んでいたルーと同じように、あれこれ迷っていた。結局、ひとつ残らず持っていくことにした。ホーリーが作業を終えるあいだ、ルーは二階へ上がった。屋根の上に出ると、思いのほか寒かった。海岸から風がまともに吹きつけ、海藻と砂のにおいを運んでくる。わが家のようなにおいだ。腕をセーターの内側に抜くと、ぎゅっとわが身を抱きしめる。ちょうどこの場所が地図で見てどこに当たるのかを知りたい、そう思った。遠くへ行って思い出したとき、指でここだと指せるように。

望遠鏡はもう荷物にまとめていたけれど、カール・セーガンの本のなかで、グリニッチ標準時と北極星を使って経度と緯度を割り出す方法を読んだことがあった。片腕をまっすぐ伸ばし、水平線の位置からひときわ明るい北極星まで、こぶしがいくつあいだに入るかを数える。こぶしひとつがおおよそ十度に当たるので、自分がいまいるのは、北緯四十二度から四十三度のあいだだということだ。

玄関のドアが開き、ホーリーが箱を歩道の端の、さっきルーがゴミ袋を引きずった場所まで運んでいくのが見えた。箱を空き缶のすぐそばに置いた。細い月を見上げる。窓の光に照らされた父の顔が、陰になった部分と白く明るい筋の部分に切り分けられ、まるで何かがばらばらになり、元の断片がいくつかなくなったあとで組み立てなおされたようだった。

ルーは部屋のなかへ這って戻った。階段を下りていき、バスルームのなかをのぞきこむ。薬戸棚の扉が開きっぱなしで、そこに映った自分の顔が見返した。棚はどこもホーリーがきれいにしていた。口紅もコンパクトも、母親の歯ブラシも、薄れかけたリリーの名前のある古い処方箋も見当たらない。香水の瓶も消えていた。パイナップルと桃の缶詰も。いつも浴槽の縁にあったシャンプーとコンディショナーのボトルも。

ホーリーが手にゴミ袋を持って戻ってきた。壁に貼ってある紙類を外しはじめる。レシートに紙片、駐車違反の切符の裏の走り書き、買い物のリスト。ナイアガラの滝の写真。

「ぜんぶ捨てちゃうの？」

「ぜんぶじゃない」ホーリーが向きなおった。「おまえのほしいものはあるか」

ルーはカウンターに、浴槽に、空のタオルラックに目をやった。母親のものがなくなると、壁はひどくがらんとして見えた。部屋が急に広く、可能性に満ちた場所に変わっていた。

「あのバスローブ」

ホーリーがドアのフックから、背中に竜の刺繍のあるキモノを外した。彼がそれをコートのように広げ、ルーは腕を滑りこませた。体が大きくなっていく年月のあいだに、何度も同じことをしてきたけれど、このローブがぴったり合ったのは初めてだった。袖が腕の下に垂れ下がり、緑のシルクはまだ色あざやかだった。

つぎに連続写真に手を伸ばした。ホーリーとリリーがふたりで写っているのは、これしか見たことがなかった。母がふざけて顔をしかめ、父はフレームからはみ出しかけている。つまんで引っぱると、テープのせいで下の隅がちぎれてしまい、写真の一部がそのままになった。ホーリーに向かって差し出す。父は壁に残った小さな白黒の三角形に目を向けた。

「おまえが持っててくれ」

ルーは〈ノコギリの歯〉でもらった封筒を取り出した。写真を紙幣のあいだに滑りこませる。お金を数えてみた。グンダーソン校長は百ドル札を一枚多く入れてくれていた。目を上げると、父はまだ壁に残った写真の切れ端を見つめていた。

「父さん？」

「あの瓶を取ってくるんだ」ホーリーは背中を向け、残ったものを片づけ終えた。ゴミ袋のなかに詰めると、外へ持って出ていく。

ルーは便器のタンクを開け、重い陶器の蓋を便座の上に置き、手を水のなかに差し入れてリコリスキャンディの瓶を引っぱり出した。ひとつずつカウンターの上に並べる。何か水を拭くものを探したが、タオル類はぜんぶホーリーが捨ててしまっていた。トイレットペーパーでガラスをぬぐい、リビングまで運んでいった。

ホーリーが熊皮のラグの上にひざをついていた。「こっちへ持ってこい」

瓶を開けてお金を数えるのかと思ったが、父は瓶をひとつずつぴったりくっつけてラグの上に並べ、尻尾の側からくるくると頭の上のほうへ巻きこんでいった。そしてぜんぶまとめた包みのちょうど上に、熊のあごが載っかっていた。

「あたしが知ってるってどうしてわかったの。お金のこと」

「蓋の裏にセロテープを貼りつけておいた」お金がしっかり包みこまれるように、熊の足を結び合わせる。「よし、これでおしまいだ」立ち上がると、あごに手をやってひげを掻く。そしてルーにカードを渡してよこした。ルーが生まれたあとにリリーが持ってきて、ずっと何年も、どこのバスルームにも留めてあったカード。一本だけ立てたロウソクの火がゆらめいているカップケーキの絵。ルーはカードを開いてみた。やはりなかは空っぽだった。

「誕生日おめでとう」父が言って、熊皮の包みを両手で持ち上げ、ルーの腕のなかに預けた。

ドッグタウンに着くころには、真夜中近くになっていた。ホーリーはメイベル・リッジの家の前に停まったが、自分はトラックから降りようとしなかった。

「あたしをここへ置いてくなんて信じられない」

「今晩だけだ」

ルーはドアにぶら下がっているパイナップルを見た。ずっと昔、ふたりでここへ来たときのことを思った。オリンパスへ越してきた最初の日、ホーリーは新品のシャツを着て、ルーはワンピースに不揃いな髪をしていた。

「あのときも、あたしを引き取らせるつもりだったんだね。父さんがラジオを殴ったとき」

父は首を横に振った。「どうするつもりなのかもわかってなかった」

「もしメイベルがあたしたちをなかに入れてたら？」

ホーリーとルーは座ったまま、そろって黙りこんだ。ダッシュボードの時計は一時間遅れだった。夏時間調整が始まったけれど、まだ直していなかったのだ。ルーは手を前に伸ばすと、ボタンを押してダイヤルを回し、数字を過去から現在へと動かした。このときは、それが何より大事なことのような気がした。

「おれ以外の家族を持ってほしかった。おまえにふつうの生活を送らせたかった」

「でもあたしたち、ふつうだったことなんてない。あたしはずっとふつうじゃなかった」

「おれが知らないと思うか」

ルーがスーツケースをひざの上に引き上げる。

「戻ってきてくれないといやだよ。約束してくれないと」

でも父は、ただ彼女の名をつぶやいただけだった。

ルーが外に降りてドアを閉める。同じ瞬間、メイベル・リッジの家のドアが開いた。ケースを肩にかついで、小径を歩いていく。ホーリーのトラックのエンジンが後ろでアイドリングしていた。

老女がポーチに歩み出てきた。縞柄のパジャマの上に、手織りのブランケットを肩にかけている。ほんの少し間をおいて、あの機織り機で作ったものだと気づいた。藍色のオーバーショット模様。織り上がったのだ。そのおかげでメイベル・リッジはインディアンの女王のように見えた。

「おかえり」

「ひと晩だけだけど」

「前のときもあの男はそう言ったよ」メイベル・リッジがルーのローブに目をやる。

「その竜はいいね」

「母さんの形見」

「知ってるさ」メイベル・リッジは言うと、両腕を広げて、力いっぱいルーを抱きしめ、ウールのブランケットのなかにふたりを包みこんだ。ルーは体を引き離そうとしたが、老女の腕の力は強まるばかりで、やがてルーはあきらめ、自分も祖母を抱きしめた。

「ようし。あんたが落ち着けるよう準備をしないとね」メイベル・リッジがスーツケースに手を伸ばしかけたが、自分でさっとつかみ上げる。ちょうどそのとき、ホーリーのトラックが出ていった。

ルーは振り返り、赤いテールランプがゆらめきながら暗い道路の先へ遠ざかっていくのを見守った。きっと停まる。角のところで停まってあたしを待ってる、あのファイアーバードを盗んだときみたいに。ケースの取っ手をぎゅっと握りしめ、あとを追って駆け出す準備をした。だがホーリーは速度をゆるめなかった。それどころかアクセルを強く踏みこみ、排気管が最後に一度、咳きこむように煙を吐き出した。トラックは方向指示も出さずに角を曲がり、そうして父は行ってしまった。

銃弾 #12

ホーリーは夜明けとともに、ヨットを奪った。多少の用具類を調達すると、港まで走り、暗いなかトラックの座席に座って、漁師たちが大小のトロール船や蟹漁船に荷物を積みこみ、餌や氷を集めて係船柱《クリート》からロープを外し、防舷材を引き上げてモーターを始動させ、夜明け前の闇のなかを出港していくのを見届けた。男たちがみんな姿を消すと、ホーリーは梯子を下りて、ジョーヴのヨットが係留してある浮き桟橋に立った。静かに船を押し出し、エンジンを始動させて、港のなかへ進んでいく。太陽が水平線からのぞくころには、もう外海へ出ていた。

オレンジ色の工具箱と、銃を持ちこんでいた。父親のライフルにショットガン二挺、長射程の狙撃用ライフル、拳銃が二挺。長物は座席の下に置いてブランケットで覆ってあり、グロックはベルトの下につっこみ、コルトはコートのポケットに入れていた。予備の弾薬の袋は救命具と布製バケツの隣に。体には防弾ベスト。銃と同じくらい重い。ゴム手袋に業務用のゴミ袋、ダクトテープ、網にボートフック、呼吸用マスクにヴィックスの瓶。

海岸線沿いに進み、サッチャー島の浅瀬近くにさしかかったとき、ロブスター獲りの漁師が仕掛けたわなを調べようと海底から海藻だらけのロープを引き上げているのが見えた。ジェフリーズ・レッジに向かう数隻のチャーター船、ボストンから来た高級ヨットとそしてエンジンをかけてステルワーゲン・バンク方面へ向かう、あくび混じりの旅行客を詰めこんだホエールウォッチングのクルーザーとすれちがう。三マイルも行くとほかの船影もまばらになり、ジョーヴといっしょに取り付けた航行システムを作動させ、レーダーで行き先を見定めた。

　公海まであと十五マイルの場所だったが、いま操業をしようとする漁船は、最低でも五十マイル以上陸から離れなくてはならない。環境保護庁の調査のために、沿岸警備隊が巡視を倍に強化していたせいで、陸のほうは大打撃を受けていた。漁師だけでなく、麻薬や銃器など違法な物資の取引を外海で行っている連中も同じだ。少なくともパックスはそう言っていた。やつの居所をつきとめ、ジョーヴの仕事について細かな話を聞き出したときに。買い手はリーノーから来た取り立て人で、パックスの知るかぎり、取引はもうすんだとのことだった。相手は前金で支払い、買い手からも売り手からも苦情は来ていない。ジョーヴからもとくに連絡はなく、その後は行方が知れないという。

　待ち合わせのポイントは、海岸からは百十マイル沖合の、ビター・バンクスの南東四十マイルほどのところに設置された目印《マーカー》だった。楽な仕事だ。ジョーヴはそう言っていたが、いまこうして陸地が遠ざかり、海がだんだん不気味に荒れてくると、とても楽どころではなさそうだった。どの方向を見ても何もなく、海が空と出会う場所に一筋の水平線があるだけ。まるで砂漠のなかを進んでいるように、水はたえず動き、風が吹くたびに風景が一変する。ジョーヴの体はいまごろは、もうとっくになくなっているだろう――サメに食われるか、海流に流されるかして。だが、マーカーはまだあるのじゃないかと感じていた。パックスから渡された座標を確かめた。自分の目でその場所を見なくてはならない。新しい買い物リストを作って名前をつけ加える必要があるのかを見きわめなくては。

さらに十マイルほど進むと、ヨットは貨物船とすれちがった。航空母艦ほどの長さがあり、世界の果てを護る巨人のように海面の上に伸びている。その航跡から来るうねりに乗ったとき、モーターをニュートラルにした。ヨットがふわりと上下する。貨物船が通り過ぎると、舵柄《ティラー》を縛って固定してから船首のほうへ上り、ロープにぐっと体重をかけてジブを、つぎにメインスルを広げた。風がバテンを強く引きつけ、帆布がいっぱいに空気をはらむ。それからモーターを切った。

風の力だけで船を走らせるのがどれほど気持ちよいものか、久しく忘れていた。船体の腹に打ち寄せる波の音と、マストにハリヤードが当たるかすかな音のほかは何も聞こえない。上下に何キロにもわたって続くこの風景のなかをヨットが突っ切っていく、その頼りない船体の下をあらゆるサイズと形の、それぞれに食物連鎖の一部をなす生き物たちが通り過ぎる。そう思うと自分の存在をちっぽけに感じずにいられない。

大きなうねりが右舷のほうから近づいてきたので、ティラーに体を預け、ヨットをその正面に向ける。船首が持ち上がって海面から離れ、波が通り過ぎたあとの谷間へ落ちていき、激しい音をたててぶつかる。キャビンのずっと奥で何かが転がり、そしてばたばたと駆け出す音がした。コルトを抜き、撃鉄を起こす。ハッチが開いて、彼の娘が這い出してきた。

「ハイ、父さん」

「なんの冗談だ」ホーリーは撃鉄を下ろし、コルトをポケットに戻した。ティラーを右舷側に押して、船首を風上に向ける。シートをゆるめると帆がはためき、船の揺れにつれてロープが蛇のように暴れたあと、やがて止まった。「どうやってもぐりこんだ」

「メイベルが二階へ行って寝ついたあとに、家の窓から抜け出して、ファイアーバードで町まで行ったの。父さんが現れなかったら朝までに戻るつもりだった」風になびいた髪が顔にかかる。いくらかき上げようとしても、髪の先がたえず口に入ってくる。「そのベッド、ポルノだらけだよ」

ルーは祖母の家に置いてきたつもりだった。安全のために。電話であのばあさんは軟化して、ありがとうとさえ言ったが、これで何もかも台なしになった。やっと雪解けの足しになることをしたのに、いまごろかんかんだろう。

「またあの車を盗むなんて、信じられん」

「つぎの感謝祭とクリスマスに訪ねたら、権利を譲り渡してくれるって約束だった。だから今度は、正確には盗みじゃない」

「だって、すぐそこまで来てるのに。サンドイッチも持ってきたし」

「それでも戻る」

「だめだよ。まだだめ。なんでも言うとおりにするから」ルーが自分の髪をむんずとつかみ、ポケットから輪ゴムを出してきつく縛ると、もうじゃまなほつれ毛はなくなった。

「あたしもいっしょにいたいの、ジョーヴを見つけるなら」固く決意した顔だった。おそろしく母親そっくりの。

この一年のあいだに、一度、二度瞬きをするうちに、わが子は自分だけの秘密を持った大人になった。ホーリーはずっとこの子を守ろうとしてきた。いま望むのはただ、自分のようにならないでくれということだけだ。彼はコートを脱いだ。そして防弾ベストを脱いだ。「これを着けろ」

ルーが両腕を通す。彼女にはサイズが大きすぎた。

「これじゃ沈んじゃう」

「じゃあ、ライフジャケットも着るといい」

ベンチの下からオレンジの救命胴衣を引っぱり出し、ファスナーを開けると、ウレタンと繊維が層になったジャケットを娘に着せた。

「ミシュランマンみたい」

「まったくだな。どうする。脱ぐか」

「引き返すぞ」

「着てる」ルーは言うと、船首へ上っていき、双眼鏡を取り出した。「なに探せばいいの」

「なんでも、浮かんでるものだ」

ホーリーは風に対して船の向きを変えた。シートをつかんで引っぱり、帆がいっぱいに空気をはらむよう調節する。風は南西から吹いていた。しょっぱい波しぶきが顔にかかる。ルーはデッキにあった長い銃と弾薬を拭くと、濡れないようにキャビンのなかへ仕舞いにいった。ときおり強い風が起こって船が大きく傾き、舷側が水に浸かりそうになる。だがホーリーが逆側の手すりに体重をかけると、すぐにまた安定した。

それから数時間、ふたりは交代でヨットを操りながら、キャビンのちっぽけなトイレにもぐりこみ、薬品臭い便器で用を足した。ギャレーのなかのものはすべてミニチュアサイズだった。小さな流し台があり、鍋やフライパンが棚の上に金具で留められ、カップや皿も固定されていた。ホーリーは食器棚を開け、即席ラーメンの袋とピーナツバターの大型瓶を見つけた。塩味クラッカーの袋に粉末のアイスティーの瓶、インスタントコーヒーも少しあった。流し台の下には飲料水のタンクに船用のホーン、フレアガンとウィスキーのボトル三本が入った箱が置かれていた。

その一本をデッキまで持って上がる。

「どこで見つけたの」

「ギャレーだ」

風が凪《な》いでいたので、ホーリーはまたエンジンを始動させた。ルーがウィスキーのボトルを手に取り、値札でも探すようにひっくり返して見ていた。

「赤ん坊のころのおまえと、いっしょに飲んだもんだった」

「ウィスキーを？」

「ほんの一滴だ。おまえが泣きやんだからな」

ルーが栓を外して、においを嗅ぐ。あの湖畔の家での記憶がないというのが、ホーリーには不思議だった。あそこでの経験はふたりに起こったことだけれど、背負っているのは自分だけなのだ。赤ん坊のルーが彼の指をくわえ、やっと泣きやんでくれたときの静けさと安堵感は忘れられない。ルーの小さな手が彼の手をきつく握り、大きく開いた目が一心にじっと見つめてきた。

「言わなきゃならないことがあるの」ルーがボトルの蓋を閉め、ベンチの下に滑らせる。急にそわそわしだしたようだった。「メアリー・タイタスのこと」

「何かあったか」

「みんな父さんだと思ってる。あのひとの家を撃ったのが」

「そうか」ホーリーは真顔を保とうとした。

「あたしのせい。マーシャルに父さんの拳銃を渡したの。護身用にって。そしたら彼が自分の家を撃った」

帆が張りつめるまで、メインシートを引っぱった。「最後に笑ったのはあいつってことか」

ルーがひどく困った顔で首を縮めたので、何も言うのじゃなかったとホーリーは後悔した。あの少年が町を出たというのはひと安心だった。それでも、ルーが傷ついていることは察せられた。

「警察が来たとき、父さんを逮捕しにきたんだと思った。弾の跡から銃の種類をたどって」

「ベレッタか」ホーリーが言うと、ルーが驚いた顔になった。「あれだけ見当たらなかったからな」

「ちゃんと話しとけばよかった。彼を信用しちゃいけなかった」

ホーリーは考えこむようなふりをした。だが、ルーがいま言ったことはもうすべて知っていた。マーシャルが自分の家を撃ったこと以外、何もかも。

ルーが逮捕された日からずっと、ホーリーは娘の動きを追っていた。ほかの仕事のときとまったく変わらず、指でこすって消すべきしみであるかのように自分の娘を扱った。衣類や本をかき回し、靴の裏を見てどこを歩いてきたか確かめた。店に働きに出るのを尾けていき、ルーが男どもの視線をかわしながら、ひたいに汗して大皿を持ち上げたり小皿を洗ったりするのを見た。ドッグタウンへ行って、髪に木の葉をつけて出てくるところも見た。屋根に座って望遠鏡で星を眺めるところも見た。クロゼットのワンピースの内側に隠してあった、リリーの死にまつわるアルバムの切り抜きも見つけ出した。ルーも彼と同じように、バスルームに思い出の品を貼りつけるように、事実を再現しようとしていたのを知った。記事や切り抜きを端から端まで、一ページも残さずめくって読んでから、アルバムをまた見つけた場所に戻した。

「警察が弾丸から跡をたどれるのは、撃った銃が手元にあるときだけだ」しばらくしてから言った。「銃撃を再現して、比較するんだ。だがおまえがベレッタを戸棚に戻したあとで、おれはすぐに銃身の溝を彫りなおしておいた。嘘じゃない。もしおれがおまえのボーイフレンドを撃とうとしたんだとしても、おれがやったとは誰にもわからない」

必ずしも冗談で言ったのではない。だがルーの顔がぱっと明るくなったので、まちがったことは言わなかったのだろう。ルーが座席の下に手を伸ばした。またウィスキーを取り出す。今度はボトルを開けてひと口飲んだ。そして咳きこむと海に向かって唾を吐いた。

「こんなもの、よく飲めるね」

「いずれは慣れる」

また栓を閉め、ボトルを棍棒のように持ち上げた。また酒を船に打ちつけて、〈パンドラ〉号を洗礼しようという構えをとる。そのとき、ルーの目が水平線のほうへ動き、顔色が変わった。海面を一心に見つめている。「何か見える」

ホーリーは双眼鏡をつかんだ。ルーの指しているところを探すのにしばらくかかったが、やっと見つけた——百メートルほど北に、何か大きなものが浮かんでいる。波にもまれて見きわめがつかないが、何かの体のようだ。

エンジンが生き返って唸り出すと、ホーリーはスロットルを全開にした。船首をまっすぐに向けると、ルーがその上まで這っていき、双眼鏡の焦点を何度も合わせながら見ようとした。水しぶきを浴び、ジャケットでレンズを拭う。近づくにつれ、海藻に覆われた塊が見えてきた。二本の腕と、何か頭のようなもの。顔が下になって水に浸かっている。そして、毛皮が見えた。

特大サイズの熊だった。安っぽい沿道のお祭りで、よくルーに取ってやったようなぬいぐるみだ。ばかでかいピンク色の皮にちぎれたウレタンやおが屑を詰めた、人寄せのために目立つ高いところにぶら下げてある代物。ホーリーが紙で作った星を撃ち落とすと、係員がそれを景品に渡してよこした。ルーは重くて足元がよたよたしているのに、決して父親に持たせようとも手放そうともせず、ローラーコースターに乗るときも隣の座席に置き、観覧車にも抱いたまま乗りこみ、車ではシートベルトをかけて家まで持ち帰った。だが引っ越すときには、どうしても連れていくだけのスペースがない。ホーリーはいつも、つぎのお祭りでかわりを取ってやるからと約束し、実際にそうしたけれど、その熊もまたあとに置いてきた。いまここで、大西洋の真ん中で首にロープを巻かれ、公海へ百十マイル出たところに水浸しで浮かんでいるぬいぐるみは、そんなふうに捨てられた動物たちの化身のようだった。

ホーリーはぬいぐるみをつかむと、船の上へ引き上げた。毛皮はおそろしく派手な肉色で、安っぽい合成の皮はずくずくに水を含んでいた。つやのある緑の海藻《ケルプ》と茶色がかったヘドロが幾筋も腕と脚を取り巻いている。目は片方取れていたが、もう片方は残っていた――透明なプラスティックの球のなかの小さな黒い円盤が本物の目のようで、ゆっくり回っている虹彩を思わせた。

「うちの熊皮が遊びに出て、酔っぱらったみたい」

ホーリーはうなずいた。ほんの数時間前には、あの毛皮に自分たちの蓄えを残らずくるみこみ、自分とルーもいっしょにそのなかに包まれて、世界から隠れられればと願っていた。

「どうやってこんなところまで来たんだろ」

ホーリーはロープを指した。ぬいぐるみの首にしっかり縛りつけられ、ヨットの舷側を越えて海のなかへ垂れ下がっている。そのロープを引き上げはじめた。どんどんたぐっていくと、ロープが次第に藻に厚く覆われ、彼の手が黒と緑のものにべっとりまみれたところ、やがて暗い陰から不気味な輪郭が現れた――ゴミがいっぱいに詰まった、ロブスター漁の古いわなだった。

「嵐で流されてきたんだ」ルーが言う。

「いや、目印《マーカー》だ」

わなにはロブスター二匹のほかに、蟹が二匹掛かっていたが、他はガラクタばかりだった――瓶、金属の破片、石――その途中に、ビニール袋で真空包装された銀色の箱が見えた。まずロブスターを引っぱり出す。尾が狂ったように宙をばたばた打ち、はさみが持ち上がり、つるつるの長い触角が振り立てられる。どちらもそこそこのサイズで、十分に食べられるが、ホーリーは海に投げこんだ。プラスティックの網から一匹ずつ引き抜いた蟹がそれに続く。さらに石、割れたビール瓶が投げこまれたあと、最後に箱が残った。

ルーがナイフを渡してよこし、ホーリーはプラスティックに刃を入れた。皮膚のように厚く、その倍は硬かったが、なんとか二つに切り開いた。箱を取り出す。側面は工業グレードの金属でできていた。ふつうなら銃のケースに使われるような仕上げだ。ロック機構があったが、ホーリーがナイフでこじ開けるのに長くはかからなかった。そして横の掛け金を跳ね上げ、蓋を開ける。内部は黒いビロードに覆われ、まだ完全に乾いていた。その中央に、金色の懐中時計があった。

時計を手に取り、裏返してみた。手のなかで金属が氷のように冷たかった。蓋の上に、前足のひづめを宙に掲げた鹿のエッチングが施してあった。人間に狩られているところで、矢が横腹に突き立っている。竜頭《りゅうず》を押し下げると、蓋が開いた。盤面のなかに四つの、年、月、日、時、分、秒が表示される小さな文字盤が見える。ホーリーは息を吸いこみ、時を超える魔法か手品のように、あらためてモーリン・タルボットのウェディングドレスのポケットに手を差し入れ、あのときと同じ時計を引き出した。竜頭に触れると蓋が二つに分かれ、ダイヤモンドとサファイアのかけらがちりばめられた星図が、午後の終わりの陽射しを受けてきらめいた。盤面の中央を耳に当てる。

時計は動いていた。

ヨットの足下の床がぱっくり開き、彼は自分の人生の積み重なった層を抜けて墜落していった。

「父さん。父さん」

やがてまた、船の音が戻ってきた。

半マイル先に、クルーザーがいた。おそらく三十フィート級か。後ろに伸びる航跡は幅が広く、白い泡が幾筋も伸びて波の模様を壊していた。まっすぐこちらへ向かってくる。しかも速い。速度で上回るすべはなかった。こんなふうに風がやんでいてはむりだ。

「下に下りて、銃を持ってこい」

ルーがキャビンに駆けこんでいき、銃と弾薬の袋を手に戻ってくると、ふたりで装塡にとりかかった。

「誰なの」

「わからん」

「どうするの」

「油断しないようにしよう」

ピンクの熊がまだ、顔を下にしたままデッキに倒れていた。ルーと同じ大きさだ。ホーリーの手が震え出した。船を引き返させればよかった。直感に従って、警察から帰ったときにすぐ出ていけばよかった。

ルーが双眼鏡をのぞいた。「ふたり乗ってるみたい」

ホーリーはまたグロックをベルトに差した。父親のライフルをつかみ上げ、毛布の下に隠す。「ショットガンと狙撃用ライフルを持って、下に隠れてろ。向こうに見られないうちに入るんだ」

「漁師かもしれないよ」ルーは言いながら、それでもキャビンに引っこんだ。

クルーザーがどんどん進んできた。射程内に入るとエンジンをゆるめ、沸き立つ白い泡が次第にまばらになりはじめる。ヨットの横腹に打ちつけて船体をゆらす、波の塩っぱいにおいがホーリーの鼻をついた。彼はアイドリング中のモーターを切り、体重を移動させてヨットを安定させようとした。ガソリンが外に少し漏れ出し、虹色に光る渦が海面に広がっていた。

最初に、舵を握る男が目に入った。年かさで、軍人のように髪を刈りこんである。広い肩に、ジャガイモのように凹みだらけの顔。壊れて蝶番から外れかけたドアのような鼻。この男とダイナーで一戦交えたのは何年前だったか。すぐにエド・キングだとわかった。年寄りのボクサーは帽子をかぶっておらず、頭も顔も首も日焼けして真っ赤だった。曲がった鼻の皮がむけ、襟元に白い皮の輪ができているのが見えた。

もうひとりの男は、ジョーヴだった。

ホーリーの旧友はまだキャプテン帽をかぶり、あの上等なデッキシューズを履いていた。顔はさんざん殴られて目の周りは青黒く、あばらが折れたように脇腹を押さえている。だが殺されてはいない。それだけで何よりだった。

クルーザーの速度がゆるみ、耳障りなエンジン音が止まったあとも、船と男ふたりはゆるやかに前に進んでくると、惰性にまかせて右舷側に並びかけた。

「サム・ホーリー！」キングが声を張り上げた。「待ってたぞ」

強い風が吹きつけ、メインスルをはためかせる。いっしょに船も上下に揺れ動いた。

「刑務所にいるはずじゃなかったのか」

「服役態度良好ってことで、早めに出てこれたよ。あと、ちょいと贈り物をひとつ二つな。贈り物が嫌いだってやつはいねえ」年寄りボクサーは舷側までやってくると、手すりにもたれかかった。オートマティックの銃口をジョーヴに向けたままで。「おまえは変わらねえな」

「あんたは変わった」

キングがでっぷりした腰まわりに手を当てる。笑い声をあげたが、陽気な笑いではなく、誰も付き合って笑おうとはしない。ホーリーはこの状況を見きわめようとしたが、ほとんど先は読めなかった。

「友達を捜しにきたのか」

ホーリーの目がジョーヴに移る。「そうだ」

「おれもだよ。そりゃあ大切な朋輩だったからな、おれを十五年もムショ送りにしやがって。てめえのへまの後始末のために。それとおまえの」

「アラスカであのふたりを殺すことはなかった。あんたの自業自得だ。それであんたは償いをした」

「おまえがやったみてえにか」

　ホーリーは答えなかった。

「えらくごりっぱなことだな。けどおまえの手もさんざん汚れてる。おれはとにかく、この仕事をエサにしなきゃならなかった。でかい金額をちらつかせてな。そうして待った。待つのはもう大得意になってたからよ」

　ジョーヴがルーの隠れている舷窓をちらと見た。そして一瞬後には、どこも見ていないというように、ただ空に伸びる茜《あかね》色の筋に目をやって瞬きをした。その潰れた顔を見ると、ホーリーの全身の穴という穴がむずがゆくなった。

「また会えると思わなかったぜ」ジョーヴが言った。

　キングがジョーヴの背中をたたく。「この友達はよ、おまえは捜しにきやしねえっておれに諭そうとしたんだ。けどおれには、おまえが来るっていう予感がした。それでその船をバンクスの近くで切り離して、〈ホエール・ヒーローズ〉のやつらが沿岸警備隊へ連絡するように仕向けた。そのあとでまたここへ戻ってきた。それでこうやって懐かしい長話ができるって寸法さ」

　太陽が落ちて水平線にかかり、空がピンク一色に、雲が暗い深紅色に染まり出した。

その光のなかで、キングの目がひくひく動いている。ホーリーはあのダイナーでキングがリリーをじっと見つめていたとき、これと同じように目をひくつかせていたのを思い出した。ホーリーがまだ彼女の手に触れてもいなかったときに。

キングはいま、やはり同じように、おのれの幸運を信じきれない様子でこちらを見すえていた。これほど長い年月が過ぎても、この男独特の癖は変わっていなかった。ジョーヴの後頭部にオートマティックの銃口を押しつける。「まず、そっちの銃をぜんぶ渡してもらおうか」

ホーリーはズボンの後ろからグロックを抜き出すと、クルーザーに投げ入れた。

「コートのなかのもな」

コルトを取り出し、また投げこむ。これで残りはブランケットの下のライフルと、ルーがキャビンに持っていった長物二挺だけだ。風が吹きつけ、二隻の船が漂いはじめる。キングがホーリーにロープを投げるように命じ、ジョーヴがそれをクルーザーの船首に結びつけた。

「今度はその熊だ。なかに時計をつっこんで、こっちへよこせ」

ホーリーは時計を金属ケースに戻し、またビニール袋に入れた。ルーのナイフを使って熊のぬいぐるみの胸に穴を開け、心臓がある位置に袋を押しこむ。綿やボロ布の詰め物は驚くほどやわらかかったが、持ち上げるとずっしりきた。腕を後ろに振って勢いをつけ、ぬいぐるみを放り出す。熊が回転しながら二隻の船のあいだの空中を飛び、クルーザーの船首に当たると、水音をたてて海面に落ちた。ジョーヴがボートフックをぬいぐるみに突き刺し、船の上まで引きずり上げた。

キングがぬいぐるみのなかに手を入れ、まさぐった。ビニール袋を引き出す。ケースを開けて時計を手のひらに収め、指先で金色の蓋をなでた。

「こんなに高いエサを使うのは初めてだが、その甲斐はあったな」キングが時計をポケットに入れた。そしてジョーヴに、クルーザーの舷側まで行くように言った。

「その熊を連れて帰んな、ジョーヴ」

「飛びこめってことか」

「そう、そのとおりだよ」

ジョーヴがぐしょ濡れの熊のぬいぐるみを持ち上げた。デッキの上に引きずりながら手すりを乗り越え、以前買ってさんざん自慢していた高価なウィンドブレーカーとばかげた帽子、上等なローファーという格好で立った。じっとホーリーを見る。詫びるような表情と、安堵とが入り混じった顔だった。つぎの瞬間、キングがオートマティックを彼の背中の中央に向け、引き金を引いた。弾丸がジョーヴを貫いてから熊も貫き、ぬいぐるみの胸が前に向かって破裂し、白い雲のように綿や毛を噴き出した。そしてジョーヴは熊もろとも海へ落ちていった。

キャビンのなかからくぐもった悲鳴があがった。キングがホーリーを見、ついでヨットに目を移したが、何をするひまも撃つひまもなく、ホーリーが座席の下へ飛びこんで、ブランケットの下からライフルを引き抜いた。

キングがオートマティックの銃口を回し、ヨットの側面に向けて乱射した。ホーリーは首を下げ、しゃがみこんで視界から身を隠した。弾丸が木材をつぎつぎ嚙み、舷窓のガラスが割れる音が聞こえた。銃撃の数を数える。弾倉の弾が尽きると、キングがキャビンに走った。その瞬間、ホーリーは立ち上がってライフルを構え、発砲した。ボクサーが崩れ落ち、キャビンに向かって梯子を転げ落ちるのを見た。

またしゃがんで、待った。

もう弾は飛んでこない。

ヨットの手すりごしに身を乗り出した。「ルー！　だいじょうぶか！　ルー！」

彼の娘が割れた窓からショットガンを突き出させ、クルーザーの船体に向けてじかに弾を撃ちこみはじめた。再装塡の間があいたあと、またすさまじく強烈な連射が二度続き、クルーザーのグラスファイバーに穴がいくつも開いてその裂け目から海水が入りこんでいった。

ふたりでなく、ひとりの人間になったようだった。ホーリーが考え、ルーがそのとおりに動く。ルーが再装塡して沈んでいくクルーザーに穴を開けつづけるあいだ、ホーリーはボートフックを伸ばしてジョーヴのウィンドブレーカーの背中に引っかけ、風下側へ引きずっていった。友の両脇を腕で持ち上げ、熊といっしょにヨットの上へ引っぱり上げる。ジョーヴの目はまだ動いていたが、出血がひどかった。傷口を手でふさいでも、心臓が打つたびに指の隙間から血が噴き出してくる。

キャビンのドアが開いたかと思うと、ルーがそばにいた。ホーリーのオレンジ色の工具箱を持っている。「何が必要？」

「イスラエル包帯だ」

ふたりの横で、クルーザーは水没しつづけていた。ドスッと衝撃が走った。波にクルーザーの船首があおられてヨットにぶつかったのだ。デッキ全体が傾き、ルーがよろけてひざをついた。工具箱を放るように下ろす。封をした圧迫包帯の袋をつかみ、裂いて開けた。

「死んじゃう？」

「たぶんな」

「クソくらえ」ジョーヴがうめいた。

「はは」とホーリー。「ほらな」

ふたりがかりで彼の体に包帯を巻いた。できるかぎり強く締めつけた。何かがきらりと光を浴びて輝く。ホーリーは娘を見た。

「頭にガラスがついてるぞ」

「すぐそばのキャビンの窓が割れたの」ルーが腕を上げると、細かな破片が水晶のようにきらきらとデッキに落ちた。

「キングの様子を確かめなきゃならない。ここにいろ。包帯をずっと押さえてるんだ」

「わかった」ルーが言って、ホーリーが押さえていた場所に両手を当てた。ジョーヴのウィンドブレーカーのいたるところに流れ出し、下へ滴り落ちる血から、目を離さずにいる。

ホーリーはメインスルの下にしゃがんだ。クルーザーは一方に大きく傾いだ格好で沈みかけていたが、まだ水の下に隠れてはいない。こちらのヨットがつっかい棒代わりになり、手をかけて渡れるほどの距離にあった。ホーリーがクルーザーの上に降り立つと、グラスファイバーの船体に音が鳴り響いた。キングが消えたキャビンのドアはまだ開いている。さっき放り投げたグロックとコルトをデッキの上から拾い上げた。梯子を下りはじめる。キャビンには水があふれ、狭い空間に食料や布やゴミが浮かんで悪臭を放っていた。なかは暗かったが、船首の先のほうにひとつだけハッチがあった。

残骸や水をかき分けながら、明るい開口部のほうへ進んでいく。ハッチにたどり着くと、蝶番に引っかかっている破れた布が見えた。そのとき、音楽が聞こえた。初めはラジオかと思ったが、曲だと気づいた。ドビュッシーの希望に満ちた、それでいて悲しげな、時計の奥深くで人の手になる歯車が奏でる音楽。時計の持ち主がそれで時間を知れるように。

急いでハッチの外へ這い出し、上下に揺れては傾くデッキを手すりに頼ってよろよろ進んだ。年寄りのボクサーがキャビンの上の屋根に這いつくばっていた。その影が〈パンドラ〉号のメインスルまで伸びている。ルーが子どものころのベッドの下にひそんでいた、ありとあらゆる想像上の怪物の形をした影。幼い娘が見たときになだめてあやし、彼自身の夢のなかにくるんで遠ざけてやったすべての悪夢。キングの影が銃を向け、海の上に轟音がこだまし、帆布の下でルーが体を折るのを見た。よろけながら立とうとするが、つぎの一発が轟いたときにルーがもんどりうってヨットの手すりを越え、海に落ちるのを見た。わが子が。ルーが。

消えた。

キングのシャツはハッチを通り抜けたときに破れ、髪は海水に濡れていたが、体に血の跡はなかった。外したはずはない、だがとにかく外してしまったのだ。キングはジョーヴを、そしてルーを撃った拳銃を持ち上げ、今度はホーリーも撃ってきた。弾丸がホーリーの心臓と肩の中間に当たったとき、すぐに違いを感じた。この弾丸は訪れた客のように、彼の体を滑るように抜けていくのではなく、引き裂き切り刻みながらとどまった。まるで彼の内部に家を建てようとするように、そこに根を下ろそうとでもするように。

手がコルトに伸びてつかんだが、引き金を引く前に屋根から飛び降りてきたキングにたたき落とされ、そしてふたりがもみ合ううちにクルーザーが傾き、それぞれの銃が海に落ちた。腕を振りかぶる年寄りボクサーの熱を感じたつぎの瞬間、相手の拳が飛んできた。まず腹に、それから顔に、そして撃たれた箇所に。どの打撃も焼けつく熾《おき》のようにホーリーの傷だらけの体に着弾した。ジョーヴから聞かされた、キングと闘った相手がどうなるかという話がよみがえった。精神をねじ切られて忘却の場所へ、もう誰を愛していたかも誰に愛されていたかも思い出せない場所へたたきこまれるのだと。

　ホーリーは懸命にひざ立ちになると、キングの体に全身でつっこみ、年寄りボクサーをたたき伏せた。船べりまで這っていって海のなかにルーの姿を捜したが、ただ水しか、波しか見えない。するとまたキングが襲いかかってきて側頭部に最後の一発をくれ、ホーリーの頭蓋が弾け、視界に星が散った。明るく輝く閃光が崩れて炎になり、夜を縞模様に染めて彼を包みこんだ。

　そしてその星がいっせいに落ちはじめ、きらめき光りながらより大きな光輝を形づくると、その輝きのなかからリリーが歩み出てきた。キングの後ろに立って、濡れた黒い髪から雫を滴らせている。まるで溺れるのをやめようと決めて何年も待ちつづけ、いまこの瞬間のために、水から上がってきたというように。

「そのひとから離れて」リリーが言った。

　奇跡のように、殴打が止まった。キングの影が動き、また顔に空気を感じられるようになった。血が喉の奥へ流れ落ちる味がした。咳きこんだ。そして耳を澄ませた。

「向こうへ行け」

　リリーはホーリーの父親のライフルを構え、キングの胸に向けていた。ボクサーを後ろ向きにさせ、沈んでいくクルーザーの端へ向かわせる。もし相手が飛びかかってきてライフルを奪おうとしても決して届かないように、十分な距離を保ちながら。指は引き金にかけ、ひじは強く脇につけ、グリップを肩で支え、銃身を二十五セント玉が乗るぐらい安定させ、照星を頭と水平にして狙いをつける。ホーリーが教えたとおりに。ちゃんと憶えている。ぜんぶわかっている。おれの娘は。

「時計を出して」

キングがポケットから、金色のものを取り出した。

「海に投げこめ」

「なんだと」

「聞こえただろう」

ボクサーがにらみつける。「とんでもない値打ち物だぞ。世界にこれひとつしかない」

「時計なんて、くだらない」彼女がスコープに目を当てる。

見るのが耐えられないというようにキングが顔をそむけ、手すり越しに時計を落とした。金色のものが陽射しにきらめき、心臓の鼓動が波間に呑まれ、ひらひら舞いながら闇のなかへ消えていった。

「あんたの番よ」

「おれは泳ぎ方を知らん」

「じゃあ沿岸警備隊に見つけてもらえば。ほら」ライフジャケットを投げる。キングがそれを頭の上からかぶった。バックルを引っぱって腰に回す。まだ時計が消えていったあたりに目をやっている。もしあれが海の底に着く前につかみ取れる可能性があるとしたら、こいつは飛びこんでいくだろうか。

「つぎはなんだ」

「これ」

ライフルの狙いをつけ、キングの腕を撃った。利き腕を。ホーリーを殴った腕を。ボクサーが絶叫した。傷口を指先でつかむ。血がひじから流れ落ち、デッキに飛び散った。

「なんのためだ、これは」

「サメのため」ルーは言うと、手のなかでライフルの向きを変え、野球のバットのように銃身を持つと、殺した人数の印のある銃を振って床尾をキングの顔にたたきつけた。どんな右フックにも負けない力で。ボクサーがよろけると、ルーが鉄の入った安全靴でその尻を蹴飛ばし、キングは船べりから海へ落ちていった。

ルーが急いでホーリーに駆け寄る。父の腕を自分の肩に回し、ぐっと持ち上げてなんとか立たせ、〈パンドラ〉号まで引きずって戻った。ロープを切り、クルーザーの船首を押し離す。二隻の船がたがいに遠ざかるあいだも、ライフルをキングに向けたまま、やつがごぼごぼと泡を立てて沈んでいくクルーザーの上に這い上ろうとしては落ちるのを眺めていた。二十メートル離れると、ルーはモーターを始動させた。エンジンが点火して回り出す。ギアを変えるとスクリューが回転し、ヨットが傾いだクルーザーを置いて動きはじめた。ルーがスロットルを全開にし、やがて聞こえるのは下の機械音と波の音、木の船体が水を切り裂く音だけになった。ルーがティラーを結びつけて固定し、針路をまっすぐに保つ。それからホーリーのところに戻ってきた。

「あのとき、外したんだね。まさか父さんが外すなんて」

「弾の抜けた痕を見てくれ」

ルーが彼を横向きの体勢にする。肺が途方もない重量で圧迫されるようだった。ルーの指が背中と肩の上を動き回る。「ひどい血だよ」

「いつもなら、弾が抜けてくれるんだが」

「これは抜けてない」

ルーが包帯を探し出した。歯で袋を嚙み破る。布を胸の穴に当てた。彼女がもうリリーでないのはわかっていたが、ルーもルーのようには見えなかった。

「おまえは無傷なのか」

前にホーリーが渡していたベストを、ルーがたたいてみせる。

ほっとして目を閉じた。全身の神経に枝分かれした、千本の針のような痛みを抑えつける。

「ジョーヴはどうだ」

ふたりそろってジョーヴの倒れたほうを見た。大きな熊ともつれ合っている体を。顔は白いが、まだ息はあった。ルーが脈拍を診た。

「このあとどうしたらいいのか、わからない」

「なんとかなる」ルーの手をつかもうとしたが、指が滑った。ぐしょ濡れだ。がたがた震えている。「ルー。よくやったぞ。ぜんぶ正しかった」

「あいつを殺せなかった」

娘の手のひらをぎゅっと握る。「おれはうれしい」

ルーの顔が、どこかおかしかった。最初はよく見えなかったが、やがてわかった。

「ボトルを持ってきてくれ」

「死んじゃうよ」

「死にやしない」

ルーが新しい包帯を胸に押しつける。それから座席の下に手を伸ばした。ウィスキーはまだあった。栓を抜いて、ホーリーの口元に持っていこうとする。娘の息遣いに、動物のような恐怖のにおいがした。

「ちがう。おまえだ」

ルーが一気にあおった。咳きこんだが、またひと口飲んだ。

「どうだ。まだ泣いてるか」

「ううん」

「よし。じゃあ家に帰ろう」

船は揺れていたが、ホーリーは静かだと感じた。世界が正しい位置をとろうとしていた。空が海に向き、海が空に向こうとしている。自分はこれまでずっと川上を目指し、もがきながら流れを横切り、滝や堰《せき》をむりやり越えてきて、ようやくぼろぼろの尾びれで岩を打つのをやめ、流れるままに正しい方角へ向かっていた。世界に抗うのでなく、世界とともに動いていた。

なぜ、もっと早くこうしなかったのか。

ルーが顔をぴしゃりとはたいた。「勝手に死なないで」

「じゃじゃ馬め。おまえの母さんが承知しないぞ」

夜の闇が下りてきた。一時間もしないうちに、ヨットの上の父親の影がほとんど見えなくなった。空一面に無数の星が光っている。月はどこにもなかった。

無線も、航法システムも失ってしまった。舷窓に銃弾が撃ちこまれたとき、キャビンのシステムボックスがやられたのだ。ホーリーの言葉に助けられ、日没寸前の最後の光のなかで、最初の位置確認と方角決めをした。でも暗いなかを何マイルも進んだいま、船が針路から外れていると感じていた。キャビンに懐中電灯があったので、何時間も肩とあごに挟んだ状態で指を動かし、装置の銅線をつなぎなおそうとしたが、しまいにはあきらめてデッキの上を這って戻り、船長席に座るとティラーをつかんだ。どちらに向ければいいのか、その必要があるのかどうかもわからない。でも、決めないわけにいかないし、ほかには誰もいない。だからやみくもに走らせ、正しい方向に向かっていますようにと願った。

ジョーヴにはブランケットを一枚かぶせておいた。傷に包帯を巻きなおし、鎮痛用にモルヒネを打った。手に触れると冷たかった。岸に着くまでに死んでしまうのじゃないかと恐ろしかった。海に落ちたせいで、ルーの服はまだ濡れていた。風が吹きつけ、体が震え出した。いまこの船の上で、体に弾丸を食らっていないのは自分ひとりなのだ。

「肩を持ち上げてやれ」ホーリーが言った。

もう一枚ブランケットを持ってくると、ジョーヴの背中にあてがって角度をつけた。

「いつまでもつと思う?」

「長くはない」

「もうひとつ照明弾《フレア》を撃てればいいんだけど」

「残り一発しかない。明かりが見えたときのために取っておくんだ。そのうち沿岸警備隊が見つけてくれる」

「気分はどう?」

「だいじょうぶだ」けれども懐中電灯を当ててみると、だいじょうぶには見えなかった。顔が白く、目は焦点が合っていない。手を握ると、ジョーヴの体並みに冷たかった。キャビンでもう一枚ブランケットを見つけ、彼の上にかけた。また新しい圧迫包帯を出して、胸に巻いた。脈拍を調べる。弱々しかったが、たしかにあった。皮膚の下で小さく打っている命のしるしが。

「しばらく休んで」

ホーリーは逆らわなかった。黙って目を閉じた。

キャビンから双眼鏡を取ってきた。船首に上って左に向け、右に向けたが、無をのぞきこんでいるようだった——二つの黒いガラスの円があるだけ。そしてどの方向にも見えるのはただ、星また星だった。

これほどたくさんの星を見たことはなかった。空の円蓋が視界の限り、風景や森や山や家にさえぎられることなく広がっている。天の縁が鐘形の瓶のように滑り落ちて大地と出会い、息を吞むほどの数の銀河や衛星や遠く離れた恒星がまばゆい光を放ち、そのなかにまぎれて北極星が見つけられない。惑星さえ霞《かすみ》のように広がる天の川に隠れてしまっている。星図と回転盤のついた早見盤があればと思ったけれど、いまはスーツケースに仕舞って、メイベル・リッジの家に置いてある。ずっと何年もあの早見盤を持ってあちこちの土地を渡り歩き、モーテルの部屋やホテルの部屋で、ダイナーや図書館で、教室の後ろや父親のトラックで、熊皮のラグの下や浴槽のなかで、そして最後には自分の家の屋根の上で、その使い方を学んだ。いろいろな星座の形をなぞった。名前を憶えた。無限の宇宙が固定され、図で表されることに慰めを感じてきた。

目を閉じてみる。開いているときとそう変わりはなかった。天空はまだそこに、まぶたの裏にあった。細かな光の粒。潮のにおいがする。船が揺れるのを感じる。波の音に、父の浅い息遣いに耳を澄ませ、両手を自分の顔の上に滑らせた。星図はあたしのなかにある。この星のことは知っている。あたしのこの体の上に描かれたものだから。

目を開け、指の隙間から見ると、闇が明るさを増していた。より澄んで見えた。ヨットの航跡の泡が消えるのを見つめ、そしてあごをそらせると、輝く星々のなかから、これまでに憶えた最初の星座を探した。大熊座。熊の体をかたどる四つの星から背中の線が枝分かれし、より目立たない小熊座のほうへ向かう。小熊座は熊の親子さながらに大熊座に似ている。体の同じ部分を小さくし、少し位置をずらした鏡像のようだが、サイズや力強さをものともしない圧倒的な存在が、その尻尾の端にあった。頼りになる不動の指針、北極星《ポラリス》が。

ポラリスを目に捉えたいま、心拍が落ち着き、ひとつの目的に集中できるようになった。ドッグタウンであの巨大な、ゆるぎない迷子石の群を見たときのように。星は道しるべとなる、あの石に刻まれた言葉のように。ひとつの石からつぎの石へ向かうことで道は見つかる。〈真実〉から〈勇気〉へ、〈やってみなければ、何も勝ちとれない〉へとたどりながら、森のなかを抜けていったあのときのように。

こぶしを持ち上げ、水平線のほうへ掲げた。自分の体をコンパスがわりに、ゼロから数えはじめる。こぶし一個分を十度として、空に向けて持ち上げていく。北極星は九十度の位置。いまいるのは北緯四十三度ほど。ということは西へ向かわなくては。ルーはティラーを強く風下側へ押し、小熊座が船の右舷方向に見えるように固定した。

船首が風上へ向かい、帆が風をいっぱいにはらんだ。そばのベンチの上で、ホーリーが身じろぎをした。

「いまどこにいるかわかった」ルーは言った。「少なくとも、わかったと思う」世界がにわかにくっきりと見え、いますべての星座が彼女の知っている形をとっていた。ペルセウス座にペガスス座。鯨座にヘラクレス座。

父の顔は隠れていて、上下に動く胸だけが見えた。「あの星が、ベガだと思う。青色で、北極星の周りにあるなかでは一番明るくて、琴座の星。オルフェウスの竪琴のこと。オルフェウスはその竪琴を弾いて、ハデスに冥界から自分の妻を返すことを納得させたの。聞いてる？　父さん？」

「その話は知ってる。そいつは振り返っちゃならなかったんだ」

ルーはまだ防弾ベストを脱いでいなかった。下の服は湿ったままで、全身に鳥肌が立っていた。胸に打撲傷ができ、息をするたびにあばらが痛んだ。二発の銃弾の衝撃をまともに食らったのだ。骨の奥深くまで達したあの振動、自分を船べりから落とさせた爆風のエネルギー、肺から空気をたたき出したあの力の感触はまだ消えていない。恐怖のあまり冷たさも感じずにいたが、気がつくと白く泡立つ水に取り巻かれていた。どっちが上か下かもわからなかった。だが少しして、父がくれた救命胴衣のおかげで海面に浮かび上がった。やっと懸命に空気を吸いこんだとき、死とは対極のものを感じた。あの日、海からよろよろと這い上がり、マーシャルの指を折ったときと同じ現実感と、力にあふれていた――すべての恐れが銃身のなかに封じこめられたように。

「おまえの母さんは」ホーリーの息遣いが荒くなっていた。

「母さんのこと話して。あたしの知らないこと」

ホーリーがひげを引っぱった。「そうだな、おれをいっぺん、撃ったことがある」

「え。どこを？」

「ここだ」ホーリーが脚の後ろを指した。「完璧な一撃だった。だがふだんは的にも当てられなかった。むりに怖がらせて集中させたこともあった。おまえが撃ちはじめたころみたいに」

「わざとだったんだね」

「あれは効いたな。でなかったら、おれたちはいま、ここにいない」

ルーはティラーを調節した。ロープを引っぱる。「ジョーヴの様子を見ないと」

「ルー」ホーリーの声はやわらかかった。腕を伸ばし、彼女の手を取った。「ジョーヴは死んでる。二十分前に死んだ」

ルーは手を引きはがした。「なんで言わなかったの」

「怖がらせたくなかった」

ルーはひざまずいた。ジョーヴの手首に触れ、首筋に指を当てる。〈ノコギリの歯〉の冷凍庫にある肉の塊と同じ感触だった。皮膚の下が硬くなっている。あの帽子はどこかに行ってしまい、髪がばらばらにもつれ合っていた。その髪をなでつけ、傷だらけの顔にブランケットをかけた。そうして船長席に戻った。

「何か飲むか」

「いい」

「おれは飲みたいかな」

ルーはボトルを見つけ、ホーリーの唇まで持っていった。彼が飲むのを見つめる。彼が呟きこみ、手の甲で口元をぬぐった。唇に血がついていた。

「何か言葉をかけないと」

「どんな」

「わからない。祝福の文句とか。洗礼のときみたいな」

「もうあいつの役には立たない」

「ジョーヴのためじゃなくて、あたしたちのために」

ホーリーがポケットに手をつっこんだ。「おれは祈りの文句を知らん」

ルーはジョーヴの寝袋を思い出した。内側が鴨の模様で、開いた穴からはみ出た羽毛が部屋じゅうに散らばっていた。彼が出ていってから何週間も、ポーチの隅に小さな羽毛の塊があったり、ラグの繊維に入りこんでいたり、食器棚の皿とコーヒーカップのあいだにまで見つかった。あれと同じ寝袋がいまキャビンにあった。さっきはその上に腹ばいになって、窓からショットガンの銃身を突き出させたが、そのはずみに縫い目が裂けて、白い羽がふわりと飛び出したのだった。

「これを頼む」ホーリーが言った。

ルーは父からタバコ入れの袋を受け取った。巻紙を一枚はぎ取り、甘い香りの葉をひとつまみ載せた。紙の縁をなめて葉を巻いてから、両端をねじる。

「あいつの話をしよう。おれたちの憶えてることを伝え合おう。そしたらおれたちが死んだあとでも、ほかの連中があいつの話をするかもしれない。でなかったら、誰もあいつのことを思い出さなくなる。そこであいつの歴史は終わる」

「怖いよ」

「そういうもんだ」

左舷のほうで、何かが海の上にいて、波に乗って上下していた。その幽霊がもぐってまた浮き上がり、くちばしを振るのを見たとき、カモメだとわかった。羽に星明かりを受けている。もう一羽のカモメが円を描いて飛び過ぎたかと思うと、一羽目のすぐそばに着水し、海面に小さな波をたてた。

「鳥はこんな遠くまで、何しにくるの」

「何か追いかけてるんだろう。トロール船かもな」

ルーはベンチの上に立ち上がった。暗い水平線を見渡す。だが何もない。明かりも。陸地も。

ホーリーがまた咳きこんだ。上体を起こそうとする。「おれのせいでこんな面倒に巻きこんでしまった」

「べつにいいよ」

「よくはない」

ルーがさっき巻いたタバコが、まだ手のなかにあった。父の唇にくわえさせる。彼のライターを出し、火をつける。先端がぽっと赤く燃える。彼が煙を吐き出し、ブランケットに隠れたジョーヴに目を向けた。

「もしまずいことになっても、おまえは責任を感じないでくれ」

「あたしは父さんの子だもの」

「そうだ。だがおれも以前、おまえと同じ立場になったことがある。そしておまえはみんなを救えるわけじゃない」

モーターがデッキの下で回転しているのを感じた。その部品の一個一個が組み合わさってエンジンを動かしているのを。

「これを見て」

ルーはこぶしを使って空を測った。北極星までの数を数えた。ティラーを押して船の針路を変えると、風が激しく音をたてて帆をはためかせた。

「何をしてる?」

「バンクスに向かってるの。海岸より近いから。〈アテナ〉号がいるだろうし、医者も乗ってるはず。少なくとも科学者が。無線もあるし」

「おまえのボーイフレンドもな」

「彼はちがう。もういまは、関係ない」

ホーリーが吸い殻を船の外に放った。「とにかく、おまえにはあきらめないでほしい」

「あきらめるって、何を」

「誰かといっしょにいることをだ」

心の声を聞かれてるのじゃないか。ルーは思った。あたしは誰にも愛されないと、そう恐れているのがわかってるみたいだ。

「死なないって言ったじゃない」

「死なないさ」

「じゃあ黙って」ルーはまた懐中電灯をつけた。父の包帯の具合を見る。また新しいガーゼを開けて、彼の肩をぐるぐる巻きにしていく。ほかに何か足しになりそうなものを探して、工具箱をかき回す。ジョーヴのほうは見まいとした。ホーリーのそばのデッキに横たわり、毛布の下で硬く、冷たくなっていく体のほうは。

「もう一本、巻いてくれるか」

「いま吸っちゃだめだよ」そう言ったが、それでもタバコ入れをつかんだ。薄い紙をつまみ上げ、タバコの葉を巻いていく指が、震えていた。初めてホーリーに銃を両手の上に置かれたときのように。

「リコリスの瓶のなかに、貸金庫のリストがある。鍵もそこに入ってる」

ルーはライターをつけ、風よけに手をかざした。その一瞬、父の顔が火に照らし出され、躍る影があごを横切って目の周りにゆらめき、そのせいで造作が壊れた仮面のように見えた。やがて火が消えると、タバコのほかは何もなくなった。その先端が赤くなっては薄れるのを眺め、父のタバコの煙を吸いこんだとき、ルーは五年前の、家の裏手の森のなかに戻っていた。両腕にライフルの感触があった。首をめぐらして、耳を澄ませる。ホーリーが陽射しのなかで岩にもたれていた。標的に名前をつけるようにとルーに言っていた。

「残りの金は信託にしてある。おまえが十八になったら手に入る。弁護士にはぜんぶ指示してあるから」

「うるさい、黙れ、黙ってよ！」

モーターの回転が落ち、世界が静かになった。ガソリンを調べた。残り少ない。節約しようと決めた。風が吹きはじめ、帆がぴんと張っていた。船体が傾ぎ、ルーは右舷側に自分の体重をかけた。船首を北へ向けつづける。

「おれたちもこういう船を買えばよかった。いっしょにピクニックに出かけてな。きっと楽しかったろう」

「いま出かけてるよ」

「たしかにそうかな」

鳥がさらに集まってきて、灰色の幽霊たちが海面にぷかぷか浮かび、その上をぐるぐる舞い、やがて星空に向かって飛び上がっては、またらせんを描いて降下していく。風向きが変わり、空気も変化した。島のようなにおいがする。海藻とフジツボのにおい。バンクスだ。近づいてる、きっと。

「おまえが時計を捨てたとき、うれしかったよ」

「どれぐらいの値がつくの？」

「とてつもない値だ」

ホーリーのろれつが怪しくなりかけていた。タバコをひと吸いして、口元から離す。吐き出した煙が、外に出ていく彼自身の命を思わせた。灰が下に落ち、巻紙の先端がパチパチといって丸まる。そのとき、鳥たちがいっせいに海から飛び立ち、羽ばたきながらうるさく鳴きかわした。ルーは前方の海から波が消えてなめらかな淵のようになっているのを見た。やがてその平らな表面に何かが浮かび上がり、ひび割れた青白い大地のこぶがぱっくりと裂け、古い、圧縮された空気が霧になって吐き出された。

「父さん」ルーはティラーを強く押した。「あそこに何かいる」

ホーリーが顔を回して、海面に向けた。なんの生き物にしろ、それはまた海面の下に沈んでいた。ルーは固唾を飲んだ。ずっと頭上の星にばかり注意を向け、下にあるものは無視していた。いまになって、船体の下にある距離を、深さ何キロにも及ぶ水を、その暗黒のなかにいる生き物すべてを思った。光も要らないし空気も要らない、餌を食べるとき以外には海面に上がってくる必要もない動物たちを。

激しく噴き上がる泡がヨットを取り巻いた。ごぼっという、大量の水が押しのけられる音がして、船のすぐ横にクジラが浮き上がり、すさまじい水しぶきが左舷にかかった。塩水が勢いよくふたりの頭の上に降りかかる。ルーは両腕を伸ばして父親をかばい、落ちてくる水がやんだとき、においが鼻をついた。藻と、滑りやすい岩と、ホーリーの胴長靴と、二枚貝の殻をぴったりつなぎ合わせる強力な貝柱のにおい。陸地に出会った海のにおい。島のようなにおいをさせていたのは、クジラだった。

波の下で光っているひれの形から、ザトウクジラだとわかった。体のほかの部分は巨大な影にしか見えない。その影がヨットの周囲をめぐり、船体をつついている。ルーはティラーを握った。クジラは四十分ももぐっていることがある。息を吸って吐くあいだの時間を、そうして生きている。だがこのクジラはずっと離れずにいた。ホーリーとルーをどうするか、気持ちを定めようとしているみたいに。

息を吸った。半分だけ吐く。そして待った。待ちつづけた。そのとき、クジラの心臓を思い出した。ずっと昔、博物館でもぐりこんだ、赤とピンクの成型プラスティックでできた心臓。心房と心室のどれもが、ルーが安全に守られていると感じられる隔たった空間で、大動脈のトンネルがまったく新しい世界につながっていた。これほど心臓が大きかったら、ほかの誰かが這いこめるほどの広さがあったら、きっと何もかも小さく見えるだろう。自分の胸に手を当てる。その奥にあるものを、皮膚を押し返す命の鼓動を感じた。

「父さん」このことは父に話さなくちゃいけない。彼に知らせないといけない。

そのとき突然、クジラの開いた口が、フジツボに覆われた吻部《ふんぶ》が、深い海に沈没して忘れられた難破船の船首像が、波間を割って突き出した。あごの縁の内側に並んでいるひげは、メイベル・リッジの大きな機織り機の筬《おさ》のようだった。クジラが向きを変えたとき、その目が見えた。ぎざぎざの筋が何本も入った長く幅広い喉、その上の厚く折り重なった皮膚の奥で黒く輝いている目。何かを考えているのかどうかもわからない、底知れない光。クジラはスクールバスのように横向きに転がり、胸びれを高々と持ち上げるとなめらかに回転し、水の流れ落ちる長い背中をたっぷりとさらした。やがて海の外にあるのは尾びれだけになり、白い斑点のあるそのぎざぎざの縁がたわんで空の表面を引っかき、深くもぐっていくと、あとにはただ丸い波紋が残り、その円が広がって〈パンドラ〉号にまで達した。

カモメの群が飛び立ち、北を指していく。ルーはメインシートを強く引っぱった。鳥たちとクジラのあとを追うように針路を定める。百メートル前方に、星空を背景におぼろげな吻部が見えた。つぎに浮き上がったときは、潮吹きの音だけが聞こえた。噴き出される空気の硬い音が。

反対側のベンチにいるホーリーを見ると、タバコの火が消えていた。駆け寄って胸に耳を当て、指先を喉元に触れる。心臓は、まだそこにあった。まだ鼓動している。顔と手を離すと、血で濡れていた。

ヨットの舷側にもたれかかった。海の表面に手のひらを触れる。水のなかに小さな星がきらめいていた。クジラにかきたてられた燐光が海面まで上がってきたのだ。夜光虫の放つ優美な淡い青色の光に、海に映る星の光が、天空の英雄や伝説が混じり合っている。その明かりはすばらしく強く、波を切り裂く道筋を照らし出していた。ルーの皮膚から落ちる血まで見られるほどだった。顔を上げると、遠くに連なった水路標識が瞬いているのが見えた。船がいる。また一隻。そしてまた一隻。

「やったよ。着いたんだ」

ルーは照明弾《フレア》をつかみ上げた。プラスティックの弾はもろくて軽く、筒に詰めたあとでも頼りなく感じた。手のなかの銃がおもちゃのように感じる。弾丸でなく驚異をもたらす道具に変えられた武器。ヨットの船首に上った。メインステーにしがみつく。できるかぎり高く位置を保ち、照星が正しい方向を向くように固定する。

父の声が暗闇から響いた。

「何を撃つんだ」

「何もかも」ルーは言った。そして腕を持ち上げ、引き金を引いた。


（了）

謝辞

この本ができるまでの旅路は長いもので、感謝すべき人たちも挙げていけば尽きることがない。変わらぬ支援と愛情でわたしを鼓舞しつづけてくれた両親のヘスターとウィリアムに。いつも背中を押してくれ、オーウェンとフェランとイザベラとジーノをわたしの人生へ連れてきてくれた姉妹のヘスターとオノラに。変わらぬ信念で支えてくれるヘレン・エリスとアン・ナポリターノに。『ワン・ストーリー』の家族たち、マリベス・バッチャ、デヴィン・エムケ、パトリック・ライアン、ウィル・アリソン、カレン・フリードマン、アディナ・タルヴ・グッドマン、アマンダ・ファラオーネ、リーナ・ヴァレンシア、およびすべての支援者とボランティアと作家たちに。過去と現在の〈サイレンランド〉の作家たち、ダニ・シャピロ、マイケル・マレン、アントニオ・サーセルにカーラ・サーセル、ジェイコブ・マレン、ジム・シェパード、カレン・シェパード、そしてわたしたちの愛する亡きフランコに。ニューヨークの家族たち、ユカ、カリーム、マヤ、サヤに。海への愛にあふれるケイト・グレイに。温かい言葉をかけてくれたルース・オゼキ、アン・パチェット、リチャード・ルッソ、カレン・ラッセル、メグ・ウォリッツァーに。デボラ・ランダウとニューヨーク大学創作科のスタッフおよび学生たちみんなに。わたしがクジラの心臓に這いこむのを許可してくれたルース・コーエンとアメリカ自然史博物館に。いち早く原稿を読んでアドバイスをくれたラーナ・レイコ・リッツト、ダン・ケイオン、ウィリー・ヴローティン、ジョシュ・ウォルフ・シェンク、リー・ニューマン、アンナ・ソロモン、そして〈ポーカー・ギャング〉のすべての皆さんの友情に。銃の知識を伝授してくれたジョー・ルイスとマシュー・チェイニーに。わたしが疑念の嵐に襲われたとき傘を差しかけてくれたブルックリン・クリエイティブ・リーグ、センター・フォア・フィクション、作家のためのエレン・レヴァイン基金、ニューヨーク・コミュニティ・トラスト、シヴィテラ・ラニエリ財団、アスペン・ワーズ、カトー・ショー財団、ヘッジブルックに。自身の境界線をいかに定めるかを教えてくれたボーグの望遠鏡と迷子石に。『ワン・ハンドレッド・デーモンズ』のリンダ・バリーに。〈バイ・バイ・ブラックバード〉を教えてくれた『ビリー・バスゲイト』のE・L・ドクトロウに。冬の浜辺のことを教えてくれたニーナ・コラートに。アラスカのことではエイミー・オニール・ホックとジェームズ・ホックに。「銃弾#2」を推して掲載してくれた『ティン・ハウス』と、『ベスト・アメリカン・短編ミステリ2014』に収録してくれたオットー・ペンズラーとリザ・スコットラインに。すばらしいビジョナリーのスーザン・カミル、万能編集者のノア・エーカー、そしてこの小説のために素手で赤いカーペットを敷いてくれたダイアル・プレスの人たち——ジーナ・ツェントレッロ、サリー・マーヴィン、マリア・ブレッケル、テレサ・ゾロ、スーザン・

コーコラン、ジェシカ・ボネット、リー・マーチャント、アヴィデ・バシラード、エマ・カルーソ、ダーラ・パリク、アリソン・ロード、ケイトリン・マッカスキー、アナスタシア・ウェーレン、ケリー・カイアン、ベンジャミン・ドライヤー、マイケル・キンドネス、デイヴィッド・アンダーウッド、ルース・リープマン、シェリー・ヴァーツ、ロン・シュープ、ミシェル・スルカほか、それぞれが綺羅《きら》のように輝くすべての星たちに特大のグラスを一杯ずつ。メリーアン・ハリントン、イモージェン・テイラー、エイミー・パーキンス、ケイティ・ブラウン、パトリック・インソール、ジョー・ジュール、バーバラ・ローナン、エリノア・ウッド、ルイーズ・シャーウィン・スターク、ジャスティン・ラクトリフ、そしてこの本が海を越え、かくも完璧にティンダー・プレスに到着するのに手を貸してくれたたくさんの星たちに。ホーリーとルーを全世界に向けて紹介してくれたマーシュ・エージェンシー、アブナー・スタイン・エージェンシー、カスピアン・デニス、ジル・ジレット、ジェフリー・スタンフォードに。そして最後に、ジンジャーブレッドを山ほどくれたわが家のようなエージェンシー——全員が血でつながったような作家やアーティストたちのチームであるアラギ・インク、私たちのお尻をたたいてくれるデュヴァル・オスティーン、数えきれないほどお茶をつきあいながらわたしが最後まで書き上げられると信じることをやめなかったニコール・アラギに、特別の感謝を。

訳者あとがき

無口でどこか翳《かげ》のある父親。まだティーンにもならないその実の娘。一見仲の良い、どこにでもいそうな親子だが、実はそれどころの話ではない。

ふたりはあらゆる銃器――ライフルにショットガンから、マグナムリボルバー、護身用デリンジャーまで――に囲まれ、日々過ごしている。父ばかりか娘まで、銃の扱いを知っている。そして同じ場所に一年と居つかず、トラックでアメリカじゅうを転々としている。

ふたりには常につきまとって離れない影がある。父親の妻であり、娘の母親である女性の影だ。娘にはこの母親の記憶はなく、知識もほぼゼロに等しい。それどころか、すぐそばにいる父親の過去も知らない。しかもその父は、一ダースばかりの銃弾の痕に全身覆われている。

そんな謎だらけの親子でも、現代の社会でいつまでも旅暮らしを続けるのは難しい。父は娘のために、ひとところに腰を据える決心をする。亡き妻の生まれ育った故郷――ニューイングランドの小さな港町オリンパスに。しかし訳ありの父親と利かん気な娘は、町の住民にはなかなか受け入れられず、さまざまな事件を巻き起こす。それでも娘のルーはこの町で成長し、やがて自分の生い立ちをめぐる真相に気づきはじめる。

日本では初の紹介となるハンナ・ティンティの長編小説、『父を撃った12の銃弾』(*The Twelve Lives of Samuel Hawley*)。この小説は一風変わった構成をとり、主人公の父と娘がふたりで暮らす現在の時間が一方の軸となっている。そしてもう一方の軸となるのは、少年期を過ぎた父親ホーリーがルーと暮らすようになるまでの長い時間だ。ホーリーの人生の節目節目には、決まって一発の銃声が響き、それが彼の行く道を定める。そうした十二発の銃声と、彼の体に残された同じ数の傷痕をめぐる物語が、現在へ向かう時間軸に沿ってひとつずつ語られていき、そのなかでホーリーの抱える秘密と、ルーの母親にまつわる謎も徐々にひもとかれていく。

若いころのホーリーをめぐる章は、どれもきわめて完成度が高く、それぞれが短編として見事に成立している。通して並べてみれば、連作のロードノベルといってもいいほどだ。事実、二〇一三年には、まだ執筆途中の本作から「銃弾#2」が短編として雑誌に掲載され、高い評価を得て、オットー・ペンズラー/リザ・スコットライン編の *The Best American Mystery Stories 2013* にも収録された(邦訳『ベスト・アメリカン・短編ミステリ2014』所収「二つ目の弾丸」、吉田結訳)。

この青年ホーリーの物語と、少女ルーの視点から見た現在の物語は、章ごとに交互に書かれながら、時間を超えて絶妙なからみ合いを見せる。両者をつないでいるのは〝痛み〟だ。ただ身体の痛みだけではない。心を貫く喪失の痛み。まだ知らない何かを求めてやまない、胸を焦がす痛み。たがいに深い愛情で結ばれた親子でも、愛は常に憎しみと隣り合わせとなる。二つの時間が輻輳《ふくそう》し、ときに鏡のように呼応して織りなされる作品世界は、ある種神話のような色合いを帯びはじめる。

オリンパスとはもともと、古代ギリシャの神々が住まうオリュンポス山のことだが、本書の原題にある「ホーリーの十二の命」は、ギリシャの主神ゼウスの子ヘラクレスが受ける十二の試練を思わせる。『ワシントン・ポスト』の書評家ロン・チャールズは、「この小説は古いヘラクレスの神話を巧みに再生した驚異の現代版である」と書いた。「この見事なまでに交響曲的《シンフォニック》な小説が最終盤に入ったとき、その最後の小節が想起させるのは、痛みで人を苛むあらゆる傷のなかでも最悪のもの、それは自らに負わせる傷だということだ」こちらは『ニューヨーク・タイムズ・ブックレビュー』の、惜しくも二〇二〇年にこの世を去ったピート・ハミルの評だ。

とはいっても、重苦しい小説ではまったくない。文体は簡潔で歯切れがよく、とりわけホーリー視点の章は、ハードボイルド的な魅力にあふれている。その一方で、ルーをめぐるエピソードには、彼女自身の無垢さからくる不思議な透明感が漂っている。思春期を迎えた少女に訪れる悩みと苦しみ、喜びには思わず胸を熱くさせられるし、そんなわが子に寄せる父親の想いも身につまされる。ふたりを取り巻く人々も魅力的だ。ルーの祖母であるメイベルの強烈な個性、学校の同級生マーシャルとの淡い逢瀬《おうせ》、その母親メアリーとの確執。ホーリーと旧友ジョーヴとの腐れ縁。ホーリーの仇敵たちがふたりの人生に落とす黒い影。そしてホーリーと結ばれる奔放で繊細な女性リリーは、まちがいなくこの小説の三人目の主人公だ。

彼ら彼女らが繰り広げる章ごとのエピソードは、苛烈なものから静謐《せいひつ》なものまでどれも味わい深く、ほのかなユーモアを湛《たた》えてもいる。アメリカ北東部の海や浜辺を始めとした自然の描写はすばらしく美しい。そして手のなかの銃が火を噴いて弾丸を撃ち出すときの、解放感もまた――。

ところで本作には、主要な舞台である東海岸の浜辺や海に限らず、北米大陸の豊かな自然が大きな役割を果たしている。アリゾナのソノラ砂漠、アラスカの大氷河、プレーリードッグが棲むワイオミングの大平原、クジラのいる西海岸のホイッドビー島など、すべてが単なる舞台背景にとどまらず、物語を動かす重要なモチーフでもある。圧倒的な迫力をもって迫ってくるそれらの風景や生き物は、登場人物たちの生き方や精神に少なからぬ影響を及ぼしもする存在だ。

日本の二十五倍の国土を持つアメリカでは、自然も地域ごとにまったくちがった顔を持つ。その自然に人間がいかに対峙《たいじ》し、思索を馳せるかというところから、アメリカ独自のノンフィクション文学「ネイチャーライティング」が生まれた。その伝統からはまた、ジャンルを横断して「エコフィクション」と総称される、自然環境をテーマにした小説群も派生している。スタインベックの『怒りの葡萄《ぶどう》』、メルヴィルの『白鯨』などが古典的な代表格とされるが、新しいところでは現代アメリカを代表する作家リチャード・パワーズの『オーバーストーリー』などもそこに含まれるだろう。ミステリーでいえば二〇二〇年、ノースカロライナ州の湿地を舞台とする『ザリガニの鳴くところ』（ディーリア・オーエンズ）の邦訳が出版され、大きな話題をまいた。本作もまた、そうした系譜に連なる作品といえる。

最後に、著者のハンナ・ティンティについて紹介しておく。二〇〇二年にOne Storyという文芸誌を共同で創刊し、同誌の編集を務めるかたわら、ニューヨーク大学などでクリエイティブライティングを教えてもいる。そうした活動のためか、小説家としてはいたって寡作だが、どの作品も評価は上々だ。動物を主人公とした短編集*Animal Crackers*でデビューし、二作目の長編*The Good Thief*は『ニューヨーク・タイムズ・ブックレビュー』の「注目すべき百冊の本」に選ばれた。本作は彼女の三作目にあたるが、ミステリーとしても高く評価され、二〇一八年のエドガー賞候補となっている。

ちなみに、ティンティが生まれ育ったのは、東部マサチューセッツ州の港町セーラムである。十七世紀に魔女裁判があったという史実からもうかがえるとおり、ピューリタンの伝統が色濃いニューイングランドの一地域だが、このあたりには土地の漁師たちが育んだいささか荒っぽい伝統も残っている。本作に描かれる「グリーシーポール・コンテスト」は、セーラムの隣町グロスターで実際に行なわれている百年近い歴史を持つ行事だ。周辺にはやはり小説に登場する、さまざまなスローガンが彫り出された「バブソンの石」も実在する。おそらくこのグロスターあたりが、本作の舞台オリンパスのモデルなのではないか。

ティンティは幼いころにグリーシーポール・コンテストを見た記憶があり、あの脂まみれの柱の上に小説の主人公を立たせてみたら、というところから本作の構想を得たらしい。その後もさまざまな構成上の工夫を重ね、完成までには実に七年を費やした。それだけの記憶と想いと時間を注ぎこんだ作品が、作家当人にとってどんな位置を占めるかは容易に想像がつく。

本書は先に述べた構成の妙に加え、結末も最後までどうなるのかわからず、読む者を惹きつけて離さない。そこには小説の技巧を熟知した作家の力量がたしかに感じられるが、しかしあとに残る深い読後感と感動はやはり、ひとつの作品に込めた当人の思い入れの強さがもたらすものだろう。本当にすぐれた小説は、この両者が組み合わさったときに初めて生まれる。そんな当たり前の事実を、訳出を終えたいま、あらためて感じさせられている。

解説

池上冬樹

読み方としては邪道かもしれないが、二年ぶりに再読するにあたり、父親ホーリーの過去の章、すなわち「銃弾#1」から「銃弾#11」まで読んでから、冒頭にもどり、娘ルーの現在の章を読み進めた。そのほうがハンナ・ティンティが持つ特性を味わうには最も良い方法ではないかと思ったからである。なぜならこれほど詩的なハードボイルド精神を持った作家はまれであるからだ。実際、そのようにして再読したら、初読よりもはるかに心動かされたし、物語の全体像が実に良く見えてきた。

もちろんこの読み方は、本書をはじめて読む読者にはおすすめしない。本書の配列通り読むと、ルーの青春小説の味わいが濃く、さらに家族が抱えている過去の秘密の問題などが、「銃弾」のエピソードで少しずつ見えてくるようになっていて、それがミステリの面白さにつながっているからである。

ただ、今回あえてホーリーの物語から読みたくなったのは、もともと『父を撃った12の銃弾』を読む六年前に、リザ・スコットライン編『ベスト・アメリカン・短編ミステリ2014』（DHC、二〇一五年一月）所収の「二つ目の弾丸」を、解説者として先に読んでいたからである。後に長篇の一部に組み込まれた短篇（本書では「銃弾#2」）を独立した作品として読み、その詩情に深く魅せられたからだ。モーテルで、男が赤ん坊をつれた女と知り合い、部屋に泊めたあとにモーテルの他の部屋で銃撃戦が起こり、やがて二人がそれに巻き込まれる話である。驚くのは、場末のモーテルでの銃撃戦にも詩があり、余情があることだった。緊迫した場面のなかに不思議な情感が醸しだされていて、切ない思いにかられる。まさか、この男が長篇の主人公になるとは思いもしなかった。

それにしても、いったい何だろうこの作者の力はと、あらためて思ったのである。いまどき珍しく容赦のない視点から徹底的に描写をしていく。鋭い観察ぶりで、驚くほど人間の真実を突きつめている。情感がこもりすぎて、謳いあげている部分もあるけれど、それは逆にそうせざるをえないほど物語がうねりをあげ、切実な響きを強めているからで、読者は心を震わすことになる。明らかにハードボイルド精神に貫かれたスタイルが功を奏しているのだが、十二分に抑制された筆致なのに、詩情が醸しだされていることに惹きつけられたのである。今回読み返してみてふと、熱心な海外ミステリファンでもあった藤沢周平のハードボイルド論を思い出した。すなわち「世界から詩を汲み上げる心情と深い人間洞察の眼、それと主人公のシニカルな心的構造が釣合って一篇のハードボイルドが誕生する」（文春文庫『小説の周辺』所収「読書日記」より。以下同じ）というものである。

これはミッキー・スピレインの小説と関係して出てくる。スピレインは「肌が合わなくて、過去二、三冊しか読んでいない」、『裁くのは俺だ』も読んでいなくて初めて読んだのだが、「読み終わった感想はというと、ハメットからチャンドラー、マクドナルドとつづく正統ハードボイルドはマクドナルドで終わっているという日ごろの感想を確かめたにとどまる」といって、「世界から詩を汲み上げる心情」云々とハードボイルド論を披瀝する。そして「自前の解釈から言うと、マイク・ハマーものは詩と人間洞察の深みを欠いている。あるのは肥大化した憎悪と暴力だけで、言うまでもなく、何でもかでも殺せばハードボイルドになるというものではないのだ」と厳しい。だがしかし、「おれは溝（どぶ）のなかから拾われた。おれがあとに残したものは夜だけで、その夜も残り少なだった」という書き出しで始まる『ガールハンター』を引くまでもなく、子細に読んでいけば、スピレインもまた「世界から詩を汲み上げる」抒情的作家であることがわかるのだが、ただハードボイルド御三家と比べたら深みを欠いているかもしれない。

　話をさきにもどせば、ホーリーの短篇集がとくに素晴しいのは、まさに藤沢周平の言う「世界から詩を汲み上げる心情と深い人間洞察の眼、それと主人公のシニカルな心的構造が釣合って一篇のハードボイルドが誕生」しているからである。「何でもかでも殺せばハードボイルドになる」ものではないけれど、ハンナ・ティンティは、一ダースもの銃弾を体に食らい、ときに殺人も辞さなかったならず者のホーリーの肖像を雄々しくも繊細に捉えて、だれもが共感をよぶヒーロー像に仕立てている。それは妻のリリーが、娘のルーが、そして祖母のメイベルが生き生きと存在するからでもある。藤沢周平が生きていて、本書を読めば、ルース・レンデルやグレアム・グリーンの新作を称賛したように、かならずや大絶賛していたであろう。そしてアメリカン・ハードボイルドの影響をうけて『消えた女』を書き、グリーンの『ヒューマン・ファクター』に感化されて『海鳴り』を書いたように、本書にインスパイアされて傑作を書き上げていたに違いない。ハードボイルドでありながら、藤沢の好きなグリーンのような純文学的な奥行きと豊かさをもつからだ。

枕が長くなってしまった。具体的に紹介していこう。

前述したように、物語の主人公は二人で、父親のホーリーと十二歳の娘のルーである。ホーリーは過去を描く挿話集「銃弾」の主人公で、物語の現在はルーの視点から捉えられていく。ルーが様々な人物と交流して、わだかまりが出てくると、それに呼応してホーリーの過去の挿話が提示されて、そのわだかまりが時に解けていく形式である。そのホーリーの物語では後の妻となるリリーとの出会い（これが何とも恰好いい！）、リリーとの結婚生活、ルーの出産、そしてリリーの死、ルーの成長（四歳頃）までが語られる。

ゆえあって各地を転々としてきたホーリーと娘のルーは、ホーリーの亡き妻の生まれ育った故郷、ニューイングランドの小さな港町オリンパスに腰をすえる決心をする。そこにはリリーの母親のメイベル・リッジが住んでいたが、ホーリーとルーが挨拶にいっても、母方の祖母は父娘に会おうとしなかった。

それには理由があった。ホーリーの体には被弾による多数の傷痕があり、後ろ暗い仕事のために夜逃げ同然の経験を何度もしてきたからで、メイベルはそれを嫌っていた。しかも娘リリーはホーリーに殺されたとも考えていた。ルーは祖母の話から、母親の死をめぐる秘密があると気付くようになる。それは一体何なのか？

物語は「ルーが十二歳になったとき、父親のホーリーはわが子に銃の撃ち方を教えた」という文章で始まる。危険と死をはらむ不穏な物語にふさわしい書き出しで、事実、現在と並行してやくざ者のホーリーが被弾にあった過去の章が挿入され、暴力的な人生が描かれていくからだが、しかしそれは最初見えにくい。ルーの青春小説としての輝き、いじめにあったり、仕返したり、初恋、初体験などが、父親や街の住民たちのいざこざをまじえながらゆったりと描かれていくからである。

おそらく読者のなかには、世界的ベストセラーで、日本でも大いに話題になった湿地の少女の一代記、ディーリア・オーエンズの『ザリガニの鳴くところ』（早川書房）を想起する人もいるかもしれない。あちらも文芸色豊かなミステリーの傑作で、オーエンズ作品では、父親と兄などに捨てられた孤独な少女が迫害され、貧困にあえぎながら生きていく姿が活写されていた。本書のルーはそれに比べたらまだ大人しいと思うかもしれないが、しかし命懸けのルーの戦いは終盤に用意されていて、生命の危機という点では本書のほうがはるかに強いだろう。

しかし見どころは終盤だけではない。繰り返すが、過去の「銃弾」のエピソード集は、銃撃戦を交えつつも、実にエモーショナルで、詩的で、ときに象徴的ですらある。鮮烈な場面の連続といっていい。過去の秘密を明らかにする場面なので曖昧に書くけれど、ホーリーとリリーのキスの深遠さと愛しい傷をめぐる会話も（「銃弾#5」）、ギャングの妻が語る花のような骨の模様に神様を信じる話も（「銃弾#7、#8、#9」）、リリーが失われていくことを一つ一つ確かめる場面も（同）、ホーリーが死の淵へと誘い込まれる場面も（「銃弾#11」）、何と心に響く名場面だろうか。「銃弾#3」に出てくる片目が濁ったギャングの妻が語る手紙やウェディングドレスの話ですら、愛の神々しさを伝えてはっとするほどだ。醜悪で汚らしいものからでさえ、ハンナ・ティンティは、一滴の美と愛をつかみとる。至るところから、人生の詩を汲み上げて僕らの心をふるわせるのである。

「銃弾#2」がそうであるように、一つひとつが独立して読めるけれど、クライム・サスペンスのなかにホーリーとリリーとの恋愛小説、ルーを交えての家族小説、さらに成長をたどる青春小説の輝きが重なり合い、小説としての厚みをもつことになる。

『ザリガニの鳴くところ』では、湿地の自然や動物たちが鮮やかな風景の中で象徴的に捉えられていたが、本書では重要な場面で鯨が登場して、生命の危機と再生、あるいは孤高の生き方の美しさを見せつけて、きわめて印象深い。ギャングたちの銃撃戦ですら名場面に昇華され（グラフィカルな活劇と独特の表現による負傷の感覚など）、ときに荘厳な響きをもち、読者の胸を激しくうつ。「まるで交響楽のような驚嘆すべき一冊」（ニューヨーク・タイムズ）という賛辞は決して誇張ではない。いつまでも心に残る作品であり、おりにふれて読み返したくなる作品なのではないか。

最後に本書刊行時の情報も書いておこう。本書は、二〇一八年のアメリカ探偵作家クラブ賞（エドガー賞）最優秀長篇賞にノミネートされたものの受賞には至らなかった。受賞作はアッティカ・ロック『ブルーバード、ブルーバード』だが、はるかに本書のほうが優れている。日本では二〇二一年に翻訳刊行され、「このミステリーがすごい！」と「ミステリが読みたい」で第四位、「週刊文春ミステリーベスト10」では第五位に入ったけれど、さまざまなジャンルをもつ物語の面白さ、端役の一人一人までめざましいキャラクターの鮮やかさ、そして硬質な文体の質の高さからいっても、第一位にふさわしい。それほどの傑作である。

（文芸評論家）

文春文庫

父《ちち》を撃《う》った12の銃《じゅう》弾《だん》　下

定価はカバーに
表示してあります

2023年5月10日　第1刷

著　者　ハンナ・ティンティ
訳　者　松《まつ》本《もと》剛《つよ》史《し》
発行者　大沼貴之
発行所　株式会社　文藝春秋

東京都千代田区紀尾井町3-23　〒102-8008
TEL　03・3265・1211㈹
文藝春秋ホームページ　http://www.bunshun.co.jp

落丁、乱丁本は、お手数ですが小社製作部宛お送り下さい。送料小社負担でお取替致します。

印刷・図書印刷　製本・加藤製本

Printed in Japan
ISBN978-4-16-792048-7